典藏本
四

WEIXINGXIAOSHUOXUANKAN
40 NIAN
DIANCANGBEN · SI

微型小说选刊
40年典藏本

微型小说选刊杂志社　选编

百花洲文艺出版社
BAIHUAZHOU LITERATURE AND ART PRESS

图书在版编目（CIP）数据

微型小说选刊40年典藏本. 四 / 微型小说选刊杂志
社选编. –– 南昌 : 百花洲文艺出版社, 2024. 12.
ISBN 978-7-5500-5116-4

Ⅰ. Ⅰ247.82

中国国家版本馆CIP数据核字第2024FB1882号

微型小说选刊40年典藏本·四

微型小说选刊杂志社　选编

出 版 人	陈　波	
总 策 划	张　越	
责任编辑	万思雨　熊元梦	
书籍设计	方　方	
制　　作	周璐敏	
出版发行	百花洲文艺出版社	
社　　址	南昌市红谷滩区世贸路898号博能中心一期A座20楼	
邮　　编	330038	
经　　销	全国新华书店	
印　　刷	江西千叶彩印有限公司	
开　　本	889 mm×1194 mm 1/32　　印张 11.5	
版　　次	2024年12月第1版	
印　　次	2024年12月第1次印刷	
字　　数	260千字	
书　　号	ISBN 978-7-5500-5116-4	
定　　价	48.00元	

赣版权登字 05-2024-276

邮购联系　0791-86895108

网　　址　http://www.bhzwy.com

图书若有印装错误，影响阅读，可与承印厂联系调换。

出版前言

20 世纪 80 年代，微型小说如同一股清新的春风，在中国文学的原野上悄然兴起。历经四十余载的改革开放浪潮，微型小说这一文体稳步发展，愈发成熟，创作队伍日益壮大，诞生了许多令人瞩目的微型小说佳作，已成为中国文坛不容忽视的一个文体。

《微型小说选刊》（原刊名《中国微型小说选刊》）于 1984 年在江西南昌创刊，是国内首家专门选载和刊登微型小说作品及理论文章的文学刊物。2024 年，我们迎来了《微型小说选刊》创刊四十周年。四十年来，从双月刊到月刊，再到半月刊，《微型小说选刊》始终坚守着荟萃微型小说精品、专注微型小说理论研究、促进微型小说文体发展的使命，选载和刊登了数以万计的微型小说佳作。为了丰富微型小说的文体内容，繁荣并鼓励微型小说创作，《微型小说选刊》一直致力于"书刊互动"，策划并出版了一系列有影响力的微型小说图书。微型小说选刊杂志社每年会编选一本当年度的"中国微型小说排行榜"，近年来还先后策划出版了"微型小说写作课系列""新笔记微型小说系列""微型小说名家系列"等一批受到文坛和市场关注的图书。

值此《微型小说选刊》创刊四十周年之际，为了总结并展示中国微型小说四十年来的创作成果和《微型小说选刊》

四十年间所刊载的微型小说佳作，微型小说选刊杂志社特别选编了这套《微型小说选刊40年典藏本》丛书，共4册。

《微型小说选刊40年典藏本》于2024年4月开始编选，历时五个月，于2024年9月基本定稿，后由于部分作者联系不上，无法取得授权，又进行了调整，收录作品最终确定为400篇。该丛书编选的原则是以作品说话，不厚名家，不薄新人，精选具有时代特色、反映社会变化、经得起时间考验的佳作，力求展示微型小说创作的繁荣和百花齐放，展示活跃在当今文坛的微型小说作家的创作。考虑到不少经典作品已经被很多选本选载过，如许行的《立正》、汪曾祺的《陈小手》等，这些作品已被广大读者所熟知，因此此次未予收录。

全书的编排顺序依据入选作品在《微型小说选刊》上的刊载时间，同时，在作品的数量上，每位作者最多只选3篇。由于时间紧迫，编者在编选之时难免会有遗漏，敬请广大作者和读者海涵。

目 录

滕敦太　　挑新娘 / 001

戴玉祥　　一条鱼的思想品德 / 005

黄大刚　　相　牛 / 008

徐均生　　詹一刀 / 011

李立泰　　父亲的西装 / 014

司玉笙　　六婶的毒咒 / 017

张海棠　　天下谁人不识君 / 021

非　鱼　　看　戏 / 024

陈振林　　公　输 / 028

张海龙　　师者老邢 / 031

李　方　　造　势 / 035

聂鑫森　　飞龙烟嘴 / 038

徐　东　　陌生人的欠条 / 042

莫树材　　欠你一碗"整蛋糖水" / 047

何君华　　巴音诺尔的旗 / 050

杜书福　　惊　蛰 / 053

刘向阳　　一百万是多少钱 / 056

张　港　　寻找王Ｘ成 / 059

侯发山　　山伯进城 / 063

顾振威　　父亲变成一只羊 / 066

曾　颖　　锁　链 / 068

刘立勤　　扎灯的老方 / 073

侯德云　　1860 年的战争·北塘 / 077

三　石　　作家老戴 / 081

莫小谈　　时光罐头 / 084

安　勇　　再见了，虎头！ / 087

安　谅　　我是您学生 / 091

海　华　　一只猫头鹰的自述 / 094

冷　江　　聋子阿公的秘密 / 097

蒋先平　　帮把手 / 100

原上秋　　让你的船下水吧 / 103

满　震　　做土方工程的老钟 / 106

王海椿　　村妇是个哲学家 / 110

冷　鬼　　初　心 / 113

夏　阳　　炫　耀 / 116

谢大立　　呼　救 / 119

墨　村　　坏腰子杨树皮 / 122

冯伟山　　瞎子卢六 / 126

申　平　　老　枪 / 130

颜士富　　王小跳的二次离职 / 133

于德北　　渑池来信 / 136

刘　浪　　鱼　神 / 139

胡　玲　　杯中舞 / 143

田洪波　　大厂女婿 / 147

范子平　　景老师小传 / 152

王培静　　前方后方 / 155

于德北　　风　景 / 158

戴智生　　拜　年 / 162

骆　驼　　牛　奶 / 166

胡　炎　　老　相 / 170

刘　泷　　青春的林卡 / 174

戴　希　　解剖课 / 177

芦芙荭　　荣誉村民 / 181

蓝　月　　姐　妹 / 185

徐全庆　　母亲走失 / 189

红　墨　　　枪 / 192

梁有劳　　黑牡丹红牡丹 / 195

李晓东　　马仔的葬礼 / 198

徐全庆　　他的名字叫许戎 / 201

张亚凌　　1970 年的记忆 / 204

厉剑童　　父亲的叹息 / 208

佟掌柜　　樟松林 / 212

周耘芳　　带我看黄河 / 216

曾　颖　　泥蛋糕 / 219

朱红娜　　缴　枪 / 223

陈　毓　　玉兰探照 / 226

红　墨　　江湖鱼馆 / 229

程多宝　　你是谁 / 233

揭方晓　　车马辚辚 / 237

张海洋　　寻找老韩 / 240

熊仪婕　　书中人 / 244

岑燮钧　　鞋皮生 / 248

汪云飞　　错　过 / 251

袁良才　　父亲的荣光 / 255

王利群　　大先生 / 259

江红斌　摔老盆 / 262

欧阳明　秦玉兰 / 266

李海燕　此岸是麦子，彼岸也是麦子 / 270

邢庆杰　健　忘 / 274

蒋静波　油菜花开燕子来 / 277

徐全庆　看　护 / 280

闫耀明　月亮在默默行走 / 284

李伶伶　马哈的酸楚 / 287

徐向林　领　作 / 291

张建春　看　水 / 295

韦如辉　钢铁的味道 / 299

非　鱼　轻舟已过万重山 / 302

安石榴　L 教授的火车 / 306

杨静龙　布达拉宫上空的鹰 / 309

郑玉超　1970 年的酒 / 314

苏　龙　老徐这人 / 318

王千里　一个泥水匠的完美生活 / 323

张　港　曾陪曾伴花栗鼠 / 327

高　军　特殊印章 / 331

王　苟　老　石 / 334

刘永飞　　无名之树 / 338

刘兆亮　　马　车 / 342

安　谅　　打瞌睡 / 346

刘　帆　　摘　花 / 350

田玉莲　　戏　疗 / 354

挑新娘

滕敦太

话说二十年前，三叔 30 多岁了，还是单身。虽然心急，但不至于像喜鹊窝的光棍们那样急得龇牙咧嘴，用那些光棍的话说，三叔是"稳坐钓鱼台"。奶奶早就放出了话，要用小姑给三叔换个媳妇。

小姑小三叔 6 岁，也同意换亲，只是要求挑个合适的人家。媒人来了几十趟，没有合适的。三叔也没有鼻涕拧，等吧！

这一等就眼看到了 40 岁！村里的光棍取笑三叔"守着盐坛喝淡汤"，三叔喝醉了，就躺在屋里放声大哭。奶奶也急了，拎个小板凳到集市上，坐在路口放开嗓子喊：喜鹊窝的，余家，兄妹换亲啊！只一天，附近几十里都知道了。三个村的媒婆一合计，北村一个，南村一个，喜鹊窝三叔，三对兄妹换亲。

奶奶一嗓子喊妥了换亲的事。接下来，快刀斩乱麻，所有的讲究一担挑，两天后，三家同时办喜事，女的上午九点出嫁，男的十二点拜堂。每个媒婆负责跟一个新娘，防止发生意外。

小姑换亲的男方条件还将就，因此小姑也算满意地出了嫁。接下来，三叔一身新衣，笑容灿烂，等着当新郎了，让那些光棍眼里快要冒出火来。

坐完了二荐席，已经到了上午十一点，算时间，新娘应该快到了。这时，打听消息的堂弟跑进了屋，喊一声：坏事了！

三叔汗就下来了：是不是新媳妇没来？

三家换亲，三叔娶的是南村的，小姑嫁的是北村的，新媳妇不来，可就鸡飞蛋打了。

堂弟说话快：新媳妇来了，过不来啊！事先说好走东村绕过来，开拖拉机的不识路，直接顺路开到南岭沟那边，挡住了。

三叔就急得乱磨腚！村南有条泄水渠，上游发大水将桥冲坏了，村里乡里都没钱建桥，几年下来，这条沟越冲越深。村民们干农活，只能沿着大沟两侧斜着挖出台阶，把收的粮食运到沟边，用扁担挑过大沟，再装上小推车运回家。

问题的关键是，南岭路不好，河又长，送亲的拖拉机如果绕路，最快得两个小时。这么个鸟不拉屎的地方，如果新媳妇恼了，说不定直接回去了。

决不能绕路！

三叔、奶奶、几个近门，小跑来到南岭沟。那边也过来几个人，亲家双方在沟底紧急谈判。三叔要把新媳妇背过来。那边不让背，有讲究，新媳妇两脚不能空，必须踩着东西。

三叔说，那找人抬？那边还是不同意，新媳妇单独过沟，不吉利。

女方摆明了找碴挑事。三叔没辙了，说，你们提条件，怎么都行。

那边出了个损点子：听说你们喜鹊窝过这沟靠挑，那就挑！你们找个人，一头挑着新娘，一头挑着新郎，挑过去，就拜堂成亲，挑不过去，可不能怪我们。三叔刚要说话，那边又开口了：限你们半个小时，挑人过沟还不能半道休息，也不能换人。办不到，我们就回头。

逼上梁山!

喜鹊窝多少年没娶新媳妇了,三叔娶媳妇,成了村里的荣誉,事关老少爷们的脸面,几个近门急速跑回村,找了两个大竹筐,三个把手的那种,很牢固,里边坐一个成年人没问题。

问题来了,谁能把两个大人挑过大沟?两侧斜坡,沟底有水,只能踩着几块石头过河。

村里的劳动力不多,干农活行,可挑两个大人过沟,出点差错,把人家媳妇整没有了,那还不要了新郎的小命!有几个力气大的,也不敢接这个差事。

奶奶当机立断,找老五!老五是三叔的远房堂弟,个高力大,办事耿,都叫他"少叶肺"。三叔跑去找他,说了缘由,兄弟,只有你行,成了,给你一条烟!

老五嘿嘿一笑,有这好事?

行。

不到半小时了,能行?行!你先让我吃饱,不然没力气。

三叔拉着老五来到家中,桌子上的肉丸子,管饱,快吃,别误了时间。

几分钟,老五吃了三碗肉丸子。三叔心痛,更心急,拉着他就跑。

老五跑了几步,说,不行,还没喝水。

三叔两眼要冒火,真想踹他几脚。

老五咕咚咚咚灌了三舀子凉水,刚走几步,又回头,灌了大半舀子水。

三叔心里直骂,不撑死你!来到大沟边,老五挑起两个空竹筐,下沟,过河,上沟,与三叔来到沟南侧。

按照送亲的摆布，三叔上了前边的竹筐，新媳妇上了后边的竹筐。新媳妇本来哭丧着脸，居然也有了笑容，这让三叔更不安。新媳妇比他小七岁，花朵一样，可不能出意外啊。还剩不到十分钟的时间了，挑过去，洞房花烛；挑不过去，新媳妇是谁的，还不一定呢。

老五紧紧裤腰带，往手上吐口唾沫，喊一声"坐好了！"猛地起身，加起来二百多斤的两个大活人，挑起就走。

两边乱喊乱叫，老五像听不到一样，挑着重担，顺着斜坡土阶，下坡；到沟底，踩着石头，过河；一刻不停，直接上坡。

沟北，众人看得分明，老五脸憋得通红，龇牙，瞪眼，越走越快，小跑一样。不到十分钟，上了坡，把挑子一扔，大叫一声。

早有人抢上前，把跌倒的新媳妇抬到小推车上，呼喊着推到三叔家，拜天地去了。唯独老五，扔下挑子就往草垛后跑，拉开裤子，长长的一泡尿，几乎尿了半个小时。

三叔洞房花烛时，老五已经住进了医院，听说膀胱憋出了事。那天他担心挑起新郎新媳妇力气不够，又怕误了时间，先前一个劲地喝水，憋了一泡尿，趁着这股劲，一口气将两个大活人挑过了大沟。

后来，老五去闯东北，说挣了钱，回喜鹊窝修桥。村里的光棍都跟着去了。

（载《微型小说选刊》2019年第9期）

一条鱼的思想品德

戴玉祥

我在庭院的西南角修了一个水池，放养了一些鲫鱼。早晨起来，我喜欢站在水池边，看那些鲫鱼在水池里游来游去，很是惬意。

一天早晨，我发现一条鲫鱼，肚子朝上。我知道，这条鲫鱼，怕是要死掉了。我将它网了出来，想把它杀了。就在我准备杀它的时候，鲫鱼说话了。鲫鱼说，主人，知道你放养我们，就是为了杀我们，吃我们的肉。这些，我们都懂，也无怨无悔，但是主人，你能不能留我些时日，等我将肚子里的子都甩出来了，再杀，好吗？

我看看它，最后还是将它放回水池里。

那鱼回到水池后，就开始甩子，像是在争分夺秒，一刻也没有停歇。后来，水池里竟然冒出许多小卿鱼来。那鱼告诉我说，你可以网我了，杀我了。我看看那鱼，我说，你让我的水池里多出很多小卿鱼，你功不可没，不网你了，也不杀你。那鱼听了，说你们人类怎么这样，这样做，不是让我不诚信吗？不行，你必须网我、杀我！我觉得那鱼真的很有意思，很好玩。我逗它说，你这样说，我还就是不网你、杀你，看你怎么着。那鱼听了，转身就往池沿上撞。我喝住它，我说，你这样做，就没有责任心了，那些小鲫鱼还恁小，你竟然要撇下它们，你心好狠呀！那鱼听了，觉得我说的有些道理。那鱼说，那就再给你些时间，到时候，再不网我、杀我，我就撞死。我说好好。我嘴上这样说，心里却是不准备网它、杀它了。我觉得，一条鱼，为了诚信，竟然勇于放弃自己的性命，真的很难能可贵。

但那条鱼，还是让我网它、杀它。并且，态度坚决。

那天，我突然听到那鱼喊叫，声音凄惨。

我跑过去，看见水池里的鱼，大大小小，都浮在水面上，大张着嘴巴。那鱼见了我，很坚决地说，水里缺氧，来，从我开始，将大一些的，都网上去杀了，否则，我们谁也活不了。我知道是这个理，只好用网将一些大的鱼都网了上来，杀了。只是，那鱼，我没有杀。我觉得，在面对危险时，它挺身而出，是好样的，怎么能杀它呢？我将它放进一个水盆里。那鱼哭闹，说你们人类怎么可以这样呢，这样不是陷我于不仁不义吗，说过的，从杀我开始，你怎么可以这样做呢？那鱼说过后，就往盆沿上撞，撞了几次，好像只是头晕了点，并没有大碍。那鱼知道，这样再撞，也是死不了的。

那鱼想到绝食。

只是，我没有看出来。

后来，我出差走了。等我回来，已是一个月后的事了。我看见水盆里的水，都快没了。我不解，问那鱼，这水盆里的水怎么快没了？那鱼看看我，有气无力地说，你走了，怕贼进来，我一天到晚扑腾，是想让贼知道，屋内有人，这样贼就不敢进来了。那鱼还说，你回来了，我就可以放心走了。我说，你要去哪里？那鱼说，还能去哪里，你要是觉得我还有用，就赶快将我杀了，这样，我死后，总还是有点作用。那鱼说后，便闭上了眼睛。我不忍心杀它。只是，我并不知道，那鱼早就绝食了，要不是怕有贼进屋，恐怕早就死了。我给水盆里又添了些水。我说，我不会杀你。还说，你这样的品德，我们人类都应该学习的，我怎么会杀你呢！这时，我听见那鱼叹了口气，接着便死掉了。

我捧起那鱼，目光在它身上扫过后，便后悔起来，后悔没有满足它的最后愿望。我将那鱼拿到砧板上，破开了它的肚子。这时候，有一个声音在说，扔了吧，死鱼不能吃的。紧接着，便有呜呜的声音漫过来。

我停住手，两行泪水，叭叭，砸到地上。

（载《微型小说选刊》2019 年第 10 期）

相　牛

黄大刚

长安圩东边有一片木麻黄林，每到集圩日，周边乡镇买牛的、卖牛的集聚而来，平日寂静的木麻黄林便有了市场的喧闹。一只只待卖的牛拴在树上，买主、牛贩子、相牛的，围着牛评头论足，讨价还价。

每逢牛市，亚山雷打不动必去赶集。亚山相牛有一套，信誉度高，村里人买牛，必请亚山。亚山一到牛市，就有人抢着请他相牛。当然买卖成交，少不了亚山的茶水钱，外加一包软盒好烟。

亚山从牛市回来，我们便向亚山讨烟抽，亚山乐呵呵地把烟掏出来，一人一根。遇到不会抽烟的，亚山把烟塞到对方手里，强行把烟点上。看着别人抽，他比自己抽还高兴。

在村里，亚山是那样与众不同，他的头发什么时候都梳得一丝不苟，他的衣服即使打着补丁也是干干净净的，他的脚上除了下田，常穿着皮凉鞋，不像我们脚拇指夹着拖鞋，脚面上蒙着尘土。他的口袋里常揣着一瓶风油精，隔老远就能闻到风油精的味道。

要是别人，村人早骂他是"二流子"了，可亚山精于相牛，村人看他的目光不由得充满了敬意。

看到亚山风光的样子，弟弟亚东蠢蠢欲动。逢牛市，他便紧跟在亚山的身后，留心亚山的相牛经。几个牛市过后，亚东竟也能说出道道儿来。相牛要看毛旋涡，四个毛旋涡生长在肩胛的，就是吉利牛。牛背及肚都有六个或八个毛旋涡，叫"送棺材"；牛脖子有毛旋涡，叫"带尖刀"等等，那都是不吉利的，要克主败家。亚山相过不知多少头牛，但没有一头是自己家的。亚山家穷，买不起牛。每到农忙季节，亚山都是先给人家帮工，等牛主人把田耕好了，才借得到牛。临牵走，牛主人不放心地叮嘱要及时饲草喂水，别使鞭子。亚山弓着腰，连声应允，生怕牛主人反悔。等到地耕完，好不容易从老天爷那儿盼来的几滴雨，都快要给炭火般的日头晒干了。

相牛虽有主家给茶水钱，可要靠这点儿茶水钱买牛，简直就是异想天开。听说东山那边修高速公路，需要一大批工人，只要不惜气力，工钱还是很高的。

春节，亚山把钱交给老婆豆花时，眉开眼笑地说："这下可以买头牛了。"

过完正月十五牛市才开市，初二才过，工地便催亚山他们去干活儿。眼看春耕要开始了，亚山还抽不出身来买牛，豆花焦急得整天念叨。亚东自告奋勇，称已得哥哥真传，并把相牛经说得头头是道，豆花这才放了心。

亚东相中了一只健壮的公牛。他细细察看了毛旋涡，毛旋涡长得端端正正。讨价还价时，亚东发现牛主人口气有点儿软，便大胆砍价，以自己比较满意的价钱把牛牵走了。

亚山放假回来，亚东买的公牛已饲养快三个月了，亚山一见那牛，就来了火气。"亚东，你看你买的是什么牛，你说这破相的牛能养吗？"

亚东蒙了："这牛怎么了？毛旋涡长得好好的。"

"你看到牛脖子上两行白毛没有？那叫'铁钳'，会夹主人的。"

亚东的目光被那两行白毛烫了一下。

亚山决定，把这头牛当肉牛卖了，破相的牛万万不能养。虽然卖肉牛比耕牛价格低，但总比克主强。

亚山牵着牛向长安牛市走去。

路过一片田地，牛看见绿汪汪的地瓜藤，趁亚山不留心，偷嘴啃了几口，亚山忙拽紧了缰绳。一个老汉从地头走了过来："小伙子，你这是去卖牛吗？"亚山点了点头。

"这牛真壮，多少钱？我正想买头牛来对付这些田地。"老汉流露出喜爱。

"这牛不能养，你看到牛脖子上两行白毛没有？那叫'铁钳'，会伤主人的。"

"哦。"老汉点了点头。

到牛市要经过一条河，每次蹚过，亚山都是把衣服脱下来，顶在头上，到河对岸后再穿上。

不知是河水太凉，还是好久没游水了，到河中央时，亚山的脚突然一阵钻心般的疼，他暗叫一声，知道脚抽筋了。亚山的身体开始下沉，几口水灌进了肚子，慌乱中，他抓住了牛尾巴。牛回头看了亚山一眼，喷了一下鼻子，带着他奋力向河岸游去。

终于上了岸，亚山紧紧抱住牛的脖子，泪水糊在牛身上。牛静静地站着，不时摇一下头，似乎在安慰他："没事啦。"

亚山把牛牵回了家，对亚东说："这头牛不卖了，好好养着吧。"

亚山又去高速公路做工了，可是刚干了两天，就没命地想家里的那头牛。

他辞工了，飞一样地往家里赶……

（载《微型小说选刊》2019 年第 10 期）

詹一刀

徐均生

"詹一刀酒量惊人。"这话是朋友说的。朋友很多年前认识詹一刀,一起喝过酒。朋友还说:"他喜欢白酒,喜欢慢慢地喝,还喜欢谈天说地。"这个我信,凡是喝酒的人都喜欢说话,都喜欢把自己知道的天下奇闻告诉对方。

詹一刀是我的主刀医生,那晚我因胆结石突然发作致胆囊穿孔,被推进手术室后,胆囊就被切除了。詹一刀给我切除胆囊时我们还不知道对方是老乡,而且是相距很近的老乡。这样一来,出院时我就对詹一刀说:"待我身体恢复了,请你喝酒。"詹一刀很爽快地答应了,还说:"跟老乡喝酒,说说家乡话也是很幸福的事。"

然而,由于这或那的一些琐事,一直没有时间跟詹一刀喝酒,就在切除胆囊一周年之际,我忽然想到了这个约定,于是约他周末喝酒,他当即答应了。我特意询问了认识詹一刀的一位朋友,朋友就对我说了开头这番话。

朋友问我:"你准备怎么喝?"我如实说:"一来感谢他把我已经穿孔的胆囊切除了,二来是老乡嘛说说话,当然,这酒一定要让他喝足,最好是让他醉。"老乡之间喝酒有这种不成文的规定,第一次见面喝酒,都要拿出十二分的诚意,用尽全部的酒量。当然,每个人的酒量有大有小,不能强迫对方一定要喝多少,但是,必须喝到十分的酒。

朋友说："你的酒量没法跟他喝的，起码要三个对付他一个，否则，你非喝醉不可！"我说："醉了也就醉了，难得的嘛！"是的，难得，嘴里这么说，心里却在想：这酒怎么喝？我对付不了他，那再叫几位老乡吧。这酒总应该让他喝痛快的，让他醉，否则就没味道了。

请詹一刀喝酒的事，我跟老婆一说，老婆很赞成："你是应该好好感谢他，那天如果不是他及时果断地给你切除胆囊，后果不堪设想。"我说："是的是的。"老婆说："这样好了，我也去吧，万一他不肯喝酒，我敬他他应该会多喝几杯吧？"我说："那当然，目的是让他喝足喝高兴，喝醉更好！"

酒就这样开席了，约了三五个老乡作陪，结果老乡里也有认识他的。这样就不用多客气，这酒肯定会喝得很顺畅。然而，我只能说然而了，詹一刀竟然不肯喝酒！除了开席时老乡们一起碰杯喝了一小口外，后来怎么也不肯喝了。这下子我纳闷了，只好向他发问。

"你今天身体不好吗？"詹一刀回答："身体很好。""那你为什么不喝酒？"詹一刀笑笑，没回答。我振振有词地说："我知道从某种意义上来说，你救过我命，我绝对不可以这样对你说话的，问题在于我们是老乡，既然你也认可了我这个老乡，你总不能不给我面子吧。你，喝吧，老乡同志！"见詹一刀又笑笑，我爽快地说："这样好了，我喝光，你随意！"说着，我把杯里的白酒一口喝光，可詹一刀还是不举杯，还是不喝。

詹一刀这副样子，我能高兴吗？不高兴，绝对不高兴！不过，我还是耐着性子问："晚上值班吗？"詹一刀回答："不值班。"我又问："明天值班吗？"詹一刀回答："这两天都休息。"我的声音提高了："既然不值班，你看在老乡的面子上，是不是应该喝一点呢？"詹一刀还是笑笑，什么话都没有说。

老婆举着酒杯出场了："詹医生，我的身体不太好，你也是知道的，他住院时我跟你说过的，你还联系专家让我去看的是吧，我是不好喝酒的，但今天这酒我是一定要喝的，来，我敬你，你随意，我喝光！"老婆很痛快地把酒喝完了，詹一刀的嘴巴象征性地碰了一下酒杯，等于没喝！

这下子我生气了，真的生气了。我说："詹老乡，我真的是好意请你来喝酒的，你竟然只喝了一小口就不喝了，这也就算了，我老婆敬你酒了，你竟然还是不喝，你，你，你这算什么呀？是不是看不起我啊？！各位老乡你们评评理，他怎么能这样呢！"

詹一刀还是不喝，站起来端了一杯豆浆，说："以后有机会请你喝酒，现在我把豆浆喝完。"说着，詹一刀把一杯豆浆一口喝下去了。

我拉下了脸，也不瞧他一眼。这时候，有位老乡说话了："你就理解他吧，他不是不想喝，他是不敢喝啊！"我从鼻孔里"哼"了一声："谁信？"老乡说："你可能不知道吧，他两个手机一年四季不离身，全是开着的，从来不关机。你知道为什么吗？"我问："为什么？"老乡说："无论在什么时候，都有可能让他突然上手术台，你说他现在能喝酒吗？"

忽然，只能用"忽然"两字来形容，忽然我的心被震撼了，真的。那一刻，我的心却特别平静，也特别想喝酒。我喝醉了，是老乡送我回家的。回家后，老婆深有感触地对我说了一句话："如果詹一刀没有这样的职业操守，那晚你的命就危险了。"

（载《微型小说选刊》2019 年第 10 期）

父亲的西装

李立泰

儿子不听父亲的话，没考师范、农校这些中专，一门心思考高中，目标奔大学。父亲认为如果儿子考中专，上学不花钱，家里不用出费用。考高中，学杂费，吃喝住所有的都要自己掏。

父母是农民，家里只有粮食可卖来换钱。而卖了粮食囤里就少了，口粮少了就吃不饱。吃不饱，人就没劲，而农业劳动最需要的就是力气。没劲挲干，人就会落毛病，会得病。这是农民最怕的事情，病不起。

好在父亲身体好，农活没干不了的。但这样一反一正一年两万多。这是闹着玩的？农家，日不进分文，拿什么供你上高中？就凭我种这五亩地，累死也没门。

高中入学，父亲借辆电三轮，装书、被褥、脸盆、衣服等，送到县一中。一中今非昔比鸟枪换炮了，气派的大门、敞亮的教学楼，偌大的操场占了几十亩地吧？给儿子留下生活费，父亲说，吃饭吃好吃饱，别受屈，正长哩。儿子点头。父亲说，注意，上学咱只比学习，不能比吃穿！比分儿！儿子点头称是。

儿子推着三轮车送父亲出校门。

门口送孩子的，撑劲的爹、当官的爹、大老板爹、工头爹、农民爹、工人爹，什么爹都有。什么样的车也有，学生穿的绫罗绸缎，脚蹬皮鞋手戴手表。儿子穿的算是最差的了，父亲思忖我这爹也是最差的爹了。

当年你爷爷送我上学，也是一中，我跟你一样没听爹的话，非考高中。我后悔一辈子！人家考师范啥中专的，"文革"没完都分配了工作，农转非，吃国粮，工资不少，三十六块五。

儿啊！你爹没本事咋办呀？现在比我当年入学强百倍了。你爷爷推着独轮车送我来的，一边装我的被褥和书，一边装地瓜玉米、饭碗、瓦盆儿。瓦盆儿是农村土窑烧制的土陶制品，母亲花两毛五买的，用小米汁刷洗一遍，就是我的脸盆了。我洗脸洗衣服就用它，它伴我三年半。你爷爷也说我，在校不能比吃穿，只准比学习。我真没在乎过吃穿，一身粗布衣，吃地瓜面窝窝，但我学习还行，上游。但是高考取消了，"文革"中，我回乡接受贫下中农再教育，大学梦基本破灭。

农村繁重的体力劳动，徭役般挖河、出夫，抽空了身体。当民师、参军、招工轮不到咱，工农兵大学生推荐的全是女生。如今五十几岁，脸上胡子拉碴，岁月的沧桑沟壑纵横，就成了不折不扣的老头儿。把希望寄托在儿子身上，你可好好念书，儿啊。

为了供儿子读高中，父亲进城打工，在建筑工地当小工。睁开眼就一天，湮砖抓水管子，搬砖运砖，运沙子水泥，晚上累得饭都不愿吃，躺下就睡。

父亲抽空来学校看儿子，送钱来了，父亲的头发长得盖住了衣领子，像杂草乱蓬蓬地拶挲着，早该理理发了，穿着真正解放的胶鞋，大脚趾露出半拉，还有所谓的工装，水泥白灰油漆让父亲看起来像一座雕塑。

那次儿子不高兴了，要父亲再别往学校来了，穿这么破，给俺丢人！

父亲闻听此言难受得心疼。

父亲蹒跚着离开学校。憨儿子，若不是你爹，若不是你这个破破烂烂的爹，你拿什么读高中？

儿子还算争气，早起晚睡冷桌子热板凳的，寒窗苦读三载，农家穷子弟竟考上了山大中文系。在村上可以说是第一个大学生，大喜事。但父亲高兴不起来，为入学费用犯愁。父亲卖了牛，庄乡邻居凑，儿子上了大学。儿子在校刻苦学习、成绩拔尖，被选为学生会副主席，积极向党组织靠拢，大三就入了党，还考上了组织部选调生，一路绿灯。毕业分配到镇政府任副镇长，他老祖宗坟上冒青烟了！

儿子工作吃苦耐劳，勤勤恳恳、兢兢业业、任劳任怨，服从领导、团结同志，虚心向老同志学习，很快适应了农村工作，分配的任务独立完成，书记私下说他，真是棵好苗子！儿子不到十年就干到镇委书记位上。

正当他向前大踏步迈进的日子里，大家也看好的日子里，领导寄予厚望的日子里，他放松了政治学习，腐败思想滋生蔓延，从收小礼到贪污受贿，最后倒台，大家感到非常惋惜。

老父亲为此大病一场，感觉在村上没脸见人，回忆起昔日的风光……他起五更出村，去监狱看儿子。

父亲"咣当、咣当"地过了两道铁门，才走到见儿子的五号窗口，里面狱警跟着儿子，玻璃墙内外两重天，父子见面了，拿电话对讲。

儿子看见爹，掉了泪。第一句话竟问，爹，你咋穿这么好的西装？

老父亲看看自己身上不太合体的西装，不好意思地说，我借的，怕给你丢人。

（载《微型小说选刊》2019 年第 11 期）

六婶的毒咒

司玉笙

那一天早饭后，庄里突然被一阵歇斯底里的叫骂声打破了宁静。庄里人很久没有听到这嘹亮的女高音了，三三两两地出来一探究竟。一看是庄西头六斤的女人，大家便驻足不前，或蹲或站，与她保持不远不近的距离。

这女人50岁左右，牛高马大的，走路带风，说话能震落树叶儿。自丈夫和儿子外出打工后，家里就剩下她和腰弯得能接地的老公爹了。女人几次请求丈夫带自己出去，丈夫都说："外面没有家里好，再说你是睁眼瞎一个，把你卖了你还以为是中了大奖哩！"

女人转而又央求儿子。儿子说："你走了，俺爷和那几亩地谁管？"

"一个个都是孬种，没良心，没良心，死，该死！"那爷儿俩走后，女人常在寂静的夜里不住地低声咒骂。

女人这一次叫骂，是因老公爹掖在枕头里的几百块钱不见了，问她，她说："谁知道你能把钱窝在那头头？"再问，她就烦了，赌咒道："谁摸你的钱谁不得好死，死了也得托生个畜生！"

老公爹说："俺没别的意思，就是问问，你甭火。"

"俺这火早就想泄了，俺这就出去骂那贱贼！"

于是，女人一声声激越的叫骂声回荡在夏日的阳光里，引得更多的人出门笑看。老公爹实在瞧不下去了，过去小声地劝儿媳妇：

"少就少了，权当丢了一只羊……"

"不中，就是少一只鸡也得知道谁偷去了……"

摆脱了老公爹，女人索性扬起双臂跳将起来，一路劲骂，还不住地掀起汗衫的下摆，袒露出肚脐眼儿，毫无羞涩之意。看她近前了，瞧热闹的人不是退后避让就是躲进自家院子窥视——女人平时几乎不与邻里来往，只有这时才能尽情地一睹她明星似的风采。

女人闹腾了一会儿，一个瘸着一条腿的年轻汉子过来了——这是本家的一个侄子，黑瘦。瘸腿汉子问："六婶，这明光日亮的大白天你又在这儿号叫啥哩？"

女人忽住了嘴，不认识似的瞅瞅面前这个人，眼里便有什么忽闪了一下。女人舔舔双唇，那汗衫越发上卷，露出汗津津的半拉胸脯。

"你个龟孙，准不是又偷腥了——你抓钩爷的钱是不是你摸去了？"

抓钩爷就是女人的老公爹。

瘸腿汉子一听，另一条腿猛一软，差点儿跌倒。瘸腿汉子晃晃身子站稳了，涨红了脸辩道："六婶，你这不是拿屎盆子泼俺吗？俺知道你家的钱都是血汗换来的，再说，俺每月还吃着政府发的残疾人补贴哩！"

"你小时候还吃过俺的奶哩——你个没良心的，谁都敢偷！"

"俺真没干那事，真没有！"

"你这话没人信——只有你往老爷子屋里跑得勤……"

"跑得勤那是我他说话哩，俺从没想过干啥坏事。"

"来，来——你说你没偷你就吃俺一口咪咪！"女人一手托起那半瘪的乳房。

"吃啊！吃啊！"不远处有人兴奋地高声起哄。

瘸腿汉子憋得脸上渗出汗星，央求道："俺大小是个村干部，当着这么多人，您这不是叫俺难堪……"

瘸腿汉子说这话时，声音小得两人刚能听见。那些看热闹的人急得都将耳朵倾向现场的这俩中心人物，可一个字也没听清。

"大声说，大声说——还有啥可瞒的！"

女人环视一下周遭，遮掩好胸脯，提高了声，让所有人都能听见：

"龟孙儿，你要没偷你就赌咒！"

"俺赌咒，赌咒——谁要是偷了抓钩爷的钱，让他不得好死，死后托生个畜生，变猪变羊变小鸡……"

观场的人哄然大笑。在这笑声里，女人和瘸腿汉子一东一西地走开了，留下了众人遗憾的表情和絮语。

正热闹着哩，咋说停就停了？

就在次日，瘸腿汉子突遇车祸身亡。得知他的死讯，女人一宿没睡好。女人闭着眼一只手轻揉着胸脯，两行冰凉的泪水就下来了。

乖乖儿，你那咒太毒啊！

冥冥中，女人看到一只温顺的山羊来到床前，她伸手一抓，羊跑了；再一抓，醒了。——原来是一个梦。

第二天早上，女人照常给住隔壁院里的老公爹送饭，梦中的那只山羊竟然就在老公爹的门口，看着她，咩咩地叫了两声。

女人惊诧地张大了嘴，瞪着眼竟不能出声。

老公爹说："也不知谁家的羊，跑到这院里了……吃了饭给人家送去吧……"

女人没接腔，老公爹便看了儿媳妇一眼。他这一看，神色大变：女人喉咙耸动，就是说不出话。

"你咋啦？"老公爹接过饭食，凑近了看。

女人痛苦地捏捏喉咙，想吐出什么，却只是一阵干咳，眼睛直盯着那只山羊。

山羊始终没有人来认领，女人就天天到庄外放养它，去得最多的地方就是埋葬瘸腿汉子的坟地。奇怪的是，她和她的山羊无论走到哪儿，人们都躲着……

到了夜里，这只羊就在女人床头拴着，女人伸手就能摸到。想骂男人她就抚摸这只羊，一遍又一遍，直到安然入梦。时间长了，床前是一地茸茸的羊毛。

自从有了这只羊，她骂男人不再有声——她失声了。

（载《微型小说选刊》2019 年第 11 期）

天下谁人不识君

张海棠

霓虹灯，摩天楼。城市在夜里安逸地数着星星。

董大从一堆取证材料、财务凭证中抬起头，伸了个懒腰。头晕晕的有些涨，肚子咕咕地造反。下班的时候，他把同事们今天外出调查的资料拿了过来，边看边记，不知不觉已经零点了。

董大打开手机，翻了翻来电提醒。关灯，走出了办公楼。

还好，门口有出租车。

他拉开后车门，坐了上去。电话响了。

董主任，加班到现在啊。

你是哪位？

我是哪位你不用知道，我知道你是纪委监察委案件一室的主任就行了，而且我还知道你刚刚上了出租车。电话里的声音神秘而低沉。

你到底是谁？如果没事我挂了。董大边说边警惕地环顾车外。

别急嘛。听说你们又撸了莫愁公司的账，我想提醒你一下，他们公司财务有些乱，是分管副总的问题，你明白我的意思吧？差不多就行了，别跟自己过不去，月黑风高夜，说不定有什么幽灵出没。

你，你……药……董大猛然愤怒起来，一阵胸闷，人像要窒息一样。他啪地挂掉手机，急促地喊着，本能地把手伸向司机。

药，给您，救心丸。

董大抓住药，一把拍进口里。闭上眼睛，重重地靠在座椅背上。好一会儿，他才微微睁开眼睛。

你怎么有药，怎么知道我老毛病犯了？想起刚才的情形，董大扶着前座靠背，坐起来，疑惑地问。

我也有这毛病，经常出车能不备着吗？吃了几颗没事了吧？司机头也没回，专心地开着车。

嗯嗯，谢谢，好多了。董大释然。这才想起刚才的那个电话，莫愁公司是今天才去的，消息怎么这么快，还把他往副总身上引。可是那些材料，许许多多的疑点指向了一个级别更高的人。这么想下去，他有些明白了，而且似乎感觉有一张巨大的网正扑向自己。那一刻，他的心脏又充满着活力，咚咚地跳跃，他有了一种别样的兴奋。

电话又响了。是他爱人的。

我已经快到家了，别担心。

到哪儿了……这是哪儿？董大拿着电话边说边往车外张望。

已经到您小区了，董主任。司机突然插话。

到我小区了？你怎么知道？你赶紧停车。董大一惊，匆忙挂了电话，盯着司机厉声道。他想起来，刚才上车时并没说要到哪儿，出租车司机也没有问，怎么就径直开到自己小区了？他到底是谁？想着刚才电话里说的幽灵，他瞬间有种不祥的预感。出租车嘎的一声停住了，董大迅速推开车门下车。这是一个多么惊奇的夜晚。董主任，请您听我说。董大一扭头，看见一张陌生的方方正正的脸正挂着笑，望着自己。他怔了怔，觉得刚才的反应有些狼狈，迟疑着又重新坐回了车内。董主任，有人让我跟踪您，价钱还不低呢。司机打起趣来。

　　找你跟踪我？谁？那你今天就一直在门口盯着？被人盯梢，被人套路，甚至诬告，这几年他已经见怪不怪了，找出租车司机跟踪自己还是第一次听说。董大装作镇定，眼里却满是疑惑。

　　董主任，对不起。他们说出租车比较隐蔽，所以找到我，跟了您一个月了。不过，今天不是，我早不干了，我觉得赚这钱心里不踏实，而且你好像没什么可跟的，除了上班下班就是去药店水果店。司机低下头，止住了笑。

　　那你今天怎么在楼下？董大依然半信半疑。

　　说了你也许不信，刚才路过，看您办公室亮着灯，估计您又在加班，嗯，有点担心，就想着等等您。

　　那到底是谁让你跟踪我的？董大打量着那张脸，没有再怀疑，却一下子来了兴致。这……司机有点犹豫。

　　好，今天不早了，等你想好了，再告诉我。你放心，你已经跟踪过我，认识我也可以相信我。董大笑了起来，伸手用力地拍了拍司机的肩，一推车门下了车。董主任。司机又喊了起来。董大一拍脑袋，这记性，居然忘了付车费。

　　车费给你。谢谢你啊师傅。

　　我不是这意思，今天看您加班到很晚，肯定又不记得给您爱人带水果了，我就给您买了。司机边说边下车跑了过来，手上拎着一袋苹果。

（载《微型小说选刊》2019 年第 11 期）

看 戏

连枝和她嫂子在她娘过头七的那天下午吵起来了。

孝子们脱了孝衣孝帽，在院里说话等吃饭，女人们一路哭回来，走得慢，回屋后跪在灵桌前拖长了声哭，连枝和她嫂子比赛似的，都不肯先起来，本家嫂子拉了这个拉那个，总算是把两个人拉起来了。

连枝去里屋脱孝衣，顺手掀开了娘的板箱。她嫂子看见了，问她：连枝你干吗呢？咋翻娘的箱子？

她嫂子的意思很明显，爹不在了，娘过世后，连枝就是外人，不能动箱子了。连枝觉得这是她娘的箱子，她开箱子也就放一下孝衣，怎么还就不行了？两个人你一声她一声，声音越来越高。

连根在院里听见，先吼了自己媳妇几句，又说他妹子：也不怕人笑话，娘才过头七，你们俩就吵，咋说她也是你嫂。

原本连枝和嫂子也就是顶碰几句，过去就算完了，连根这样一说，连枝又哭起来，跪在灵桌前哭，哭可怜的爹，哭可怜的娘，哭可怜的自己。越哭她越觉得伤心，越哭越觉得自己委屈，哭得满院子亲戚饭也吃不成，跟着掉泪。

那天下午，连枝没和她哥她嫂打招呼就走了。这也就意味着，这个娘家，她没法再来了，她娘的三七、五七，连枝都是直接去坟地，上完坟就走。

连根觉得这是连枝在办他难堪，拗劲上来，也不跟她搭话，她爱咋咋。兄妹俩结了梁子，谁都不让步。

转眼到了四月底，正是青黄不接的时候。连枝家四个大小伙子，麦子刚过了正月就快接不上茬，只剩半瓮的白面不敢动，要不来个客擀面烙馍都没面了，一家人黄面馍红薯馍黄面汤吃了俩月，黄面缸也快见底了。

往年都是连枝跟连根借粮食，今年是没法跟她哥张口了。她让男人出去借，谁知道窝囊男人天天夹着布袋出去，又夹着布袋回来，一颗麦一粒玉米都没借到。

连枝骂他：借不来，就等着吃风屙沫吧。男人一声不吭，圪蹴在窑门口抽烟。四个儿子不行啊，一溜行大大小小进门就吆喝肚饥，说她做的饭都是哄鬼的，不顶饥，转个圈尿一泡肚子就空了。连枝也饿，但她不能说。

连枝见天去麦地里看，这麦咋还不熟啊，急死个人哩。她偷偷掐一把青麦穗，揉揉，麦籽稀嫩，看样子再半个月也熟不了。面缸面瓮都见底了，一家人的嘴都要搁起来了。她只好自己再出去借，满村也就借了一碗玉米面，这时候，家家都是吃了上顿没下顿，难熬呢。

端着一碗玉米面回到家，连枝坐饭棚下哭，正哭着，听见院里扑通一声，像是啥东西从崖头上掉下来了，她抹着泪出去一看，是一大块土坷垃。准是哪个淘气的娃扔进院的，她没心思管，扭头进了窑。不一会儿，又听见扑通一声，出去一看，又是一大块土坷垃，她得上崖头看看。

一打开院门，门洞里放着两个口袋，她一眼认出那是连根家的。打开，半口袋麦子，半口袋玉米。她跑上崖头，崖头上空荡荡的，连个人影都没有。

粮食算是续上了，不到一个月，新麦下来，可连枝犯了难，连根送来的粮食吃了，口袋咋还？让男人去，男人死偃，不去，让几个儿子去，几个儿子更是不去，说以前要去大舅家，她都不让去。连枝天天看着那俩粮食布袋，熬煎得不行。

直到阴历九月，观头村要唱戏，破天荒请了运城蒲剧团，连唱五天。家家户户都打发孩子去接姥姥，喊姑叫姨来看戏。

这时候，是一个村子的狂欢。大戏下午一场，晚上一场，有为看戏的，有为戏台下卖吃食的，打石子火烧、炒一生凉粉、烧醪糟、炸麻花、炸糖糕、炖羊肉汤、卖针头线脑鸡零狗碎……台上台下一样热闹非凡，大人叫，孩子跑，一个村子都沉浸在喜庆和热闹之中。

连枝也听说了观头村要唱戏，心里急得五脊六兽的。娘在时，只要有戏，娘早早就叫侄娃来接她，她从开戏一直住到戏班子走。想起她跟嫂子的仇气，想起连根那俩空布袋，想起马上要唱的戏，她跟吃了草一样，心里乱糟糟的。

连根跟她一样，心里也跟吃了草一样。去接连枝吧，抹不开那个脸，还怕媳妇不乐意。他还恼着这个妹子，自己主动送了粮食去，吃完了咋的也把布袋送回来啊，没句话，布袋也给吃了。

还是连根媳妇嘴快，喊她儿子：明儿早起去接你姑去，就说咱村唱戏了，叫她早点来，这回请的好戏。连根听见，心里有了着落，却装没听见。

第二天，连枝在炕上纳鞋底，猛听见侄娃在崖头上喊：姑，我妈叫你看戏去。

连枝着急忙慌出来，仰着脸冲侄娃喊：嗳，嗳，石头，赶紧下来，姑拾掇一下马上去。

还拾掇啥啊，包袱早绑好了，在炕头放着，两个布袋里装着苹果、暖柿子，也在墙角放着。

侄娃推着自行车，驮着布袋和包袱，连枝跟着。村里人看见，问她：连枝，回娘家看戏去啊？

连枝大声野气地喊：看戏去。这不，侄娃来接了嘛。

秋阳高照，田地里、村庄里，万物生长。

（载《微型小说选刊》2019 年第 12 期）

公　输

公输卧在榻上，满脸倦容。

他已经老了，老得让皱纹爬满了脸，让头发染上了霜。他已经病了，病了半年了。曾经的他，真是名满天下。

他又叹了一口气。做相国几十年了，他放心不下国事。他知道，如果没有一个人来接替他的位置，恐怕国就会慢慢衰弱下去了。

他的对面，坐着王，这个国的王。王是前来探望他病情的。但他知道，王也是来向他询问国事的。

王看着他的脸，也陪着他叹了一口气。气流从王的口中慢慢地飘出，像一段音乐。老公输知道王的心里在想什么。

就着卧枕，老公输的身体向前倾了倾："王啊，我走之后，您并不用担心的，我其实，早已为国物色了一个优秀的年轻人。"

"哦？"王应了一声，惊喜的样子。

"这个年轻人才能于我，十倍。"公输的声音大了一些，他将"十倍"说得重重的。

"那他，人在哪里？"王有些急切。

"这个年轻人，就在我的府上，帮着我做些事儿，有时只是抄抄写写，有时和我谈古论今。但他的才能，十倍于我啊。"公输又说。

王点了点头。王没有继续问下去。

老公输吞了吞口中的唾液，压低了声音："王啊，您能用上这个年轻人，乃举国百姓之幸运。"

王又点了点头，没有说话。

"但是，王啊，要是您不用这个家伙，那请您一定杀了他。"老公输又提高了自己的声音。

"那是为什么？"王提出了自己的疑问。

"因为，不为我用，定为他用，将会成为我们的劲敌。"老公输一字一字地说，字字铿锵。

"哦。"王又应了一声。王似乎是记下了这件事，他叮嘱老公输身体要紧，自己急着回到王宫去了。

一袭白衣从老公输面前晃过，老公输轻轻地咳嗽了一声。白衣飘到了病榻前。

老公输顿了顿嗓子，对着白衣小声说话："年轻人，我刚才已向王举荐了你。""谢过师傅。"年轻人立在病榻前，恭敬回话。

"如果王用你，你定会大有一番作为的。"老公输说。

"多谢师傅用心。"年轻人又回应道。

"可是，如果王不能用你，请你迅速远离本国。"老公输的语气变得严肃起来，"因为我向他也说了，你之才十倍于我，如不能为我国所用，将会为他国所用，成为我国之劲敌。"

年轻人站在病榻前，泪流满面。他的心里，感激这位就要离开自己的老人。老公输离开人世的时候，安详地看着年轻人。

就在当夜，有人传话，王派出大批武林高手前来捉拿年轻人，要致其于死地。公输府内，不少人已做好应对的准备，想要保护府中的这个年轻人。

年轻人并不慌张，也没有做好出逃的准备。他轻轻地对来人说:"我要料理老人的后事。至于其他,可以不顾。再说,我想,王肯定不会加害于我。"

果然,并没有传言中的杀手到来,年轻人有条不紊地忙着老人的后事,计划着自己未来的事。

一个有着皎洁月色的夜晚,年轻人带着一个随从不慌不忙地离开。小随从不停地问:"你为什么就知道王不会杀掉你呢?"

白衣飘飘的年轻人哈哈大笑:"在他的心里,我并非有用之才。既然非有用之人,为什么要杀掉呢?"年轻人将手中的马鞭挥了一挥,座下的白马如流星一般,向西奔去。

（载《微型小说选刊》2019 年第 12 期）

师者老邢

张海龙

朋友老邢是船级社一位资深验船师。我们相识多年，工作上有交集，私下也常沟通。老邢常年检验船舶，发证书，对国际公约、法规研究得很透，我们遇到理解不透的公约条文，不愿费力细抠，就拿起电话或发个邮件直接请教老邢。老邢脾性也好，可能信佛多年受教感化，谦卑且不厌烦，直至疑难问题得以解决为快。实而受用，久之，圈内的人喜欢称老邢为老师。

老邢年近半百，虔诚信佛多年坚持不吃活物，吃肉也少，偏黑瘦。业务好，检验的船舶多，老邢每月近半的时间都在出差。出差的老邢喜欢单枪匹马，形似蜗牛，常年背着一个鼓囊囊的工作包。

一次，公司一条油轮在长江某港卸货期间，当地海事局两位检查员午后上船进行开航前检查。从驾驶室到机舱到甲板，翻箱倒柜般查个遍儿。整个过程，两位检查员始终僵着表情，走在前面的那个小年轻更是拿着手中的笔指指点点，在小本上记个不停，嘴里提着各式各样的缺陷。有些缺陷站不住脚，陪同的船员提出异议，小年轻不屑地昂头背起公约法规来。最后，开出15条缺陷的缺陷报告，责令开航前进行整改。然后不顾船长的哀求辩解，离船而去。

缺陷需要在开航前进行整改纠正，麻烦了。其中一个缺陷是机舱主机上空水淋喷头水管长度不够，加长需要动用电气焊，油轮在码头期间不允许动火，需要去锚地才能进行修理。去锚地不仅耽误船期，还会产生很多额外费用。

眼见无解，下班前我只有试着求助老邢。老邢当时在台州出差，下午完成了工作，计划坐晚上飞机回来。我把情况说明后，老邢也觉得缺陷报告有些偏重、离谱。老邢打电话问了同事朋友，弄到了检查员霍队的手机号码。电话打通了，霍队哼哼哈哈应付几句，把电话挂了。老邢不死心，再打，对方关机了。老邢倔脾气上来了，又数次联系朋友，硬是搞到了霍队的家庭住址。

老邢给我打电话，说他已经退了机票，坐上了火车。我骇得不知说什么，不知执着的老邢是否敲得开霍队的家门。

老邢下了火车，买了水果，打车直接去了霍队的家，爬上六楼敲开门已经是夜里10点。面对气喘吁吁的老邢，错愕的霍队连忙把他让进屋里。老邢没时间顾及满脸汗，开始谦卑地对缺陷报告中认为不合适之处参考公约进行辩解，说明在码头无法动火修复的缺陷纠正起来对船东的影响，还有某些缺陷造船时就已经存在了等等。老邢边说边将一瓶矿泉水几大口喝尽。沉默的霍队深受感动了，看着干瘦疲惫年龄相仿的老邢背着沉甸甸的工作包为船东争取基本的权益不辞辛劳，很感慨。最后告知老邢明天上午带着缺陷报告去局里找他。

次日，老邢早早过去。霍队把小年轻一起喊到会议室，逐个缺陷分析简化，最终留下八个当场给出纠正建议的缺陷，这样就不影响船舶卸完货后正常开航了。

对于老邢的倾力相助，我真的不知怎么感谢了。我说报给老板，建议给老邢批点儿奖金。老邢连说不用，说把他的火车票、水果费报销了即可。当然，我又在经常一起小酌的饭店，和老邢连着干尽几杯扎啤，感激的负荷才随着不断的酒嗝稍稍释放了些。

老邢爱喝酒，爱喝啤酒。朋友聚会喝，周休一个人在书房电脑前处理文件时，他也喜欢开启一罐啤酒放在旁边。一两个小时后，文件处理完，桌上已经东倒西歪地放着四五个空罐。老邢爱喝酒，和他多年沉重封锁的心事有关。老邢有一次失败的婚姻。老邢还是小邢时，在船上做到大管轮，被公司调到办公室做机务主管。做机务主管需要经常出差访船，经常酒足饭饱后陪着客户、官员出去消遣。时间久了，老邢找到了刺激，身边悄悄多出了一个小女朋友。老邢走火入魔了，胆子大了起来，利用外出修船几个月的机会，把小女朋友带到了外省修船厂，明目张胆地出双入对。

纸终究包不住火。面对发妻颤抖的质问，老邢不想再欺骗隐瞒下去了。老邢招供后肃立一旁，等待着发妻的狂风暴雨。发妻只是低头掩面抽泣，一直不愿承认的猜疑还是成为事实了。发妻的悲痛呜咽，也唤醒了老邢忽视多年的夫妻情感。老邢心疼，纠结，无地自容。无奈破镜终难圆，挣扎到最后，两人还是办理了离婚手续。七岁的女儿跟了妈妈，愧疚的老邢几乎净身出户。

思想上负担轻了，老邢偶尔也会发呆叹气，然后去疼爱给他激情的小女朋友。小女朋友慢慢变了，变得日益嫌弃体弱酬薄的老邢连个房子也混没有了。小女朋友感觉前途渺茫，拎包走后，才给老邢发去一条信息。

老邢傻了，没料到自己牺牲这么大，竟换来这样的结局。下班后再回到出租屋，面对空荡荡的死寂，老邢心里像倒进了一碗辣椒油，还有一瓶老醋精。老邢咬破嘴唇，摇头苦笑悲叹，发现只有酒精能化解那串揪心的难受，于是开始一杯杯醉饮自酿的苦酒。

后来，老邢找了现在的妻子。经过一番沉浮，老邢沉稳了，话语也少了。白天，他努力工作，夜里实在睡不着，就跪在佛堂前持珠念经拜佛，困了再睡。至少这样，老邢不会在黑暗中想起过去，想起过去的三口之家，想起仍一个人苦熬日子的发妻，发妻悉心照顾的女儿。

女儿长大了，上初中了，懂事了。懂事的女儿明白了为什么总是妈妈一个人辛苦地照顾自己，明白了为什么爸爸一周甚至一个月才能见上一面。老邢感觉握在手心里的一只小手越来越生硬，近在咫尺的表情愈发冷淡疏远。老邢不敢多问，把手心里的小手握得更紧，顺着女儿想去的地方去、想玩的地方玩、想吃的地方吃。有时老邢看着女儿玩在兴头上，心情也好，很想深刻地谈一次，谈谈自己的苦恼。可是老邢几次走近怎么也张不开嘴，只好摇着头把那一堆堆愧疚层层压在心底，压在酒水里，慢慢发酵。

我和老邢一直是很好的酒友。无论谁闷了，想出来透一透气，就找个小饭店，要几碟简单的小菜、几串烧烤、一箱啤酒。话无须太多，举杯干了就是最好的祝酒词。酒尽人也微醺，结账出门握手言别，两个身影踏着春夏秋冬的夜色分向微摇前行。我一直想让老邢把窝在心里多年的愧疚说透说开，和谁说都行，发妻、女儿、朋友，都可以。可是老邢一直摇头苦笑，举杯过头顶，碰出响来，一饮而尽。

老邢是我们圈内人的老师。师者，所以传道授业解惑也。老邢不可以颂其满腹学识，却也熟知善解相关公约、法规难懂的条文。老邢无疑是聪明的，聪明的老邢多年信佛、谦卑，帮助熟识的、陌生的人授过太多的业，解过太多的惑。唯独不清楚，老邢何年何月何日何时也能把自己缠绕成茧的心惑得以解开、化蛹为蝶呢？

（载《微型小说选刊》2019 年第 12 期）

造　势

李　方

　　我不大乐意参加那些光怪陆离的书法绘画展，主要原因是自己不喜欢，不懂。不喜欢而要硬着头皮干，不懂装懂，这就是痛苦的根源。而且这些所谓的展，很少有按规矩程序办的；而按人情，我又与这些人不熟悉，我还没有糊涂到不分麋子麻子为他们捧场赚吃喝的地步。这些远涉江河来到固原办展的人，我总感觉他们更像是走江湖闯码头的游侠草莽，或者卖狗皮膏药跌打丸的街头庸医。

　　但是有时候，会有那么一两个特别熟悉特别亲密的朋友，像热心而巧舌如簧的媒婆一样贴着你的脸，对着你的耳，犹如热恋中的情人般低语："来了个朋友，办了个展览，请一定出席，给个面子赏个脸，撑个场子。"

　　我心里清楚是怎么回事，而且让知根知底的人知道了会骂娘。但人活在世上，不就是顶着各种麻烦在风雨中行走吗？

　　这次是一个头衔多到读不完的实力派画家来办展览。租借场地、投放户外广告、邀请领导、组织观众等等一系列的麻烦事，都是委托当地的画家朋友办的，我只是被邀请出席开幕式。无非是站在高高的主席台上，胸前挂着一朵花，吊着二指宽的红色绸穗，上面有"嘉宾"两个烫金字。将双手叠放在小腹，脸上努力挤出些笑，两眼空洞地看着台下稀稀拉拉的观众和远方天空中的浮云，耳朵里除了刮过的风，还有扩音器里断断续续传来的介绍："……先生，自幼酷爱绘画……美术学院……师从……曾获得……"

了不得。哗哗哗鼓掌。宣读贺词。剪彩。入室参观。

奇怪的是，画展还没看到一半，就有一个陌生的电话打给我了："秘书长好！很冒昧打扰您。我刚看了画展，其中有一幅《雪夜明月图》，想购买，但画家出价太高，28万。您能否从中周旋一下，看整20万行不行？"

我说："我跟你不熟，跟画家更不熟，连面都没见过，要买画你可以直接跟画家谈啊！"

对方说："您是文联的领导嘛，他在咱们的地盘上办画展，您一句话，他总得给点儿面子，少个零头绝对不成问题啊！"

我冷笑。零头？在固原，8万都够交一套房的首付了。

参观完毕，我被朋友生拉硬拽去吃饭，言明这是必须的，没有奉上出场费已是罪过，要是连饭都不吃一口、酒都不喝一盏，简直就是罪该万死了。

就像个心猿意马、红杏出墙的少妇一样，我半推半就扭捏着去了。

席间，另有两个出席开幕仪式的领导，一个说："这个画家还是很厉害的，一幅中堂18万还不肯出手。"另一个说："梅兰竹菊四条屏直接开价20万，一分都不少。看来我们也是入错了行，从小拜师学艺，现在说不定也是身价千万的人了。"人差不多到齐了，画家才行色匆匆、顶着一头长长的卷发进来，抱拳致意，粗声大嗓地说："兄弟我来到贵地，承蒙各位领导抬举，办了这样一个展览。以后还请多多指教，多多提携。大家吃好喝好。"

我冷眼看着这个人，面熟，在哪儿见过。酒过三巡，我猛然想起来了：去年开车去西安，在高速公路礼泉服务区上洗手间，过道里铺满了梅兰竹菊，每幅 100 元。我觉得在洗手间的过道里这样搞，简直是有辱斯文，所以对画画的人特别恶意地多看了两眼。时过境迁，容貌倒是模糊了，但是他的这一头长而乱、黑而卷的头发，倒是令我记忆犹新。

现在，我却不想说破。说破，对我有什么好处？

推脱有事，我先走了。

走出来，还有人打电话要购买画家的画，要我从中周旋少个五万八万的零头。

我建议："你不要在这里买。要买，自己开上车，到礼泉服务区去买。很便宜，一幅 100 元。"

我很客气。我知道谁都不容易。

（载《微型小说选刊》2019 年第 13 期）

飞龙烟嘴

聂鑫森

　　在偏远的响石乡鄢家村，外号叫"烟杆子"的鄢大秋，从花甲年开始，时来运转，扬眉吐气过了十几年好日子。由一个从不被人正眼看的角色，成了众目睽睽的焦点。他真的得意忘形了，做梦都会打哈哈。

　　不是因为他身怀绝技，不是因为他富甲一方，也不是因为他的独生子在城里开了一家杂货铺，生意红火，而是因为他有一杆人见人羡的"烟枪"！

　　君山湘妃竹做的烟杆子，一尺来长，上面缀满黑里透红的斑点；红铜打制的烟锅，温润如玉；烟嘴是琥珀做的，深烟色，半透明，里面有一条小小的飞龙，龙头、龙身、龙尾、龙鳞、龙爪，活灵活现。更奇巧的是，一旦点着烟锅里的烟丝，狠狠地吸几口后，再看烟嘴，里面便云来雾往，龙头动，龙爪也动。

　　这真是个稀世之宝。鄢大秋六十岁时，儿子鄢小宝为他贺寿，除送了个万元红包外，还送了他这杆"烟枪"。

　　"爹，你一辈子没什么爱好，就喜欢抽烟，送你一个旱烟袋。"

　　"旱烟袋，我有。"

　　"这个不同，你一抽烟，烟嘴里的飞龙就会腾云驾雾，是我托人从外省的一个古玩市场买来的，四乡八邻你是独一份。"

　　"哦，那我要了！"

这十年呵，鄂大秋只要一有闲工夫，便是抽烟，抽几口后就眯起眼睛看飞龙张牙舞爪；但凡有人想看看旱烟袋，想过过烟瘾抽几口烟，他都慷慨应允。

"鄂家大爹，这龙怎么会动？"

鄂大秋仰天大笑："我也搞不明白。"

"鄂家大爹，这烟丝金黄金黄，上等品。"

"当然。我儿子保证充足的供应，你尽管抽。"

最让鄂大秋高兴的，是和他屋挨屋的远房堂兄鄂大夏，在他面前也变得恭谨起来，说话的声调也低了，满脸都是讨好的笑。

"大秋老弟，让我抽几口，再看看飞龙在天，好吗？"

"这飞龙有什么看头？"

"看了沾沾福气。你天天把龙含在嘴里，福比天大哩。"

"哈哈哈……"

在鄂家村，鄂大夏历来是个受尊敬的角色，他生得牛高马大，浑身有使不完的力气，田里的功夫样样精通，犁、耙、插、割，又快又好，这样的角色，乡下人称为"田把式"，又称"作家"——作田的行家里手。鄂大夏最看不起的是鄂大秋：人单瘦如烟杆子，力气也不足，田里的功夫做得粗糙——掌犁，垄沟不直；插秧，行距不匀；扮禾，气喘吁吁。还特别爱抽烟，不抽就咳嗽，一抽眼就发亮。

当鄂大秋口叼飞龙烟嘴，在村子里进进出出时，再没人叫他"烟杆子"了。男女老少嘴里不说心里却在问：这龙怎么会动？又长又大的龙怎么会钻进琥珀里？那是龙的魂吧？

更奇怪的是五年前夏秋大旱，六十天没下雨。闲得无聊的鄂大秋在午饭后大声对老婆说："我吃饱了，到田埂上去走走。院里晒了做干菜用的豆角，马上要下雨，要赶快收。"老婆没理他，这不是说梦话吗？

鄢大秋的话，也让隔壁的鄢大夏听见了，不由得冷冷一笑。

鄢大秋在田埂上走走、停停、看看，不停地抽烟，悠闲得像神仙一样。一个小时后，天阴下来，黑云翻滚，接着又是打雷又是下雨。鄢大秋不慌不忙地走回来，一身淋得透湿。

鄢大夏赶忙迎上去，笑着说："大秋弟，借你烟袋抽口烟，好吗？""给！"

……

七十二岁的鄢大秋，因肺癌晚期，很满足地驾鹤西去。正是三九隆冬，漫天皆白。灵堂就设在自家的堂屋里。

鄢小宝携家人前来奔丧。

这天子夜过后，风狂雪猛。鄢小宝和母亲坐在木炭火盆边守灵。

大门忽地被推开，鄢大夏踉踉跄跄走进来，到鄢大秋的遗像前三鞠躬后，号啕痛哭。

鄢小宝赶快上前扶住他。

"大伯，谢谢你。"

"贤侄，我和你爹做兄弟做邻居几十年，情深意长。想不到他先我而去，怎不让我痛断肝肠！你爹用过的旱烟袋给我吧，我想留下个念想……"

"好的。"

鄢小宝走到灵桌边，把摆放在鄢大秋遗像前的旱烟袋拿起来，转身双手交给鄢大夏。

鄢大夏连称"谢谢"，然后离开了灵堂。

送走了鄢大夏，关好大门，鄢小宝又坐回到火盆边。"这么好的东西，他也敢开口要。"母亲说。

"妈，给他吧，那不过是个高仿的工艺品。爹用它，高兴了这么多年，值。大伯用它，也会让人羡慕的。一个东西被神化了，不由得人们不相信。"

母亲听不懂儿子的话，连连叹气。她看了看墙上的挂钟，五点了。

"妈，你去睡一会儿吧。这时候，天最暗也最冷。"

"不。我和你一起守着你爹。"

（载《微型小说选刊》2019 年第 14 期）

陌生人的欠条

徐　东

那时我刚来深圳不久，租住在劳动村，有份赚钱不太多的工作。每天早上我去同一个早点摊吃早餐。摊主是个中年男人，卖些肠粉、汤粉之类的早餐。

有天早上我在路边的桌子上吃肠粉，有位20岁出头的年轻人走过来，伸出一只手，不好意思地对摊主说："我就这一块钱了，可以给我一份吗？"

一份肠粉当时需要3块钱。摊主看了一眼那个落魄的年轻人，拒绝了他。摊主不确定那个年轻人是不是故意想要占他的便宜，他那么忙，没有时间多想。

我看着那位被拒绝的年轻人失意地走开，便飞快地吃掉余下的肠粉跟了过去。我本应该去相反的方向，当我故意走过并回头看他时，我看到一张苍白无助的脸。大约因为忽然有个人回过头来看，他吃了一惊，身体微微地向后顿了一下。

我向他点点头，不好意思地说："你……需要帮助吗？"

他犹豫着，点了点头。我说："你是从什么地方来的呢？"

他有些语无伦次地说："兰州。我到了深圳的蛇口，手机、银行卡、钱包都丢了……我上过大学，在找工作，可现在特别不顺利，找不到工作……我也可以干体力活儿，我想好了，总得让自己生存下去！"

他很瘦，胳膊上还有一块擦伤。可能因为没有钱，也没有住处，他身上的衣服有些脏。

我说："你需要钱吗？"

他看了我一眼说："你……"

我说："你需要多少？"

他想了想，说："10块，5块也可以……"

我笑了一下，说："为什么不多要一些呢？"

他也笑了一下，说："我不知道什么时候能找到工作，也不知道将来该怎么还……"

我说："没关系，就当我送你了——你觉得需要多少？"

他说："谢谢你！我想我要10块钱就好了——我两天没怎么吃东西了，如果能吃上一顿饭，我就可以走路去找工作了。"

我说："你也不一定今天就能找到工作啊！"

他说："可是，我觉得不该向一个陌生人开口要太多的钱——除非你愿意留下你的联系方式，将来我有钱了可以还你。"

那时我刚发了工资不久，钱包里还有1000多块钱。我想着要不要给他500元或者300元，但最后还是按照他的请求，给了他10块钱。

他接过钱的时候，感激地看着我。

我说："祝你一切顺利。"

他点点头，给我鞠了一躬，说："谢谢，谢谢你！"

我看着他那样有礼貌，想了想又拿出200块钱，说："拿着吧，不用考虑还了。"他犹豫着从背包里掏出纸和笔，说："请留下您的联系方式吧，等我赚到了钱给您寄过去。"

我说："不用了。"

他说:"如果您不方便留联系方式,我不能接受您这么多钱。"我说:"为什么呢?"他说:"我也说不好——我只是觉得200块钱不是个小数目,我不该平白无故地接受这么多。"

我想了想又从钱包里掏出300块钱,说:"好吧,我给你留个地址,等你有钱了再还我。"

他笑着接受了,非要给我写张欠条:

本人来深圳找工作,举目无亲,因不小心丢失了钱包,遇到困难,有幸遇到XX先生,他好意借我500元(伍佰元整),本人承诺找到工作、领到工资后第一时间还清欠款。

XXX

2007 年 10 月 5 日

12年后的一天,我又见着了他。

我早忘记了他的模样,或者他的变化太大,让我想不起曾经的那个年轻人。

他微笑着说:"当年我写给您的欠条还在吗?"

我说:"早就丢了。"

他说:"我还能认得您。当时我给您寄了欠您的钱,还写了一封感谢信,但后来退回来了。那时我刚找到工作,很快就被派到外地去了,等我再次回到深圳时,再去您地址上留的——您原来的单位问,可您的单位也不知搬到什么地方了。"我说:"你是怎么找到我的呢?"

他说:"我在网上搜您的名字,又与发表您小说的编辑取得联系,这才找到您的联系方式。我真没想到您是位作家。如果您愿意，我想给您50万——对于现在的我来说，50万并不算一个大数目。"

我想了想说："我不能接受，因为一直没有得到你的消息，我在心里早就把你当成了一个骗子，早就把你忘了。"

他笑笑说："您是个好人，实在人。现在我想给您100万，如果您可以接受的话，我会十分开心的，因为我一直想要感谢您。"

我说："如果现在我再遇到像你当初的情况，可能不会再那样做了。"

他说："人都是会变化的，这个我理解。这十多年来，我也经过多次蜕变才有了今天。"

我说："虽然我变得现实了许多，但仍然很难接受你那么多钱——虽然我仍然租住在别人的房子里，很需要100万付个首付，买一套自己的房子。"

他有些吃惊地说："您这样的好人竟然还没有自己的房子？这样吧，我是真诚的，我给您500万，去买上一套吧。我想和您成为朋友——如果您不嫌弃的话。"

看着他真诚的目光，我仍然觉得他是陌生的，因此我说："对不起，我无法接受。"他急了，有些生气地说："您必须接受——因为当初我都快饿死了，没有您就没有我的今天——您一定要给我一个报答您的机会。"

我说："可是我觉得不该接受，因为我的生活还过得去，和你当初不一样。"

他说："您可以这样想，您就当买了一张彩票，不小心中了大奖。"

我摇摇头说："我当初对你的好意，或者说好心，不应该用金钱来衡量，不是吗？"他说："那我该怎么样报答您呢？"

我说："不需要——如果你想要报答的话，请今后遇到需要帮助的人，去力所能及地帮助一下他们吧！再说，你今天的出现，已经算是报答我了。"

他郑重地点了点头，留下了 500 块钱，走了。

回到家，我对着镜子看，觉得镜子里的自己多少有些假装高尚，没有出息，不由得有些痛恨自己，觉得自己这一辈子，再也没有什么飞黄腾达的机会了。

由于丢掉了那个人的欠条，我至今不知道他叫什么名字。我觉得这样也好，省得我总是记起 XXX 曾经欠我一份人情。

（载《微型小说选刊》2019 年第 16 期）

欠你一碗"整蛋糖水"

莫树材

二十世纪六七十年代，莞邑农村盛行"相睇"，拍拖中的男方要到女方家让女方的亲戚朋友过目，俗称"面试"。

陈村的阿华今天就要到拖友阿娟家相睇，临行，他请来村中的阿文做伴。阿文是插队知青，村里安排他在村小学当民办教师。

阿娟家在邻村大荔枝园里，一连三间大瓦房，有门楼，还有个大院子。阿华两人一进门，大院里就站起了一群人，有阿娟的双亲和三姑六婆，还有阿娟的姐妹团——高妹阿云、靓女阿芳和阿娇，她们都是阿娟高中时的同学，阿娟请她们当主考官。

阿娟的母亲先叫阿华站起来走几步，让大家看看未来女婿的行为举止。阿华霍地站起来，昂首阔步向前走。他是个退伍军人，英姿飒爽，虎虎生威，看得三姑六婆们直伸出大拇指："兵哥好威势！"

接下来是"查家宅"。三姑六婆连珠炮般问阿华："家里有多少人？""有人吃米（商品粮）的吗？"阿华兵来将挡，水来土掩，三姑六婆们细声讲大声笑，大院里闹成一锅粥。

问完家宅后，轮到阿娟的姐妹考官发问了，女主考们个个精眉醒目，牙尖嘴利。高妹阿云首先发问："华仔，问你一个问题，是先有鸡嬷还是先有鸡春（蛋）？"阿华一时答不上来，忙扯了扯阿文的衫袖，文老师先咳一声，然后说："这是一个世界难题，科学家尚无定论。"阿云一时语塞。靓女阿娇忙说:"我问一个有关亲情的问题,如果你老婆与老妈子一齐跌落水里,先救哪个?"阿华说:"阿娟会游水,先救老妈子!"靓女阿芳说:"不问这些离谱的问题,说实际的,阿华,你家里有没有'三转一响'?"阿华忙问阿文:"什么叫'三转一响'?"文老师说:"就是单车、衣车、手表和收音机。"阿华说:"明白了,我家有一辆 28 单车和一部红灯牌收音机!"

面试结束了,到了揭晓考试结果的时候了,莞邑表达揭晓结果的习俗很有趣,也很有人情味,不用语言表达,靠的是一碗"鸡蛋糖水":同意这门亲事的是给你一碗"整蛋糖水",表示"圆满甜蜜";不同意的是"蛋花糖水",表示甩拖散亲。人们把糖水宴中的主角叫糖水妹。阿娟母亲端给阿华的是一碗"蛋花糖水",端给阿文的却是一碗"整蛋糖水"。阿华默默地站起来,把糖水放在桌上,然后一脚踢开单车脚架,推着单车往门楼外走去。高妹阿云忙推阿娟:"糖水妹,还不快去追!"阿娟忙向门外追去。

阿华刚坐上单车,尾架给阿娟扯住了。阿娟说:"刚才老妈子把糖水碗端错了,别介意。"阿华说:"你老妈子没端错,是我错了,不该请文老师做伴,节外生枝,喧宾夺主。"

阿娟母亲把桌上的糖水碗调换过来了,阿华面前是一碗"整蛋糖水",文老师的是那碗"蛋花糖水"。院子里响起了一片啪啪啪的掌声,糖水妹阿娟却躲进屋里去了。

几十年过去了,文老师成了民俗学专家。一年元宵节他带着几名学生回到当年的知青点——陈村采风。那天刚好阿华家里相睇,准女婿带着同伴来阿华家"面试"。几十年前的情景又在阿文面前重现,他告诉学生,今天让你们看一场精彩的传统民俗表演,大家可以打开手机进行现场录像。

　　到了面试结果揭晓的时候了，当年的糖水妹，如今的准丈母娘阿娟端来两碗糖水，她把一碗端给准女婿，又把一碗递给文老师。

　　文老师低头一看，糖水碗里卧着两只白白胖胖的鸡蛋，忙说："糖水妹，今天可不是我来相睇，糖水端错了。"

　　"文老师，我知道你今天不是来相睇，而是来睇戏，我家欠你一碗'整蛋糖水'，今天正好补上。"

（载《微型小说选刊》2019 年第 16 期）

巴音诺尔的旗

何君华

只要看到学校的旗升起来，我们就知道该上学了。

升旗的除了老那，不会有别人，因为老那是我们嘎查小学的校长。说他是校长是抬举他，因为他是个"光杆司令"，他除了是校长，还是我们的蒙语课老师、汉语课老师、数学老师和体育老师，是我们各个正课副课的老师。是的，整个嘎查小学只有他一个老师，他是他自己的校长。

老那叫那日苏，但没人叫他那日苏，也没人叫他那校长，包括我们学生在内，背地里都喊他老那。老那究竟在我们嘎查小学当了多少年校长，没人说得清，我爸上学的时候他就是校长，你说得有多久。

有人说，嘎查小学创立的时候老那就是校长。用现在流行的说法，他属于创校校长。老那有个雷打不动的习惯，那就是每天早上六点准时起床升旗。一旦哪天没升旗，那意思就是学校放假。起初我们连什么是星期都不知道，时间久了才知道一个星期是七天，只有星期天一天放假不上学。在我们嘎查，谁都不习惯按照星期过日子，因此仍然还是每天看老那升旗没有，升旗了就赶紧起床上学。

说起来，老那的"旗语"在我们巴音诺尔嘎查还真是挺实用的。我们嘎查虽然地势极平坦，却是出了名的"幅员辽阔"（这个词当然也是老那用半生不熟的汉语教给我们的）。不夸张地说，我们嘎查可能是整个内蒙古自治区乃至全中国最大的嘎查（村），各家各户住得远，升旗确实是最简单有效的联系方式。

老那吃住都在学校，平时没事也很少离开学校，学校就是他千年不变的根据地。老那如果有事，通常就是作为优秀教师代表去苏木或是旗里乃至盟里领奖。老那有时候想不明白，他每天无非就是给孩子们教教课，水平也不高，能力也有限，很多知识他都没掌握，很多他掌握的知识也不一定对，比他优秀的应该大有人在，怎么他就被评上"优秀教师"了呢？老那想不通，我们也想不通，完全不知道长年一脸严肃的老那"优秀"在哪里。

尽管想不通，但我们倒总是热切地盼望老那去参加颁奖大会。那样的话，不仅我们能放一天或是两天假，而且老那还会给我们带回一些我们喜欢的物件儿，有时是一副羽毛球拍，有时是一副乒乓球拍。我们就在操场上用粉笔画一条线，或是把课桌拼起来摆上砖头拉开架势打，别提有多高兴了。最让我们激动的，是有一次老那去自治区首府呼和浩特领奖，那次我们不光难得地一连放了三天假，老那回来后还给我们带回一只崭新的足球。这是我们第一次看见真的足球，所有人都疯抢着上去踢，人实在太多了，脚又不听使唤，经常一节课也踢不上几脚，但仍然乐此不疲。

后来我们才知道，这些东西都是老那用自己的奖金买的。老那除了给我们带回这些礼物，每次还要买些粉笔、三角板之类的教具文具，因此他回来时肩上的帆布袋子总是鼓鼓囊囊的。除开这些，一定还能在袋子里找到一面崭新的国旗。

我们嘎查地处科尔沁草原腹地，夜间风大，每天傍晚老那都要把国旗降下来收好。尽管这般爱护，可国旗还是经不住每天的风吹日晒，因此只要有机会出门，老那就一定会买一面新国旗回来。

我们都不知道，一双破胶鞋穿了又穿的老那竟然如此慷慨。

我们不知道的事情还有很多。老那的两个儿子都非常有出息，一个是北京一所著名大学的博士，一个在国外一家顶尖科技公司任职，他们都想将老那接到他们身边去，但老那从来没动过这种念头，一心只想留在嘎查小学当他的光杆校长。

这一晃多少年过去了，我们赶回去参加老那的葬礼时才偶然知道这些，一时都忍不住湿了眼眶。

如今，巴音诺尔小学早就不在了，整个巴音诺尔嘎查也已经易地搬迁安置，但我们所有人都决定回去看一看，因为那里曾经有一面旗，指引着我们年少求学的路，也将永远指引我们人生的路。

（载《微型小说选刊》2019 年第 18 期）

惊　蛰

梅子岭村王德宝的犟脾气还会有谁不知道？连鬼婆岭深山里的野猪都一清二楚。他认准了的理，若非他自己说服了自己，你就是有能耐让哑巴到村里大喇叭念一篇广播稿，也没法子让王德宝的脑子拐弯儿绕道，他照样脖颈一梗，就是不改弦易辙！

还在搞人民公社大集体的时候，有一回县上统一搞灭虫运动，上头通知下来，县"革委会"主任要亲自到麻镇检查灭虫工作。那时候传达上头指示不过夜，宣传队连夜动员各家各户在所有的田垄土岗都插上红旗、点起煤油灯和竹篾火，灯火下放置口沿二尺的水缸或脸盆，盛上水，水面滴上油，飞蛾扑火，水俘飞虫。

梅子岭是麻镇户数最少的生产队，集体水缸少，无法按要求凑足灭虫的水缸。生产队长却是个一头刨两个坑的积极分子，上头来指示，他总要加码落实，他要求社员这次搞灭虫要弄大场面，必须让邻近生产队夜里都能望见梅子岭生产队的灭虫灯火。生产队长敲一面破锣挨家挨户踢门喊话，让每家每户把家中所有能装水的家什，不论大小，统统搬出来点灯灭虫。王德宝也把家里的水缸、尿缸甚至出工时带凉茶的水竹筒都搬到蛇形岗梯田上去了。一夜之间，各家各户的各种缸钵无一缺席，摆上了梅子岭生产队一条条田垄上，鬼婆岭北麓有几户人家甚至把神案上的香炉也搬到田头点灯灭虫，灭虫火把照亮了梅子岭生产队的半个夜空。

裤烂偏偏遭狗咬，深山旮旯的梅子岭生产队被抽到必检生产队。县"革委会"主任当兵出身，脾气火暴，一路急行军爬上蛇形岗梯田。眼见田头摆的竟是一些尿缸、水竹筒，明摆着搞形式主义，火气腾地上来了，夺过站在边上看热闹的农民手头的四齿耙，一口气把这些尿缸竹筒砸了个稀巴烂。县"革委会"主任临走时丢下一句话：麻镇公社灭虫工作插白旗。

　　梅子岭生产队社员把县"革委会"主任砸尿缸、水竹筒的事当笑话偷偷传播，只有王德宝的犟脾气上来了，他认为县"革委会"主任不应该把自己家的一口尿缸和一只水竹筒说砸就给砸了。从此王德宝年年到县里上访，要求赔偿按当年尿缸、水竹筒价格折算的损失一元六角四分钱。王德宝只认一个死理，即使梅子岭生产队的灭虫工作是形式主义，那也是生产队长让干的，县"革委会"主任凭什么可以砸烂群众的东西，并且不赔钱？

　　这几十年王德宝一直在上访，年年上访年年无结果。县上的干部都说，这事不好办。县上接访的干部有的答复说："这是历史遗留问题，现在不好办。"有的说："砸几只缸这是小事，不存在赔偿问题。"有的说："你这样闹腾就为了一块六毛四分钱有什么意思？我个人出一百块钱给你，你不要闹上访了。"王德宝说："这钱不该你个人出，你出我也不要，我只要县上公家赔我钱，我会给县上打张收条。"王德宝说："前些年该交村上镇上县上的钱我一分没欠，收到不少上面开的票据，可县上公家该赔我的一块六毛四分钱咋就那么难要呢？"

　　时间过了一年又一年，领导换了一茬又一茬，王德宝的事还是没有解决。王德宝还因此成了县里的上访专业户，接访的干部都烦他。甚至有人觉得王德宝这种无理取闹是一种病，建议带他去专科医院检查治疗。

今年春上，梅子岭村来了个驻村工作组，说是党派来实践群众路线的，组长是新来的县委书记。听说王德宝是县里的上访专业户，县委书记抬脚就要进王德宝的屋。一旁的镇领导满脸尴尬，赶忙上前挡住县委书记，说："王德宝这人脑子一根筋，他的账算不清。"县委书记没理会，嘴里说："我们干部与老百姓同在这个日头下生活，一家人有什么账拎不清？"县委书记说这话的时候，天上的日头有些烫人。县委书记一走进王德宝的屋，就径直走进厨房，抓起灶上一个瓢，从缸里舀了一瓢水猛灌了一肚子凉水。县委书记咂咂嘴说："热死人了。老伙计啊，你这水就是比城里的水好喝哩！"王德宝听说来的是县委书记，赶忙到里屋去找凳子。王德宝从里屋出来，却见县委书记早已坐在厅堂一张搁农具的条凳上。这令王德宝有点儿拘谨，他搓搓手说："这凳子脏哩！"县委书记说："没事没事，脏了裤子可以洗嘛。"那天县委书记让工作人员都出去，就他和王德宝在屋里聊，聊了啥，没人敢去问。

县委书记回去三天后，刚好是惊蛰节气，县委书记派来一辆小车到梅子岭，接了王德宝进城。工作人员直接把王德宝安排坐在了全县领导干部大会的主席台上。大会议程只有三项，一是宣读县委关于当年乱砸群众财物的自我批评函，二是所有党员领导干部在党旗前重温入党誓词，三是当场赔偿王德宝一块六毛四分钱。

颤抖着手庄重地写下一张收条后，一向犟脾气的王德宝紧握着县委书记的手，脸涨得通红，愣是一句话没说出来，泪水却恣意淌了一脸。

（载《微型小说选刊》2019年第18期）

一百万是多少钱

刘向阳

王嫂大字不认识一口袋，可她喜欢有文化的人。自打嫁给王哥，王嫂心里一直美滋滋的。别看王哥初中没毕业，却是东西南北四五个村最有文化的人。就因为有文化，便当上了生产队的会计。生产队长每天要带着社员出工，而会计除了管管账、管管仓库，就没活了，而且，和生产队长挣一样多的工分。你说，王嫂能不知足吗？

可是，啥事都不能一成不变。家庭联产承包责任制在全国铺开那年，各生产队都取消了，还用得着会计吗？从此，王哥便与王嫂侍弄那两亩三分田了。

之前不用干农活的王哥哪能受得了这个罪！就在王嫂愁得眉拧成了疙瘩时，来了喜事，王哥被村上聘为小学民办教师了。嘿！王嫂那个高兴劲儿就甭提了。逢人便讲，还是有文化好吧，我们家的老王当上了老师，工分比当会计还多呢！

就在王嫂美得不知咋好的时候，王哥一个豆腐块大的文章在市报的副刊发表了。而且，还得了一块八毛钱的稿费。从此，王哥开始迷上了写作。这下王嫂不乐意了。王嫂不乐意，倒不是因为王哥从此不再帮助她侍弄那两亩三分田了，王嫂从小就跟着大人干田里的活计，这点儿田哪里还用得着王哥嘛！王嫂不乐意的主要原因是，看着王哥吃完晚饭就趴着锅台，不抬头地写呀写的，有时写到三更，有时写到鸡都叫了。即便王哥这样忙活，却再也没有看到王哥拿回来稿费。王嫂不止一次地劝王哥别不务正业，把教书的事情耽误了。可王哥就是不理这个茬，仍然疯了一样地写。

一天，王哥偷偷拿着家里卖稻子的钱，自费出了一本长篇小说。恰在此时，与王哥小说同名的香港电视连续剧在内地放映了。这下不要紧，不知是哪位爱弄事的人，信誓旦旦地说，那部电视剧就是根据王哥的小说改编的。一传十，十传百，从村上传到了市里。由此引发的结果可想而知，出版社主动再版了多次，发行量打着滚儿地增长。王哥不仅将卖水稻的钱补上了，还挣了四千元。在四十多年前，那四千元可了不得，放现在看，四十万都换不来。

这下，王嫂可是高兴坏了，逢人便讲，我家老王文化就是高，要不咋成了作家！从此，王哥更是一心埋头写作了。上课时，利用学生写作业的时间，他也见缝插针地写稿子。校长不高兴了，劝了王哥几次，可没有效果。一怒之下，把王哥解雇了。

从此，所有的时间都归自己支配，王哥高兴了。可王嫂不高兴了，气得一蹦老高，指着王哥的鼻子喊，你这个不务正业的家伙，没了工作，咱家俩丫头咋上学？就算上学不花几个钱，她们总有长大的时候，咱就指着那两亩三分田，能打发丫头出阁吗？赶紧向校长检讨，再给校长带两瓶好酒、两条好烟，指不定一高兴，让你回学校呢！

王哥有王哥的主意，把王嫂的话当成了耳旁风，无论王嫂咋说咋劝，咋喊咋骂，王哥就像没事人似的，只管趴在锅台边写他的稿子。

王嫂没办法，只好依靠侍弄那两亩三分田过日子。村子本来就是个贫困村，王哥家在贫困村里自然属于最贫困的。无望的王嫂几次想同王哥离婚，可是，一看到一年比一年长得俊的俩丫头，王嫂的心又软了。每当别人提起王哥，王嫂就气不打一处来，我们家没那个人，那个人早死了!

一晃四十年过去了，俩丫头早就结婚了，孩子都上中学了。王哥的创作终于有了收获。年前，一个四十集的电视剧剧本被一家影视公司买去了，赚了八十万。年后，刚出版的一部长篇小说的改编权又以二十万的价格卖给了另一家影视公司。

当王哥将银行卡交到王嫂手里时，王嫂的手颤抖了，抬起模糊的泪眼，问王哥，她姥爷，这一百万是多少钱哪?

（载《微型小说选刊》2019 年第 18 期）

寻找王 X 成

1973 年的冬天，冷得邪乎，兴安岭上龙门农场，田鼠冻得钻进知青宿舍。于是，可怕的鼠疫暴发了。

1 月 27 日夜，狂风打鼓，大雪拍门。一辆马爬犁从三分场驰到卫生院，抬下上海人李志鹏。

李志鹏脸泛青。高烧的人这个脸色，是真不行了。他要说什么，又发不出声音。他指指我上衣口袋，比画着。我明白了，他是要写字。我的破钢笔其实只是摆设，极少用。

李志鹏哆嗦着接过笔，哆嗦着摸出一个挺旧的手绢包。在手绢上，他费力地写出个"王"，笔就不下水了。我接来笔，用舌头洇了洇，又下水了。他接着写，写得太费力，写了老长时间，之后他就闭上了眼睛。送他来的上海人比画："把这个包——交给这个人——对吗？"

李志鹏点点头，我们几个人连声喊："一定一定一定。"李志鹏的眼睛睁了一下又合上，就再也没有睁开。

上海小伙子李志鹏就这样走了。最后陪他的，只有三个上海知青加上一个东北的我。处理完后事，我们想起了那手绢包。

脏兮兮的旧手绢，里面是钞票，35 元。手绢上的字，歪歪扭扭，第一个是"王"，第三个是"成"，中间这个，有人说是"之"，有人说像"云"，有人分析是"立"。不管怎么说，一定要将这手绢包送到王Ｘ成手上——我们点头了，我们答应过李志鹏。

龙门农场也就五六千人，找一个人还不难。我们先从三分场开始，先从上海人入手，可是，没有王Ｘ成。

我们成立了"专案小组"，分工负责，分片包干，拉开大网。然而，还是找不到。一转眼，上海知青大返城，专案小组成员最后剩了我一个。每一个人走时，都对我说"一定一定，一定要找到王Ｘ成"。

之后，我与上海书信不断，上海与我书信不断。

一晃，我也离开了农场，也娶着了媳妇。我给媳妇讲手绢包的事。媳妇将手指在舌上抹湿，一张一张数过那35元钱。她将手指头塞进我的秋衣破洞里，一转一搅："真的不少哩！够织件毛衣哩！"她枕在我的手臂上，日子穷而甜。

儿子降生，特能吃，而他娘没奶。因为钱断了，所以奶粉断了。媳妇先是骂我无能，然后又是骂我无能，最后，她摸出手绢包摔在炕上。我狠狠地瞪她，说："不行！"

我与上海书信不断，上海与我书信不断。可是，那个王Ｘ成，就是找不到。

寻找王Ｘ成的队伍渐渐发展壮大，我们这些最穷的人家却最先安装上电话，打着长途电话研究王Ｘ成，研究手绢包。

那一年，上海来了电话，兴致勃勃："找到了，在上海，原来的龙门知青。"电话里要我带上东西，赶赴沪上。"邮不行吗？""不行，面当面，物对人，得确认。"想想那个大风雪之夜的李志鹏，我带上干粮，买了车票。

那人叫王子成，手绢不对，钱的数额也不对。虽然路费是上海人出的，可我欠了债，债是大田的野草，锄了又长。

一晃，我发现自己老了。这个手绢包，让我长出许多皱纹。可是，怎么办呢？那个大风雪之夜，李志鹏最后那样子，总在梦里，总在醒时。我与上海人通话，决定发起一次大规模的总攻——不管不顾地不分时间地点人物地大讲这个手绢包的故事，发动群众，搜寻王×成。

这天，我接到个电话，那人自称龙门农场的，在城里治病。事情重要，电话里说不行，要我到医院会面。

路上，我忽然想到，这自称于诚的人，莫不是找了20年的王×成？

比我还老的于诚，果然就是"王×成"。

于诚摸着手绢包："是不是35块？是不是两张10块，一张5块，剩下1元的，还有两张5角？"

"是是是，对对对！"

"两张10块的，卖榛子钱；一张5块的，土豆钱……"于诚老泪纵横。

"找了20年呀，原来是你！"

在农场时，我是知青，他是山东移民，我们相隔二十多公里。

于诚翻来覆去地看手绢，翻来覆去摩挲那些市面上已难见的旧纸币。突然，他将钱拍我手上，说："原来张眼镜就是你呀！这些钱是你的呀！"

我傻了，我不能不傻。

于诚缓缓气，说："去过六分场吧。"

我没去过。

"去六分场的路，总走过吧！"

我记不得。

"一辆胶轮拖拉机着火，你们知青救火。这还不记得？"

好像——这事有。

"有个人，救火烧了毛衣。后来我打听了，他叫张眼镜。我就攒了钱，托人买上海毛线，我得赔人家毛衣呀！托来转去，没了下落。想不到，钱钱钱……钱在这儿，你你你……你在这儿。"

泪如水泼，我不会说话了。

（载《微型小说选刊》2019 年第 21 期）

山伯进城

侯发山

山伯这辈子，去过一次县城，唯一的一次。

那天早上，跟往常一样，鸡叫第四遍的时候，山伯就起床了。一般情况下，马马虎虎洗下脸，咕咚咕咚灌一碗水，一边啃着馍一边就下地了。做好庄稼人，必须起得跟鸡一样早，何况眼下是收麦的时节。山伯一边往外走一边说："今儿个到县城一趟。"在灶台前忙碌的山娘愣了一下，撵出门外，瞅着山伯朦胧的轮廓，嘟囔道："麦还没割完呢。"

"丢不了。"山伯头也不回，闷声闷气地丢过来一句。

"麦都焦了，腰子捆不住。"山娘还不死心。紧种庄稼，消停买卖。庄稼人，土地就是他们的命。

"值个啥？！"山伯走得执着，匆忙。

山娘又叫道："你没进过城，认识路？"

"鼻子下边就是路！"山伯的话硬硬的，不容置疑。

在山娘面前，山伯的决定向来就是圣旨。望着山伯的身影消失在弯弯的山道上，山娘轻轻叹息一声。昨夜里他就烙饼似的翻来覆去没睡踏实，有啥关紧事？咋不吱声呢？去城里干啥？城里跟他们唯一有牵连的就是他们的儿子山子。

两年前，也就是1987年，县里建铝厂，在全县范围内物色工人，山子有幸被选中。上班第一天，山子要赶镇里的班车，天没亮就上路了。山伯提出送他一程，他不同意。山伯执意要送，他也没再拒绝。山子前边走，山伯后边跟。黑乎乎的夜里，只有父子两人沉重的脚步声。山子有意加快步伐想甩掉山伯，但山伯走夜路比山子强，两人始终保持着不远不近的距离。整整走了四十分钟的路，山子没跟山伯说一句话。车来了，山伯也跟着上了车。山子说："你要去，我就不去了。"山伯这才下了车。过后，山伯跟山娘絮叨这件事。山娘说："山子都二十岁了，你想着还是孩子？"山伯说："他再大，在爹娘眼里，永远是孩子。"山娘埋怨说："你多大了？七十多岁的人了，也不想想自个儿。""我再大，也是他爹。"山伯嘿嘿一笑。山娘心里清楚，他是为山子高兴——铝厂就给了村里一个名额，仅有山子通过了考试。按照惯例，昨天是山子休班的时间，该回家一趟。结果，山子没有回来，难道是因为这个？听山子说，县铝厂不在县城，在县城边上的一个乡。他要上班，先步行几十里山路到镇上，然后坐车到县城，再从县城坐上开往那个乡的公共汽车，到达途中的一个小站，步行十多分钟才到单位。农闲时节，老头子曾想带着她到山子工作的地方看看，一想到这么复杂的线路，就打了退堂鼓。他今天是咋了？真的是去找山子？他会不会迷路？山娘的心思乱七八糟了一天，割麦也不认真，不住地往山头上瞄。

后半晌的时候，山子回来了，一个人。山娘诧异地问："没见到你伯？"山娘说的"伯"就是山伯。在山里边，一般称呼父亲为"伯"，也有叫"叔""爹""大"的。山子一愣，不高兴地说："他去干啥？我没见。"看到山子的反应，山娘哼哼唧唧的，不敢多说。山子说："他啥时间去的？"山娘说："一大早就去了。"山子黑着脸说："我一大早就从厂里回来了。真是的，不嫌丢人！"山娘想数落儿子两句，张了张嘴还是把话咽了回去。她心里明白，老伴弯腰驼背，胡子拉碴的，走路不利索，形象不雅观，山子是嫌弃他到单位给他丢脸了。

等到了天黑，山伯才一身疲惫地回来。看到山子，他不自然地一笑，低眉顺眼地说，我摸到你们厂，他们说你回家来了。

看到山伯蓬头垢面的样子，穿的衣服也分辨不出颜色了，山子的火气一下子上来了，气呼呼地说，你去干啥？没事就不能在家歇着？

山娘不满地瞅了山子一眼。

山伯嗫嚅着说，昨个儿我听说公路上发生了车祸，一辆货车撞到了一辆公共汽车上，死伤了好几个人……我怕你回家搭乘那辆公共汽车……吓得我一夜没睡。阿弥陀佛，没事就好。

山娘这才知道老头子去找山子的真正原委，瞪了山伯一眼。事后，山伯对她说，给你说了有啥用？让你也跟着担心？

结尾一：多年后，山伯已经去世，山子将山娘接到城里。山娘总会在夜晚看着山伯的照片出神，而山子总是埋怨自己当初没有早点接山伯进城，现在连弥补的机会都没有了。每当此时，山娘都会说同样的一句话："我进城，就是你伯也进城了。"

结尾二：多年后，等到山子理解父母那满满的爱时，这时候，别说孝顺他们，连对他们说声对不起的机会都没有了，因为他们已经藏在了坟里边，似乎依然担心年少不懂事的山子。

（载《微型小说选刊》2019 年第 22 期）

父亲变成一只羊

顾振威

我悲哀而又惊愕地意识到，我七十多岁的父亲变成了一只羊，一只有着圆溜溜的黑眼睛的小羊，浑身的细毛像棉花一样洁白，丝绸一样柔软。

父亲为什么会变成一只羊呢？我想这与我不孝顺的妻子有关。那天当着父亲的面，妻子毫不留情地指责道："我看你这个老不死的，连一只羊都不如，一只羊也能卖个千儿八百的，养你有啥用？"

父亲的眼圈刹那间红了，他悻悻地向外面走去。

尽管拳头攥得咯吱咯吱响，我却没有胆子把它轻落在妻子身上，我怕她怒而出走后我又成为村里光棍大军中的一员。

当天夜里我就听到从父亲蜗居的小房里传来了咩咩的羊叫声。我披衣下床，借光于朦胧月色，透过窗户玻璃，我看到父亲手脚并用，笨拙地在硬板床上爬行着，嘴里发出压抑着的咩咩的叫声。

我的眼泪瞬间涌了出来，但我没敢进去，我怕父亲尴尬得想找个老鼠洞钻进去躲起来。

第二天家里就发生了匪夷所思的怪事，家里少了一个爹，院里多了一只羊。

联想到夜里亲眼所见亲耳所听，难道，难道父亲变成了一只羊？

父亲像是被蒸发掉的一滴水一样了无踪迹，而院中的羊哪像是一只羊？它既聪明又懂事，简直是善解人意，每逢我拖着疲惫不堪的身子回到家里，它就用水汪汪的眼睛看着我，亦步亦趋地跟着我，渴了不闹，饿了不躁，竭尽全力地长肉。随着时光一天天流逝，我不得不悲哀而又惊愕地意识到，我的七十多岁的父亲变成了一只羊，他想发挥最后的余热，让我尽快过上富裕的日子。

腊月一天天近了，小羊变成了膘肥体壮的大羊，妻子唾沫四溅地嚷："快牵到集市上卖了吧，我看能卖一千多块钱。"

我咋舍得卖呢？只好编出能自圆其说的理由加以搪塞。

在喜迎新年的节日气氛里，远近炸响的爆竹在我耳边轰隆隆响，睹羊思人，我思念父亲，许许多多温馨感人的往事在脑海里翻滚着……

这时远在千里之外的绿地建筑公司竟让我火速前往，我本想置之不理，同村的丰产却在电话里说："真有大事，你快来吧。"

"究竟会有什么大事？"

"三两句说不清楚，你来了就知道了。"

我忐忑不安地来到绿地建筑公司，终于知道了原来父亲并没有变成一只羊，而是变作了一具血肉模糊的尸体，后来变作了五十万元的抚恤金，一个窄窄的矮矮的骨灰盒成了他最后的归宿。

后事处理完毕，回到村里，好婆找到我，讷讷地说："其实，你父亲欠了我五百块钱。"

我瞪着血红的大眼，目不转睛地盯着好婆。

"你父亲找我借五百块钱，他说他想用三百块钱买一只羊，用二百块钱作路费，去外地打工。"

好婆的话让我浮想联翩，尽管真相业已大白，但我还是执拗地相信，父亲变成了一只羊。

（载《微型小说选刊》2019 年第 22 期）

锁　链

曾　颖

清晨的鸟市上，总有几个起得比鸡还早的爱鸟人，拎了各自的笼儿和架子，到茶馆里来彼此晒侃一番，给自己这点小小爱好，找一点鲜活的由头。

吴大爷的画眉张三叔的百灵，华成的白燕李二娃的八哥，唱的跳的说话的模样长得花哨好看的，各领风骚，自成风格。每日里宛若套路规整的折子戏，你方唱罢我又来，甚至排名次序也不变地牵引着大家的话头和关注度。

今日的气氛，有些异样。鸟贩子林红嘴提前从成都来了，照说他每月初一、十五各来一次，大家都已习惯了他的节奏，如今冷不丁突然冒了出来，显见是出了什么新鲜事。上一次他打破节奏跑来，已是三年前的事，那一次他带了一只长着两个脑袋的猫头鹰，八千元卖给陈九爷，九爷买下来乐了不到两天，那猫头鹰就让猫给吃了，气得老头一口气没上得来，也当场挂了。有了此段经历，人们对林红嘴的突然到来，竟莫名地有了一些警惕，生怕他从包包里又掏出什么不祥之物。

林红嘴哪知众人心思，从三轮摩托上取下一个口袋，撑开罩子，里面竟是一个方笼，打开方笼，拎出一个架子，上面兀自端站着一只鹦鹉，绿色的羽毛，侧光之处显出蓝青之色，红红的嘴唇，宛如衔了一枚玛瑙做成的哨，一双小眼睛，炯炯有神。从帏帐里出来时，宛如明星从舞台下方的升降机上冉冉升起，虽对外面的强光有些小小的不适，却很快定下神来，范儿十足地抓住了整个场子里的所有关注。

通常，这个时候是该打招呼了。那明星范的鹦鹉显见是知道套路的，当它升起并越过众人的头脸挂在树枝头完成亮相之后，便清脆地喊出一句："哈喽，古得摸宁！"

众人顿时哄笑了起来——说话的鸟儿见过不少，张嘴就来英语的，稀罕。

于是大家来了兴致，搜肠刮肚地把记忆中剩得不多的英语单词，拿出来逗鹦鹉。有的甚至把从电视里学的"八格牙路"都用上了，那鹦鹉居然能接话来句"莫西莫西"，看来这家伙也是看了不少抗日剧的。

林红嘴笑道："别说你来日语，就是法语意大利语泰语葡萄牙语，它都会几句。人家可是漂洋过海轮船火车飞机都坐遍了才来的！"

众人于是又"哦"了一番，好奇之余，更多了几分油然而生的敬意。

不出两分钟，又有人品咂出鹦鹉的奇异之处："你看你看，这玩意儿居然没有拴链子！"

大伙一看，果见那鹦鹉裸着双脚，自在地站在架子上。

看看它健硕的翅膀，大伙开始质疑林红嘴，他该不会是养了一只母鹦鹉在家里，然后拿这只漂亮鸟儿四处卖钱，卖完它又自己飞回来，跟前段时间那些带着妖艳妹子来骗打工仔的家伙一样吧。

林红嘴大呼冤枉，说："这鸟儿的最大卖点，就是不拴链子，打死不飞！"

"难道它翅膀有残疾？"

"不残，只是不飞。不信可以打赌！"

一听打赌，众人都来了兴致——这鸟市上太久没见着新鲜事了，有赌性的和看热闹的，都跃跃欲试。

赌局说定，3 小时之内，众人只要不碰鸟儿和架子，无论用什么办法，让鹦鹉飞离站架，即为赢，反之则输。赌资 1000 元，交由中间人保管，谁赢归谁。

双方的 1000 元很快凑齐。众人又觉得 3 小时太短，改为 5 小时，并取尽鹦鹉架上的食物和水。这些刁钻要求，林红嘴只撇嘴一笑，通通都答应下来。

鹦鹉挂上树枝，人们开始想招。先是击掌、敲锣、放炮仗之武攻，后是扔花生玉米瓜子在地上的文逗，还有人学猫叫，或干脆主张去找一只胖猫来实施心理战术，甚至还有人主张去找一只漂亮的母鹦鹉过来演美人计……

但那只鹦鹉并不理会，依旧只是自顾自地稳稳站在那支架上，或单脚或双脚，死死扣住那根木棍不放。

时间一分一秒推进。众人想办法，却似用竹刀砍石头，没有半分进展。

他们也并不是完全没有机会。在赌局进行到 4 小时 45 分的时候，鹦鹉几次将空空如也的食盒和水盒磕得当当直响，显然是饥了渴了。众人看到获胜的希望，紧急行动起来，在它目光所见的地方，又是倒水，又是撒玉米和瓜子，还故意搞得声光色都无比诱人的样子，水声潺潺，玉米金黄，花生落地发出令人心痒的跌落声……

鹦鹉的小眼睛变得更加亮。它收翅下蹲，一副随时弹射起飞的架势。

众人屏住呼吸，等它大翅一扇，腾空而起。

连周围笼子里的鸟都不叫了。

鹦鹉似乎在为自己打气，像悬崖边准备蹦极的人。

鹦鹉先生面对的"悬崖"，不过是一段离地不到三米的小树枝。

它的腿颤抖着。

它的翅膀轻扇着。

只需轻轻一放手，一振翅，便会迎来呼天抢地的一片欢呼。

人们按捺住提在嗓子眼的心，大气不敢出，唯恐自己任何一个小小举动，让鹦鹉的努力前功尽弃。

那一刻，连林红嘴也有些紧张和动摇了。

但在尝试了无数次之后，它最终还是没有如众人期望的那样，脱爪展翅，飞向食物。

时间到！

公证人一声断喝宣布赌局结束。林红嘴连本带利收下两千元钱，得意地开始收拾鹦鹉，给它加水和食物。

有人不甘地说："你是不是给它爪子上涂了胶水？"

林红嘴抓起鹦鹉，把它拿到众人面前一晃。

鹦鹉不情愿地离架，双脚干干净净，并无异物。

林红嘴得意地说："既然赢了你们的钱，不妨让你们长长见识。这鸟叫墨西哥鹦鹉，驯养它可是有窍门的，打小，就把它放上木棍，随时抽掉木棍，让它摔下地，摔得它不敢松爪，直至长大，翅膀长硬了，也不敢松爪，生怕松爪就摔跤。所以，它决不会松爪去飞。成都的老乔买过一只，一次出差忘了给它喂水，几天后回来，已饥渴而死。桌子离它不足 5 米，桌上水和食都是齐全的。别的鸟锁链是拴在腿上，这鸟的锁链却是拴在心上，虽然看不见，却十分牢实。大伙不要往外说去，我还指着往德阳绵竹去打赌挣几个稀饭钱呢！"

众人称奇者有之，沉默不语者有之。后者占多数，显见并不是因为输了钱而伤心。

那天之后，鸟市上少了两个早起的人。一个是司法局副局长老吴，他终于辞掉抱怨已久的工作，到上海当律师去了；另一个是久不升职的技术员小陈，据说是到成都创业开公司去了。这两个人是众鸟友中鸟养得最差而牢骚最多的人，常常是众人指点和取笑的对象。

大家为少了两个可以磨牙奚落的人，而多少感到有点小小的失落……

（载《微型小说选刊》2019 年第 23 期）

扎灯的老方

刘立勤

老方是半个篾匠。

老方做的东西与竹篾有关，但他不会做篾器。

老方会做灯，花灯、云灯、宫灯什么都会。老方还会扎狮子，会扎龙。他有一双生了魔法的手，用竹篾做好狮子、龙的骨架，然后蒙上纸，涂上色，狮子和龙就像有了魔力，活灵活现随风腾舞惊煞人。

老方不会做篾器，平日靠手艺挣不来钱不说，还赔钱——他要买纸，买竹子，买构皮。老方买的纸是皮纸，那种手工作坊用春天的构皮造的纸，那种纸筋道，皮实。白皮纸用来做龙衣，糊花灯，蒙狮子头。黑皮纸用来做捻绳，捆扎竹篾的接头。老方买的竹子是清一色五年的竹子，老竹子的篾太刚，缺少弹性；嫩竹子的篾没韧性，容易折。只有五年的竹篾最好，不刚不折还有灵性。构皮要用熟皮子，好除粗皮好上色。

金竹刚柔并济，老方把竹子剖成一厘米左右，去芯，刮光，用来做狮子和龙的骨架。水竹节长，老方用来做花灯，做狮子舌头、耳朵和头上的九个包，做龙的角、眼睛。黑皮纸则裁成一厘米、两厘米、三厘米宽窄的纸条，再捻成捆扎竹篾的捻绳。白皮纸则和朱砂等颜料一起，等待腊月正月的到来。

腊月是老方的忙日子。

那年月人们喜欢热闹。丰收的年景需要庆贺，办场灯会；遭灾的年馑需要祈福，办场灯会；谁家生了儿子或是发了大财，也要办灯会。

灯会要有花灯。老方用竹篾做出十二生肖的骨架，再贴上白皮纸，用朱砂和五色颜料勾画羽毛皮色，那些可爱的生肖就在寒冷的夜晚升到空中，高高兴兴给人照亮前程。灯会需要纸船，老方也会。他扎的纸船漂亮精巧经得起风浪，耍丑的老胡和唱旦角的小桃红唱船歌唱花鼓，给人们送来了喜庆和欢笑。

老方最见功夫的是扎金狮和龙。狮子是瑞兽，龙是神物，扎金狮和龙时，老方会提前三天沐浴吃斋，开工时还要祭天地神灵。做狮子头最费劲儿，耳鼻嘴舌繁杂多变不说，头上还有九个福包，麻烦得很。扎好骨架，又要贴上十八层皮纸，更是颇烦。龙头更为复杂，长嘴，利牙，还有一对雄鹿犄角一般的龙角和一片一片的龙鳞龙纹。老方极有耐心，一点儿懒都不躲。

贴上了纸，该用老方的绘画手艺了。老方手艺好，把金狮和龙画得纤毫毕现。老方心善，画龙画狮也喜欢用一点朱砂，避避邪气。所以，人们都说老方扎的金狮和龙威风八面不说，也有慈悲心肠，既能镇灾辟邪，也能给人间送来吉祥。所以，找他的人特别多，老方也特别忙，忙得连屁都顾不得放。

忙完了腊月，正月接着忙。灯会要到正月十二才开始。舞狮舞龙要用赤花筒烧，狮子头和龙都是用纸糊的，难免有烧伤的地方，老方必须及时裱糊补色。小伤小疤倒也罢了，要是烧得太厉害，他得夜以继日几天几夜不能睡觉。忙是忙，老方高兴，赤花筒烧得越是厉害，年景越是风调雨顺，老百姓的日子也越是红红火火。这是玩灯的目的，也是老方的愿望。

老方一直要忙到正月十六或者十七的晚上。那是残灯的日子。忙乎一个多月扎的花船、金狮、龙，都要在那天晚上用一把火烧了。那是祖辈流传下来的规矩。尤其是费时最多的金狮和龙，是必烧不可的东西，否则它们都会成精作怪兴风作浪。这时，也是老方最高兴的时刻。终于可以喘一口气了，一方百姓的日子将被熊熊的大火照耀得红红火火。

　　年景越来越好，老方没想到的是灯会被停办了。原因是别的地方办灯会死了人，一杆子领导丢了乌纱帽，县里的领导担心我们县的灯会可能出事死人，勒令停办了。领导一句话，几百上千年的传统说停就停了，金狮神龙也没有办法，老方更没办法。老方的手艺挣不来钱不说，还弄得像疥疮一般，得空还痒痒得让他不自在。

　　好在有钱的人越来越多，活着时铺张，死了更是气派。不说气派的墓地，高级的棺木，还有楼房大瓦屋的灵屋，外带小车电器。甚至有的人家还要扎上几个丫鬟仆人，让享惯清福的父母继续舒坦快活。最不济的穷人家，也要做一座三层别墅，配上豪车和电视，让亲人在那边过上阳间未曾享受过的好日子。

　　这是老方的长项，有人找老方，怎么说老方都不答应，自己的手艺是给活人做的，那是高雅的艺术，咋能去扎灵屋骗死人呢？可惜，老方的老婆是个病壳壳，她离不开药罐，药罐离不开钱。老方的儿子要娶媳妇，娶媳妇离不开钱。老方的女儿读大学，读大学也离不开钱。

　　老方开始扎灵屋了。

　　灵屋极其简单，只求艳俗不求手艺，老方觉得很不过瘾。老方就把自己的技艺融进灵屋的制作——他把灵屋扎成古代宫殿的模样，然后把十二生肖扎成极小的灯笼挂在宫殿飞檐斗拱之上，再在门口扎上两只石狮子，一座豪华的灵屋就建好了。可是，老方还是不尽兴，老方又开发了一种新项目，做了一个龙头船身的棺材罩子，预示后人一帆风顺飞黄腾达。

老方手艺好，做工精致，这东西很受欢迎，人们抢着买老方做的灵屋和棺罩。老方咬牙喊了一个天价，依然供不应求，甚至还有活人交钱预订这样的灵屋和棺材罩子。

可是，老方依然不高兴，依然看不到他的笑脸。每逢道士做法事交包袱烧灵屋的时候，老方还会痛哭流涕，哭得比孝子还要伤心，让人不明就里。

（载《微型小说选刊》2019 年第 24 期）

1860 年的战争·北塘

侯德云

我叫弗朗索瓦·德·拉尔希，1860 年随蒙托邦将军远征中国。在跟随蒙托邦将军之前，我是法国驻北非骑兵第一军团的中士，一个吊儿郎当的下级军官。

我永远不会忘记蒙托邦将军写给我的亲笔信：

"拉尔希中士：军事部决定派你调至我处任旗手，并作为私人秘书随同前往中国。见信立即回国。至巴黎后，速来多瑙河大酒店。蒙托邦将军。"

是我父亲，阿日诺尔·德·拉尔希伯爵，暗中操控了我的命运走向。他把自己的"混账儿子"从非洲调往中国，是想让他有所历练，兴许能混个一官半职，或者至少改改他那玩世不恭的秉性。

我追随蒙托邦将军离开法国整整七个月之后，战争才真正开始。1860 年 8 月 1 日下午三点，法英联军共两千人，在白河北岸登陆。我们的计划是绕道北塘，从侧面进攻大沽口炮台。

两百名广东苦力也随同我军一起登陆，他们的任务是运输武器弹药和军需品。

正是退潮时分，我们乘坐运兵船奔向海岸。在离岸大约一公里的样子，运兵船搁浅。将军一声令下，士兵纷纷跳进水里，像一大群青蛙蹦来蹦去，嘻嘻哈哈的，做游戏一般。

临近海岸时，我们发现堤坝上有小股清军骑兵正在集结。将军下令，做好战斗准备。

可是很奇怪，集结成队的清军骑兵突然消失，一个都不见了。

那天晚上我们在海边扎营。参谋部杜潘中校带侦察兵前往北塘侦察，凌晨两点返回，向将军汇报说，北塘无驻军，也没几个居民，外围的两处炮台无人守卫。杜潘还说他进入炮台仔细探查，发现了一些包着铁皮的木制炮。

清晨五点，我们列队向北塘进发。

北塘是一个村庄，但看起来更像是一座城邑。有城墙，有城门，有成片的民居。街道上有三三两两的村民在闲逛，显然绝大多数村民已经举家逃走。我希望剩下的这些人能加入我军的苦力队伍，我们需要大量人手。

将军命令士兵在村中挨家挨户进行搜查，房屋，前院，后院，不放过任何一个角落，以防清军在此埋伏。

居民区的一幕幕惨状让我们心惊胆战。很多人家的水缸里，都漂着被勒死的儿童和被割断喉咙的女人。他们中的大多数是头朝下被塞进水缸的。还有不少女人吊死在房梁上。

我带领十几名士兵闯进一座四合院。这是北塘最排场的住宅，看样子像是官宦人家的府邸，有几十间房屋，有空旷的庭院和花园，驻扎一个团的兵马都没问题。这座四合院有主房七间，主房左右各有耳房四间。室内格局完全遵照中国北方习俗摆设，主卧里有一张紧靠墙壁的大床，是用砖头砌成的大床，中国人叫炕。炕上挂着帷幔，铺着绸缎被褥，摆着靠垫。

一进卧室我就愣住了，身后的十几名士兵也都愣住了，其实叫惊呆更准确。

炕上躺着三位妇人。一位衣着简朴的老妇，两位衣着华丽的少妇。老妇躺在中间，枕一只黑底绣花枕头；年龄看似稍长的少妇，躺在老妇的左边，枕一只红底绣花枕头；年龄稍小的那位，躺在老妇的右边，枕一只绿底绣花枕头。三位妇人都梳着"两把头"的发型，还都是天足，看来是满人无疑。

年龄稍小的妇人，容貌美极了。我以前从未见过那么美的中国女人。

三位妇人的喉管都被切开。显然是刚刚被切开的。她们的身体还处在痉挛状态，喉咙里嘶嘶作响。鲜血在流淌，炕上的绸缎被褥都浸泡在血水里，丝绸帷幔上也溅有醒目的血迹。

两个小女孩坐在炕上的血水里玩耍。三位长辈的奇怪表情让她们觉得很好奇，她们用沾满血迹的小手，一会儿拍拍这个，一会儿拍拍那个，嘻嘻笑个不停。

火炕对面有一位身穿袍服、扎着腰带的中年男人，他坐在太师椅上，瞅着炕上的三位妇人和两个女孩。他的脖子在流血，从胸膛流到腿上，然后一滴一滴，滴在脚下的一柄钢刀上。

男人的右手握着一把纸扇，在轻轻轻轻地摇动，为的是赶走他胸前嗡嗡作响的苍蝇。

男人看见我们，目光变得凶狠而轻蔑。他似乎是在嘲笑，嘲笑我们在他的壮举面前呆若木鸡。

扇子的摇动幅度越来越小，终于停止不动。男人胸前的血迹，也渐渐凝固成褐色。屋子里的死亡气息压得我喘不上气，两个女孩的嬉笑声听着格外瘆人。我实在待不下去，转身走出房间。

我私下猜测，男人应该是这宅院的一家之主，老妇人是男人的母亲，少妇是男人的妻妾。男人先杀掉她们，然后杀掉自己。

我庆幸男人没有勇气对自己的一双幼女痛下杀手。

眼前的惨状，让我对原本无限憧憬的史诗般的对华远征产生极大的怀疑。我暗中一次又一次询问上帝，人类为何要动辄发起战争？

我对北塘村民的行为也大为不解。我们的敌人是清政府，不是他们，他们何苦要去寻死？他们是不是事先听到了什么骇人的谣言？

我命令士兵把两个失去亲人的女孩带回军营，交给随军的牧师。她们将被送往上海，由一家基督教慈善机构抚养。

很多年后我听说，女孩子中的一个因病去世，另一个长大后做了修女。我不知道那修女的记忆中还有没有当年的血水和嬉笑，有没有亲人的死难惨状。但愿没有。

（载《微型小说选刊》2020 年第 2 期）

作家老戴

三　石

老戴不老，四十岁出头，只是一副迂夫子的做派，很早就被人称为老戴。

老戴除了是作家，还是名科级干部，不过是非领导职务。

老戴的文采出众，诗歌、散文、小说发表了不少。据说，组织上曾考虑提拔老戴去文联，可老戴不去，他说他写作是爱好，这要将爱好变成职业，就找不到乐趣了。不过，老戴的本职工作确实太过一般，机关繁杂的事务性工作，一概没有兴趣，连敷衍了事都做不好，就算是写个领导讲话，也是写得诗情画意的，领导会上一念，要多别扭有多别扭。

如此老戴，在单位自然被边缘化，领导也不派他工作，即便派了，也是凑个人头的。这不，单位要抽调干部驻村扶贫，那会儿各级对扶贫工作还不是太重视，单位自然派了老戴凑人头，驻村担任扶贫工作队长。

这事，一般人都不愿意去，可老戴愿意，平常还找不到机会深入农村体验生活，这下倒好，不但可以积累写作素材，还有补助。

可想而知，老戴的扶贫工作肯定也是做不出什么名堂来的，基本上不闻不问，就是问，也是问不到点子上。整天跟村民闲聊，听村民讲故事、讲风俗、讲传统，素材那是搜集了一大堆，创作灵感亦如泉涌，作品雪片般一篇一篇的，发表了不少，还得了好几个大奖小奖的。

可惜好景不长，老戴驻村一年之后，各级对扶贫工作越发重视起来，扶贫办经常下来检查，发现老戴的工作队长干得是一塌糊涂。单位也意识到问题的严重性，准备将老戴召回，可老戴死活不肯，考虑到老戴在农村混得风生水起，群众基础总归不错，便另外增派一名干部担任工作队长，充实帮扶力量，而老戴便成了扶贫工作队员。

如此，老戴更是逍遥自在了，一门心思跟群众"打成一片"。

接替老戴的第一书记小支，对于老资格的老戴，那是一点办法都没有，由着他的性子，权当没有老戴这个人。

别看小支年纪不大，做事挺实在，项目建设得风风火火，还建了个农民书屋，这让老戴闲暇时有了一个好去处。

来书屋看书的人不多，但总有一些，大都是孩子。村里有个完小，有那么七八十号孩子。下午放学，还有些时间，就会有几个十来岁的孩子来书屋看书，也算是别样景致。别看老戴迂，却是有些顽童心态，没几天就跟这些孩子混熟了。孩子们在书屋看书打闹，有时也写作业，做数学题、写作文，数学老戴没兴趣，而作文老戴便来劲了，主动给孩子们辅导，教孩子们如何构思、如何措辞，还真别说，经老戴辅导的作文，一准被老师评为范文。久而久之，来书屋写作文的孩子越来越多，有时塑料凳子都不够坐。不知不觉，老戴俨然成了孩子们的课外作文辅导员。还是小支灵机一动，老戴要不干脆跟小学合作，举办一些读书写作活动吧？老戴心里一动，心想如今都说扶贫扶智，这扶智可得从娃娃抓起，算是扶贫工作的重要内容，老戴其实也想为扶贫工作做些事，自然欣然接受。

马不停蹄地，老戴挑灯夜战，制订了一个"小小作家写作营"计划，找了村完小的梅校长商量，巧了，梅校长是个文学女青年，自然一拍即合。说起来也挺简单的，不过是老戴到村完小给高年级的小孩讲讲课，或者组织孩子们读读书，组织一些读书主题征文活动，老戴还贡献了部分稿费，给获奖的孩子发一本书、一支笔或者一个书包，当然，有时也发点巧克力、玩具什么的，都是孩子，如此才能培养他们读书的兴趣。不止这些，老戴还调动他在文学圈的资源，邀请些有点名气的童话作家、少年作家来村里，跟孩子们一起学习玩耍，甚至办了一份所谓"小小作家报"，专门刊登孩子们的作文，那可是有稿费的，虽然不多，几块十几块而已，都是从老戴个人稿费中支出的。

那段时间，老戴出奇地忙，白天晚上的，有时休息日都不回家，与梅校长一道，带着孩子们"上山入地"、村里村外"采风"，举办各种有趣或者没趣的活动，不亦乐乎。

老戴是什么人？本地知名作家。他调教出来的学生，与同年龄段的孩子比较，那作文水平自然是超群出众。半年之后，县里组织了一次小学生读书征文活动，清水村完小自然组织孩子们参加，经过老戴辅导的征文作品，竟然有三篇获了奖，其中还有一个一等奖。一个村级完小，能取得如此成绩，在全县引起不小轰动。一时间，各大新闻媒体和上级领导接踵而至，好不热闹。

年底，老戴被评为扶贫工作先进个人，而且是全省的。老戴虽然获奖无数，但因为工作出色而拿到先进，破天荒头一回。

这以后，老戴依旧待在村里扶贫跟孩子们"厮混"，虽然个人文章发表得比以往少了，但劲头却是更足了……

（载《微型小说选刊》2020 年第 3 期）

时光罐头

莫小谈

初三时，我和王小郑跑到学校附近的罐头厂，坐在厂门外的桥头上看游鱼。

王小郑仰着脑袋：等我长大了，有钱了，请你吃遍厂里所有味儿的罐头。我没理会他，也从未被他不走心的承诺所感动。

接着，他不停地晃动着耷拉在桥下的两条腿说：给你宣布一件事儿，我要追校广播站的白灵。

我乜斜着眼看他，一听说他要追白灵，我便随口说：我也追。

这样的回答明显超乎王小郑的意料，瞬间他的脸便乌云密布。沉默良久，他终于做出抉择：行，你追，我撤。随后他又说，你小子一定要对她好一点。

事实上，我并不喜欢白灵，作为好基友，我只是想搅和一下他的青春。得知真相后，王小郑显然很愤怒，他冲我歇斯底里地吼，好几天不搭理我。

这是我们之间的第一场风波，充满着青春的味道。

高考后，我和王小郑商量着来一场说走就走的旅行，去寻找诗与远方。我们一路骑行，到安阳，到保定，到承德，又从木兰围场进入内蒙古，最后瘫坐在塔本乌呼尔图的一片星空下，饥困交加。

当时，我俩的干粮袋里仅剩一个烧饼。说好的，一人一口。

王小郑说：你先咬。我咬了一口。

王小郑又说：臭嘴，我不吃了。我硬往他嘴里塞：吃不吃？不吃。

有福同享，有难同当，要不吃都不吃。我赌气将饼扔在地上，而后又踢出老远。

原以为王小郑会因此而感动，没想到他却一巴掌盖在我的头上，生气地嚷：你想干啥？

我随后也还了手，冲他吼：你想干啥！

一番争吵后，我们对坐无言。许久，王小郑起身，他打着手电到处寻，最终在草丛里捡回那块饼。他用手拍了拍，又在衣袖上蹭了蹭，"咔呲"咬了一大口。再递给我。

那晚，我们因为一个烧饼大动肝火。

大学毕业后，我到省城备战国考，住进了他打工的宿舍里，40多天。

考试在即，他请我吃夜市喝啤酒。醉了，我们一起挤毛豆，比赛看谁挤得准，能不偏不倚飞进对方的嘴里去。由于兴奋过头，一颗毛豆脱离了轨迹，落进了别人的碗里。我赶紧道歉，王小郑也道歉。对方不依，骂骂咧咧地执意要我们赔。谁知，王小郑兀地起身，"哐当"一啤酒瓶摔在地上要横，才算平息。

事后，我责怪他：不该动粗，该赔。王小郑把脖子一梗：该赔，老子知道该赔。但你一个月白吃白喝，老子没有钱了，老子的工资都喂狗了。

这句话击得我心脏生疼，我一拳擂在他的肩上：龟儿子不早说，我有。

王小郑死死地拽着我的手，不许我掏兜：你的钱不能动，留着考试用。

那晚，我们钻进被窝里忆青春，聊着聊着就想起了母校旁的罐头厂，想起了那座充满青春味儿的桥。于是我们约定，十年后的今天，无论高低贵贱，无论天涯海角，都要回到那里相见，不见不散。

又过几日，我赴考，王小郑送我：你大爷的，苟富贵，勿相忘。

我给他贫嘴：我若富贵，江湖两忘。

我考得顺利，留到了省城。王小郑还在这里打工。

起初，我们常聚，后来，我们偶聚。其间，他曾找我协调过几件事，我也曾帮他办成过几件事。再后来，我听说他到处讲，某某主任是我的发小，这里没有他办不成的事儿。于是，我制止他让他别乱说，他喏喏地应承。再再后来，他又请托了几件事，但要么超出我的能力，要么突破了工作底线，我就婉拒了。

一次酒桌上，他酒后骂我，跳起脚的那种，声音也高了八度：你就是白眼狼、吊眼虎，你忘了本，忘了过去。一帮人按不住他。

我坐在座位上听他训。

之后很久，我没了王小郑的消息。后来听朋友说，他悄悄离开了省城。

有一天，我突然想起，过两日正是我们相约的十年之后，我便向单位请假赴约。

罐头厂依然存在，只是萧条了许多。我坐在曾经的桥头，一遍又一遍地设计着我们重逢时的语言。从清晨到日暮，王小郑始终没有出现。面对空荡的夜，我冲着那座空桥说：你好，王小郑。

一日，有老友从家乡来，说他曾在月光下看到一个身影蹲在桥头，大口大口地吞咽着罐头。

（载《微型小说选刊》2020 年第 3 期）

再见了，虎头！

安 勇

老王和老罗夫妻俩，互相开了一辈子玩笑，如果评判一下，可以说旗鼓相当，不分胜负。

他们第一次见面，是在介绍人家里。当时，还都是二十多岁的年轻人，没资格称老王和老罗。小王在轧钢厂当钳工，小罗在纺织厂当挡车工，中间隔着大半座城市。介绍人家住平房，小王来得晚了点，从外屋往里屋走时，没留神绊在了门槛上，一个趔趄半跪在小罗面前。

小罗看他一眼，满脸严肃地说："免礼，平身。"

小王紧跟着接了句："太后吉祥！"

小罗说："好像反了。"

小王说："那咱重来一遍。太后吉祥！"

小罗说："免礼，平身。"

介绍人丈二和尚摸不着头脑，愣了好半天才问："你们俩什么情况，是不是以前就认识？"

两个人互相看一眼，不约而同地说："不认识，但以后可以好好认识认识。"

他们俩一周约会一次，那时候还没有大礼拜，通常都是周六下了班，小王骑着自行车，穿过大半座城市赶到纺织厂接小罗。两个人先骑行一段，到人少的路段下来步行，当时的说法叫轧马路，和看电影一样，也是件挺浪漫的事。周一到周五，他们也没闲着，一到午休，就溜进车间办公室，给对方打电话。

小王说："我在纺织厂门口呢，拿着你爱吃的红烧肉。"

小罗答："等我一小会儿，五分钟就到。"

两个人对着话筒聊一阵，小王像忽然想起来似的说："这么半天了，你咋还没到？肉都凉了。"

小罗说："还说呢，我到半天了，咋没看着你？"

他们相处了一年多时间，第二年五一，到民政局领了结婚证。走出办事大厅，小王咂着嘴表示遗憾："刚才照相时，坐我旁边那个女的，长得可真漂亮，要是早遇到她，我就不和你结婚了。"

小罗也满脸遗憾："咱俩想到一块了，坐我旁边那个男的，也特别精神。"

小王说："那咋办呢？婚都结了。"

小罗说："将就着过吧！"

两个人的家都不在本地，资历浅没分到房子，结婚后，半租半借，住进了熟人——当初那个介绍人——的一间平房里。家具就只有两口板柜和一个大衣柜。

为了增加收入，小王给自己找了一份工作，下班后去一家私人小钢铁厂加工零件，挣点计件工资。小罗在家里做好了饭，估摸着丈夫要回来了，就赶紧躲起来。小王回家后，在屋子里转一圈，没见到妻子，自言自语起来："我老婆哪去了？"小罗在衣柜里答："让人家拐跑了。"

"谁拐的？"

"我拐的。"

"太谢谢你了，可算把那个败家老娘们儿弄走了。"

"拐走她，我给你当老婆中不中？"小罗说着从衣柜里走出来。

小王上下打量她一番："咋不中呢？你比她可强多了。"

他们的第一个孩子是女儿，因为胎位不正，折腾了大半夜才生出来。小罗累得像摊泥似的躺在病床上。小王心疼媳妇，看着看着，不由自主地流下两行泪。小罗睁开眼睛，告诉他自己挺好，用不着难过。

小王反倒哭出了声："我不是为你，是为我自己难过，医院里那么多产妇，生的都是有胳膊有腿儿的小孩，就只有我老婆，生的是一只蛋。"

小罗也来了劲，满脸惊喜道："咱要发财了吧，你赶紧请专家来看看，没准是只恐龙蛋。"

"恐龙都灭绝了，你咋能生出恐龙蛋？"

"那我生的就是王八蛋，正好随你，也姓王。"

他们夫妻俩给对方起了很多外号，随着年龄增长，有一些慢慢被淘汰了，只有两个称呼，一直延续了下来。一个是虎头，另一个是二大妈。虎头很好理解，就是虎了吧唧不太正常的意思。二大妈是什么意思呢？其实和虎头也差不多，只是变换了一种说法罢了。

老罗七十岁时，去诊所镶了半口假牙，心里有些慌乱，问老王，自己是不是变了模样。

老王端详一番说："模样没咋变，你试试看，还能不能咬人？"

老罗抓过他胳膊，咬了一口，摇摇头说："试也白试，我咬的这个老东西，不是人。"

三年后，老罗查出了胃癌，肚子打开，医生说已经到了晚期，怕是活不了几天了。老王心里难过，表面上还硬撑着，不时汇报一下孙男娣女的情况，都是报喜不报忧。

老王说："咱大孙子，这阵子成了香饽饽，三四个长得像电影明星似的女孩儿，争得脸红脖子粗的，都非要嫁给他不可。"

"那咋办？不行就都娶了吧！"

"可惜，咱国家的婚姻法不允许。"

"要不然，让大孙子带上那几个姑娘，移民到非洲去？"

"我看行。"

老罗临走前，把老王叫到枕头边，在他耳边神秘地说："其实，我没死，只是躲到了咱家的衣柜里，你别心急，等到七七四十九天过后，我就能回来了。"料理完妻子的后事，老王回到家中，眼睛看到这里，心空一下，看到那里，心又空一下，四周看一圈，心就空得像一片冬天的田野。最后，他的目光落到那只衣柜上。

老王走到衣柜前，手放在柜门上，想起"七七四十九天"的话，到底没有打开。"头七"那天傍晚，老王又站在衣柜前，忍了忍，仍然没有打开。"三七"那天夜里，老王到底没忍住，还是把衣柜打开了。

他在最下面的搁板上找到一个纸包，打开纸包，里面还有一个纸包，再打开，又有一个……连着打开七个纸包，他看见纸上写着一句话：再见了，虎头！就知道你忍不住，现在我回不来了，你自己一个人在世上受罪吧！

（载《微型小说选刊》2020 年第 4 期）

我是您学生

安 谅

第一次见面，是在明人签名赠书的活动上。

那是一个矮胖的中年男子，圆脸、毛稀、薄唇、细小的眼睛，目光不可琢磨。"老师，能为我签个名吗？"

这种场合，叫老师是一种尊称。明人微笑点头，接过他递来的书，在扉页上写下了自己的名字。"能不能也写上我的名字？我叫李惠，您可以写'李惠同学'！"他的态度诚恳，又千恩万谢，明人不忍拒绝，不过，心里却生出一种莫名其妙之感。

第二次见面，是在一场展销会上。明人正驻足观摩一家客商的智能产品，该公司发展势头如日中天，很是不错。突然，有人挤到身边，嗓门不轻、语气熟稔："明老师好！好久不见，这么巧！"

此时，智能公司老总在做产品介绍，这人一声招呼，形同干扰。明人皱了皱眉，那人居然又插嘴了："明老师，他们的新产品很创新，您可以多多支持！"口吻太直接，让人以为他和明人十分亲近。明人再次皱眉，却也点赞了几句，毕竟，对这家公司的产品，自己还是认可的。

当晚，明人收到了智能公司老总发来的一则微信："明领导，李惠是您的学生？他想代销我们的新产品，我们在考虑。"

明人赶紧拨电话了解情况。原来，那名男子自称明人学生，还把随身携带的明人签名书亮给老总看。"这人干什么的？""他名片上写的是一家不大的销售代理公司的总经理，对市场好像是比较熟悉的，对您的情况也如数家珍。""你们按市场规则办，别受我影响，他不是我学生。"明人哭笑不得，又颇觉恼火。

这天，明人正主持会议，办公室秘书来咬耳朵，说有一个您的学生，在大堂等了半个多小时了。"叫什么名字？""李惠。"明人重重吐出两个字："不见！"秘书刚要离开，明人一个转念，叫住了他："你让他等一等。"

会后，明人径直到了大堂，那名男子满脸堆笑，刚张口叫了一声"老……"，就识趣住口了——明人铁青着脸："你，到底找我什么事？"

"哦，没，没什么，明老师，我只是来看看您。"男子舌头打结了。

"我不是你老师，你也不是我学生！以后不要再这么说了，没事的话，我就不陪了。"明人憋不住，三言两语把话都挑明了。语毕转身就走，他忙得两脚都扛在肩上了，不想再见到这种人了。

又过了大半年，明人出席一场招商酒会，还碰到了大学同窗，某区 T 区长。他俩正寒暄，岂料那名男子又冒了出来，恭敬地称呼区长"T 老师"。T 区长招手让他走近，竟热情地向明人介绍："这是我的学生，搞销售，有点想法，你来认识认识。"那名男子瞅着明人的脸色，有点畏葸。T 区长笑吟吟："怕什么，我和明领导是老同学！"

那名男子这才毕恭毕敬地上前一步："明，明领导，T 区长是我老师，您也就是我老师。我是 T 老师的学生，当然，也是您的学生，请多多指教。"说完，他还欠了欠身，一派绅士模样。明人不便多说什么，只是神情淡然，心里不是滋味。

后来，明人悄声询问 T 区长："他是你什么时候的学生？"T区长哈哈大笑："我上次受商会之邀，给他们讲了几堂课，他都参加了，就一直称我老师了。怎么，我这老师名不副实？"

"哪里，只是我做他老师，就沽名钓誉了。"明人道。

（载《微型小说选刊》2020 年第 7 期）

一只猫头鹰的自述

海　华

啥？你问我是谁？

我呀，来自动物界，叫"枭"，是一只鸮形目中的鸟。

我的头呀，有点儿大；脸呀，有点儿扁平而宽；嘴巴呀，有点儿短，但很强壮。因为我的外貌很像猫，所以呀，人们又为我起了个蛮有趣的名字，叫猫头鹰。噢，对了，我还有个有点儿牛的绰号，叫神猫鹰。

我的祖祖辈辈，都住在地球村，可说是四海为家，除南极洲之外，世界各地都有我的兄弟姐妹，一年四季，森林里、悬崖上、草丛中，都是我的寓所。平日，那些昆虫呀，小鸟呀，蜥蜴呀，还有鱼呀，都是我的美味，可我的主食，一直都是鼠类。

说来不怕你见笑，我的模样儿，虽有些不太讨人喜欢，还是色盲一个，但不是跟你吹，我的视角可敏锐啦，特别是在夜间，能见度要比人类高出近百倍呢。白天，百鸟争鸣，四出活动，我却喜欢躺在树林里睡懒觉，当夜幕把天地裹个严严实实之时，便是我施展拳脚的大好时机……

呵呵，你问我干啥？嗨！捕捉田鼠呀。夜里，那些田鼠都纷纷窜出来偷食粮食时，一个个都逃不出我那强壮而带有钩状的利嘴和一双利爪。我跟你说呀，那些田鼠太操蛋了，一个夏天，一只田鼠，就能糟蹋一千克粮食。而我呢？嘿嘿，一个夏天，就能捕捉 1000 只田鼠，这样算来，一个夏天，我就能帮助人类减少损失 1000 千克粮食呢。我和我的兄弟姐妹们，还因此荣获捕鼠专家的美称。

也许是这个缘故吧，我的祖祖辈辈，一直与人类和平共处。在亚洲一个叫华夏的国度里，我和我的兄弟姐妹们，还被定为二级保护动物。有一年，我和兄弟姐妹们的靓丽身影，以及捕捉田鼠的威武雄姿和丰功伟绩，还被拍摄成专题纪录片，在许许多多城市和乡村广为播放。嗨！那种棒棒的感觉真爽，那时候的日子，真是美美的呀。

记得好多好多年前，我的爷爷告诉我，爷爷年轻时，有一天夜里，刚捕捉到一只田鼠回来，递给在家养病的奶奶，又飞了出去，在掠过一片乱葬岗时，不小心被捕捉野兽的铁夹子夹住了右腿，爷爷疼得眼泪直流，冷汗直冒。天一亮，装铁夹子的猎人把爷爷抓住了。这时，爷爷的右腿已骨折，鲜血流了不少，爷爷心想，这回啊，完了！可是万万没想到，猎人把爷爷带回家，小心地安放在一个竹笼子里，弄了些小昆虫和鲜鱼给爷爷吃，还四处寻找草药，为爷爷治腿伤。有一次，猎人的小儿子一边问这是啥鸟，一边伸手去抓爷爷。被猎人劝住了，儿呀，这叫猫头鹰，它可是只益鸟，一个夏天能吃掉好多好多田鼠，是帮我们保护粮食的有功之臣，千万别伤害它哟。爷爷一听，鼻子一酸，热泪簌簌直流。过了好些日子，爷爷的腿伤好了，猎人把爷爷送回了山林之中。这些年来，爷爷不止一次地跟我讲起这段经历，每次讲完，都深情地跟我重复着这么一句话，儿呀，记住，我们世世代代与人类同住在一个地球村，一直都是好朋友呀。

啥？你问我刚才还眉开眼笑的，为啥说着说着，突然把脸拉得老长？你听我说哦，不知从啥时候开始，这种和谐的好日子突然变了，尽管我和兄弟姐妹们的二级保护动物的身份依然没变，但渐渐地，在有些地方，已经有人打起我们的主意了，动不动就猎捕，一旦得手，就残忍地割掉我们的头颅，把我们全身毛发拔个精光，开膛破肚……继而，或炒、或焖、或炖，然后，饱餐一顿。哼！简直把我们对人类的好统统丢到太平洋里去了。

更为可恨的是，在有些地方，有人说什么把我们跟一种叫天麻的中药材，混合在一起，炖成所谓的"鹰麻汤"，可治人的偏头痛，还可以补脑。于是，有的人发了疯似的暗地里出高价，到处围捕和收购，害得我和我的长辈们、兄弟姐妹们东躲西藏……

唉！不久前的一天晌午，我的又一个好兄弟落入一个歹人之手，很快，被弄到一家专门宰杀野生动物的餐馆里，当天下午便惨遭杀害了。那天深夜，我躺在床上像烙大饼似的翻来覆去，不知过了多长时间，迷迷糊糊之中，我忽地看见，那位好兄弟领着好几位早已遇害的兄弟姐妹，血淋淋地站在我面前，呼天抢地般哭诉着……

我猛然一惊，醒了。原来是噩梦一场。

这时，不知从哪里飘进来一阵美妙动听的歌声："我和你……同住地球村……"

惊魂未定的我，禁不住泪流如注……

（载《微型小说选刊》2020 年第 8 期）

聋子阿公的秘密　　　　　　　　　　冷　江

　　自我懂事起，阿公就只有一只胳膊，且听力不好，我们喊他聋子阿公。

　　在我和弟弟之间，阿公对我更偏爱。但凡有点好吃的，都舍不得自己吃，总要偷偷留给我。弟弟不止一次到母亲那里告状，说阿公偏心！可每次母亲听了，都只是微微地笑。

　　随着我渐渐长大，我发现了聋子阿公一个秘密。

　　好几回，我见阿公趁大人出工后，鬼鬼祟祟地溜到隔壁五保户翠花奶奶家，不是帮她挑水，就是帮她劈柴，总之，能找到啥活就干啥活。

　　这让我很费解。但又不好明着问，只好暗地里偷偷跟踪，我想一定要弄明白阿公为什么这么做。

　　接下来侦察到的情况让我越来越生气。我觉得聋子阿公太不像话了，原来他这么做是为了讨好翠花奶奶，有一回我竟然看见他与翠花奶奶面对面坐着，好好的两人都哭了。更可气的是，阿公竟伸出手，去揩翠花奶奶脸上的泪水！

　　我为阿公的行为感到羞耻，可我更恨翠花奶奶。尽管翠花奶奶一直都很疼我，常给我好吃的，还给我做新衣服。

　　我不敢把这秘密告诉母亲，更不敢告诉自家奶奶！我怕因此伤害了阿公。

从此我与阿公有了隔阂。任母亲怎么呵斥，我都以各种理由搪塞，就是不愿意当着别人的面喊阿公。

吃饭时，我也故意坐得离阿公远远的，不乐意和他挨着。

母亲生气了，作势要来打我，被阿公一下子拦住。阿公大声吼道：干甚呢？要打娃，就打我吧。

母亲瞪着我说：不许你这么对阿公，你阿公白疼你了。

上中学时，因付不起两个孩子的学杂费，母亲与阿公大吵一架，最后决定让我继续上学，弟弟却中断了学业。我不明白，为什么不让弟弟上学，他的成绩可一直在班上名列前茅啊！

高中毕业那年，奶奶去世了，阿公哭得很伤心。我却不争气，没能考上大学。阿公让我报名参军，体检时因身高差了两厘米，被淘汰。我回家把自己关在房间里，任谁喊都不开门。想了一夜，我决定接受命运的安排，老老实实和弟弟一样在家务农。

第二天起床，我发现阿公不见了，问母亲，母亲叹了口气说：娃啊，你要对你阿公好哇！我闷闷地不作答。

晚上阿公回来了，我惊奇地发现，阿公不知从哪弄来一套旧军装穿在身上，胸前还挂满了大大小小的徽章。一进门，阿公就兴奋地对母亲喊：我见到了，我见到了——

母亲欣喜地告诉我：你参军有戏！

我有点蒙。母亲和阿公都笑着不说。

三天后，当征兵工作站的领导开着一辆军车来到我们家时，我才知道，聋子阿公原来是抗美援朝一等功臣！他是在战场上为了抢救我军的燃油，被炮火炸飞了胳膊，震聋了耳朵。复员回乡后，拒绝了政府的安排，默默地在乡下过着贫苦的日子。若不是为我参军的事，他可能就这样隐瞒一辈子。

征兵工作站领导将阿公扶到椅子上坐好，恭恭敬敬地行了个军礼，大声对我们说：你阿公了不起，是真正的国家英雄！那天去我们单位，他只提了一个要求，请求部队上给孩子一个报效国家的机会。

我对阿公肃然起敬，可想起那个秘密，心里还是不能释怀。

母亲对我说：孩子，你可能不知道！你阿公他苦啊。当年参军被炮火炸飞，紧急送野战医院。多少年过去都没有音信，回来的战友都说你阿公战死了。翠花奶奶是当年阿公订了婚未过门的媳妇，当时怀了孕，两张口啊，为了活命，只好嫁给了别人，但约法三章，共同抚养孩子，孩子大了，如果你阿公回来，要还给你阿公。当你阿公回来，木已成舟。翠花奶奶将抚养长大的孩子还给了你阿公，你奶奶不嫌弃，嫁给了你阿公。翠花奶奶怀的那个孩子就是你阿爸！

我渐渐明白了，但还有最后一点疑问：为什么阿公对我那么好？

母亲要说，被父亲使脸色给劝住了。

一直到阿公去世，我才终于知道真相：当年战友牺牲前嘱托阿公，战争结束一定要记着替他寻访并照顾他的妻小。阿公历尽艰辛，终于寻访到了战友的妻小。可后来战友妻小都相继病逝，只留下了一个孙子！阿公就将这个孙子领回了家。

听到这里，我的心像被电击了一样，一阵阵作痛，我知道我就是那个孙子，可是我再也见不到疼我爱我的聋子阿公了！

（载《微型小说选刊》2020 年第 8 期）

帮把手

蒋先平

六十多岁的父母似乎一下子就老了。

去年，得了脑血栓的父亲再也下不了楼。他整天窝在楼上，不是坐在客厅椅子上淌着口水看电视，就是在卧室里扶着墙，一点一点地哆哆嗦嗦挪动着笨拙的双腿。

年初，母亲左腿无名地痛了起来，看了多次大夫，也没有见效。住在五楼的母亲很少下楼遛弯了，她也和父亲一样，每天大多数时间都是在楼上度过。

我想把父母接到我家，可他俩说什么也不同意，好在我家离父母家就隔几条街，骑自行车也就十多分钟的路程。

白天我要上班，只能双休日放假或早晚抽空去照顾一下他们。平时父母用的米面油，打个电话粮店会直接给送上楼，我去父母家多半是送些菜或手纸等生活必需品。

父母家的五楼是父亲上班时单位分的老楼，没有电梯。体重超标的我每次爬五楼，累得都要先站在门口喘上一会儿，再敲门进屋。

后来，我想出了一个招儿，再给父母送东西时，让母亲把事先准备好的一根下面拴着小塑料筐的绳子，从五楼阳台窗户慢慢地放下来。我在楼下，把买好的东西放在小筐里，放好后抬头大声喊着：妈，拽上去啊。

毕竟是六十多岁的人了，母亲站在阳台上，笨手笨脚地往上拽着小筐，可小筐不是撞到窗户或墙壁，就是在空中打转转，害得我在下面大声地指挥着。

五一那天，父母家对门的年轻人又听到我在楼下大声地指挥着母亲往上拽小筐，他从自家窗户里探出头，告诉母亲先把悬在空中的小筐放到地面，再打开房门，让他进来帮忙把小筐拽上去。

年轻人三下五除二就把小筐拽了上去。小伙子从窗口探头冲我大声说，大姐，我是大娘家对门邻居吴林，你记下我的电话，再往楼上拽东西时，先给我打个电话，我给大娘帮把手。

隔了三四天，我来到父母家楼下，给小吴打了电话请他帮把手。小吴放下电话就到了母亲家，打开窗户，放下小筐，把东西拽了上去。

从那以后，我给父母送东西不想上楼时，就给对门的小吴打个电话，不是他来父母家，就是他媳妇过来，我站在楼下，三五分钟东西就上了楼，我也可以轻轻松松回家了。

十一这天早上，我来到父母家楼下，又给小吴打去了电话。等了足足有七八分钟，小吴才从母亲家窗户探出头，把小筐小心地拽上去。

自从这次以后，每次给小吴打电话，他都客气地让我等上七八分钟。

我心里明白了，麻烦小吴快半年了，人家是不愿意帮把手了啊。

一天，我上楼时跟母亲说起了这事，母亲把头摇得像拨浪鼓。她信誓旦旦地说，小吴这两口子不是那种人，每次不是小吴来帮把手，就是他媳妇来，人家从来没有说过一句抱怨的话啊。要是不愿意帮忙，人家出门时还会帮我把门口的垃圾捎走吗？

可能是人家忙吧，是我多虑了。我心里这么想着。再让小吴帮忙时，我会提前给他打个电话，这样我在楼下就不用多等了。

一晃要过春节了。这天，我特意买了两瓶好酒和两条好烟，爬到了母亲家的五楼，敲开了对门小吴家的门。

开门的是一个陌生的中年人，我疑惑地问道：这是小吴家吗？小吴半年前把房子卖给我了，他搬到对面小区了，说是照顾他父亲方便。中年人说。

我愣了一会儿，眼睛湿漉漉的。我明白小吴为什么要七八分钟才能到母亲家帮把手了。

当我把小吴已经搬走了半年的消息告诉母亲时，母亲和我一样，眼睛也湿漉漉的。

（载《微型小说选刊》2020 年第 9 期）

让你的船下水吧

原上秋

　　黄河在这里拐了个弯，匆匆奔向大海。在这个弯处，留下无数的故事，有惊悚，有温馨，不变的是它还是和光阴一样地流淌。文昌顺着河往上游走，边走边喊，女儿，小娥……他的喊叫被涛声带走，被河风吹散，像轻飘飘的呻吟。文昌断定女儿小娥是因为家里穷才出走的。文昌有好大的力气，却拽不住小娥倏忽消失的衣裙。

　　到了郑州，文昌已经是一个名副其实的乞丐了。他的蓬头垢面与城市文明形成反差，差点去了收容所。文昌不停地诉说，我是找女儿小娥的。文明城市用文明的方式把他遣送到了村里。

　　被遣回的文昌独自喝了半瓶"老村长"，蒙着被子一睡不起。他的手里一直攥着小娥的照片。

　　镇里包村干部是老曹，村干部报告说有三户今年不能脱贫摘帽。老曹瞅一眼名单，就来找文昌。他说，文昌你这熊样五大三粗当贫困户，你感觉很光荣是不是？！

　　文昌被老曹拉到一个建筑工地，他在那里和泥搬砖运材料。文昌的心思还在郑州，他干了三天就不再去了。

　　老曹望着文昌破败的家发愁。文昌的渔船靠着墙根，像一条晒干的鱼。老曹说，文昌你老婆跑了，闺女跑了，为啥？还不是因为穷。你不好好干，过几天你喂的猪啊鸡啊都会跑了。

　　文昌被老曹拉到一个编织厂，十几个老头唱着歌用桑条编织箩筐。老头们让文昌唱一个，文昌埋头编筐，他不唱。他的心思在郑州，他干了三天就不再去了。

老曹和村干部打了几十个电话，寻到了小娥。小娥在郑州一家制衣厂踩缝纫机。她说她不是嫌弃家里穷，她是看不到希望才离家出走的。

老曹朝文昌的屁股上踢了一脚，说，文昌你听听，你这个熊样咋能给孩子希望？

从一条老船边，到一堆空酒瓶，老曹在文昌的家，走出一条曲线。这是一条抛物线。抛物线的起点在船上，落点是一堆空酒瓶，散发着颓废气息。老曹说，我再给你个机会，再三天打鱼，两天晒网，贫困户给你抹了，送你到山上当和尚。

文昌到河滩里去栽树。河滩里的村庄都搬走了，废墟变成了耕地。文昌把一棵棵树苗埋进土里，不多时便有一群鸟落了上来，它们扎堆笑啊唱啊，谁说黄河滩只有叹息。但是高兴是它们的，文昌的心思在郑州，他干了三天就不再去了。

老曹感觉文昌的病因在女儿身上。

小娥回来了。镇里在新区开辟了一片工业园，有一间厂房给了小娥。小娥牵着从田地里走来的姐妹，一起踩起缝纫机，做了很好看的衣裳。这些衣裳挑出最好的，送到了郑州。城里人讲究，他们舍得花钱。那些不好的，留给自己穿。她们知道，好衣裳迟早会穿在自己身上，她们现在要脱贫。

文昌从被子下面拱出来，他想找点活干。他苦苦盼望的女儿，带回了他的魂，也带给他力气。

老曹说，文昌你个熊样回家喝酒吧，喝晕在家睡觉。文昌说，不喝了，也不睡了。老曹说，你不想当和尚了？文昌说，小娥回来了，我要给她希望。

文昌说他想去河里打鱼。

老曹说政府不让干的事，你就别动那歪脑筋。老曹转念想到了文昌的船，想到了滩区的树，想到了树上的鸟，想到了游人。他给领导建议，办一个黄河生态游览区，让鸟和人来个约会，让黄河里的金子跳上岸来。

文昌把斑驳的老船打磨又打磨，还刷上一层亮漆。他的船好久不亲近水了，水是它渴望的情人。老曹说，等绿化起来了，你的船再下水。记住，不是打鱼，是看管这片林子，还有这片水。

文昌这回是主动回到滩区栽树的，一开始是一个人，后来上来很多人。从岸滩到堤外，茂茂盛盛，全是树。春风一吹，绿了整个堤岸。

老曹说，让你的船下水吧。

文昌从河里捞了两条真正的黄河鲤鱼，他要用鱼请老曹和村干部喝几盅。老曹在电话里怼他，不摘贫困帽儿，谁也不会喝你的酒。

文昌让小娥过来，小娥说郑州要的一批衣裳快到期限，她们必须加班赶出来。

文昌很失落，他坐在那里呆呆地等。等啊等，不知道过了多久，从门外进来一个人，是出走很久的老婆回来了。她的身后，是一脸春风的小娥。紧接着，老曹也满脸笑意地来了。老曹从来就没给过文昌笑脸，这个笑意义非凡。

文昌也笑了。醒来发现已是早晨。初升的太阳把亮光洒在河面，像铺了一层金子，花花地眩眼。

（载《微型小说选刊》2020年第9期）

做土方工程的老钟

满 震

我无意说一个诈骗故事给你听，我只是想说说老钟这个人。

我是在一个饭桌上认识的老钟。老钟坐在我对面。经主人介绍认识后，他举杯"打的"来到我的跟前，恭敬地说："领导，我敬你。"干杯后他接着说："老弟我刚做土方工程不久，没有人脉没有关系没有路子，全指望朋友帮忙。领导你见的世面广，接触的人多，以后还请多帮帮老弟。"

他尊称我为"领导"，其实我在单位里只是一个小科长而已。

那个时候，机关上下都在忙招商引资。有一次接待一个客商黄老板。黄老板说他朋友那里有一个土方工程，问我能不能给他介绍一个施工队伍。我马上想到了老钟，便把他引荐给黄老板。老钟非常高兴，大气地说："非常感谢。工程做完我们五五分成。"

我说："非常感谢你的好意。但我一毛钱也不会要你的，因为支持帮助企业发展是我们应尽的职责。"

然后，黄老板带我们前往位于邻省池城县的发包单位接洽。

我们来到池城县城的一栋旧楼的三楼，见楼梯口墙上挂着"XXX城建开发公司"的牌子，往里走，一间间办公室的门头上分别挂着"业务科""设计室""财务科""办公室"等小标牌。我们走进最里一间的"总经理室"。严总亲自接待我们。我们落座后，他展开桌上的图纸就给我们详细介绍这个项目，最后说到土方总量多少，价格多少。

老钟最关心的是土方量和土方价。而我最关心的是这个项目的真实性可行性，便问他们有没有计经委的批文。严总随手从文件夹里抽出一份盖着公章的红头文件给我看。我又询问了一些我能想到的问题，他都一一回答了。

最后严总说："如果决定做，进场时先要交5万块钱保证金。"

我说："我们的机械设备、人员大老远地赶来进场就将产生消耗，这时候我们如果不做或者你们不让我们做，我们就会损失惨重。我认为你们不应该要我们交什么保证金，而是你们应该给我们一些预付金才是。"

他说这是他们地方政府的统一规定，凡外地施工队伍进来一律要交保证金。

我说我们回去研究商量一下，做与不做尽快给他们回复。

回来后，我跟老钟说："从批文看，这个项目是真的。但我跟黄老板还有他的这个朋友严总本来就不熟不了解，只是萍水相逢。我们还是慎重为好。还要多方了解核实，不要草率决定。"

后来老钟就没再跟我联系。有一天我忽然想起这事，就主动打电话问他这事现在的进展情况。他说："他们又带我去了施工现场实地考察了，应该没什么问题。你工作忙，我怕耽误你时间，就没让你陪我去了。"

我提醒他说："现在骗子多。你还是要细心一些稳重一些，多个心眼。有什么需要我帮忙的就跟我联系。"

可是后来他一直也没跟我联系。有一天又在一个饭桌上遇到他，我自然就又问他上次那个工程的事。没想到他说："你工作忙，这事你就不用多操心了。事成之后我该怎么感谢你就会怎么感谢你的。"

我说："你误解了我的意思。这事我是牵线介绍人，当然希望你做成。如果有什么闪失，那我会很过意不去的。你看什么时间我再和你一块过去一趟，我再从官方了解了解。"

他连忙说："不必了不必了，你不要再去了。你要是再去可能就起反作用了。"

我不理解他的话是什么意思。他说"现在我不跟你细说了，细说你会不舒服的，以后再跟你说"，一副不想让我知根知底的样子。我便不再过问这事。

有一天，老钟突然来找我，苦着个脸说："出事了！我们上当受骗了！他们都是些骗子啊！他们拿了我那么多钱，让我回来等通知，说是这几天就要开工。可是我等了一个礼拜也没动静，又等一个礼拜还是没动静。我有点不放心，就打电话过去问，没想到他们的电话都是无法接通，严总的电话打不通，黄老板的电话也打不通。我打了无数个电话都打不通。我昨天忙赶去他们公司找他们，可是那一层楼已经鬼影子也不见一个了，公司的牌子也不知去向了。问附近的居民，都说不知道也不认识这些人。他们拿了我12万啊！"

我问他咋给了他们这么多钱。他说："进场费5万，这是你晓得的；然后，严总要5万，黄老板要2万。我损失整整12万啊。"

我责怪他说："你给他们钱你为什么不告诉我？你为什么不让我再见他们？"

他哭腔哭调地说："第一次去，你查高问低问这问那的，让他们很反感。你去上厕所的时候，他们说你戴个眼镜像个没出息的小学老师。明明一个很好的项目，要不是黄老板介绍他们根本就不会给我们做。他们让我下次不要带你去了，你要是再去怀疑这怀疑那不相信他们，弄得大家都不愉快就不合作了。"

我说："那你回来为什么不把情况跟我说说，我们一起分析分析商量商量呢？"

他吞吞吐吐欲言又止："他们……他们让我什么也不要跟你说，说……说这个工程做完就是几百万的利润。你是介绍人，要是让你知道了你肯定要跟我分钱；你要是不知道，到时候我就说做亏了，打发你个三万两万的就可以了……我不是人啊！我对不起你啊！我不该起这种孬种心啊！"

好你个老钟！真是可怜之人必有可恨之处！

看着他可怜兮兮的样子，我在想，怎样才能找到这帮骗子？能不能帮他挽回一些损失呢？

（载《微型小说选刊》2020 年第 9 期）

村妇是个哲学家

王海椿

宛教授是个有意思的人。

他是教哲学的，已退休。但人退心没退，还对学问感兴趣。前段时间，他写了一篇论文，已写了一大半，却放弃了，倒不是完全写不下去了，而是觉得缺乏新意。他决定到乡下住一段时间，换换脑子，说不定会柳暗花明又一村呢。

宛教授的老家就在乡下，苏北的麦地村，老宅子是两间低矮的小瓦房，连着一个更小的小瓦房，算是锅屋。家乡变化大，几乎家家是高大的楼房了。他家的小房子孤独地卧在村尾，像是风烛残年的老人，又像是一帧岁月的影像。

锅屋是土灶，这反而让宛教授感到亲切。他就常出去拾些树枝、杂草等，作炊之用。五六月份，正是毛豆上市之时，新鲜、饱满。他常煮盐水毛豆吃，品咂着故乡的味道。

宛教授穿着本就不讲究，出去捡柴火就穿以前的旧衣服。一次他在路边拾树枝，一帮孩子路过，走到远处，突然回过头来冲着他喊：教授教授，拾草煮豆。边喊边跑，明显在嘲弄他。

宛教授几十年来回来的次数不多，村里的年轻人大多不认识他了，更别说孩子。他们显然把宛教授当成可以随便戏谑的老头。宛教授想起小时候，他们这里有个人在国军食堂做过伙夫，曾被当作"坏分子"。这人叫严术道，有的孩子有时就会结队跟在其后面喊：术道术道，没术没道。以此取乐。

宛教授笑了：此时的我，其实相当于当年的严术道。教授，只是个符号。那么我这个人在家乡，是自我、本我，还是超我呢？

宛教授的邻居是刘来富，按庄邻称呼是宛教授侄子，在外打工，媳妇董二花在乡小学校打工，家里还种着十几亩地。

董二花不识字，但麻溜、勤劳、泼辣，待人和善，对宛教授也很礼貌，一口一个"大爷"。

宛教授注意到，董二花喜欢和村里看上去没用的人交朋友。什么叫没用的人，就是老实的，头脑有点"整"的。这里却大有奥妙。一、她们在村里属于下等公民，到宛二花这里赢得了尊重，会心甘情愿替她做事——董二花一个人种十几亩地，时不时需要帮手。二、她们心眼直，没脑筋，董二花对她们不用设防。三、董二花甘把自己降格为同类人，让对方觉得是可靠联盟。有一次，她和刘小保媳妇在收玉米，有人随口夸她能干（当地礼节性恭维话）。她说，你看我像能干的人吗？我要能干，世上能干的人都死光了。

网络语，董二花这叫自黑；做人上，叫自谦；书面语，叫自嘲。宛教授称之为表面自我否定。董二花的这种否定，其实是为了得到别人的肯定，但肯定的不是其"否定"，而是其否定背后隐含的肯定。

——这个董二花，简直就是个哲学家呀！宛教授啧啧称赞。

董二花在乡小学食堂是负责买洗菜切菜，为厨师打下手的。有一次，后勤主任批评她切菜有点马虎了。这个后勤主任是本村的，宛教授也认识。董二花在家门口说道这事："他能什么？除了笔杆子拿不过他，我什么不如他！有本事丢掉那工作和我走出去瞧瞧，提鞋担担随他选！"

宛教授在意的，不是此事的前后原委，而是董二花的言语——这会儿不再自我否定了，而是自我肯定，甚至进入"超我"境界了，也就是尼采说的"超人"。

董二花养了十几只鸡，平时是关着的，傍晚"放风"。今年春上，西邻陈二婶说董二花家的鸡钻她家菜园子，把刚出荚的萝卜秧子吃了，让董二花放鸡时看着点。董二花从厨房出来，用手比画着，指着存在与不存在的鸡骂开了："你作死了，哪里不能去，要跑到人家去？家里园子不够你吃的吗？天天喂你，你还跑到别人家园里吃，你不知道那是人家的吗？吃自己家的没得说，旁人家的，怪人家说话吗？"骂得陈二婶反而觉得难为情了。

鸡，当然是不懂人言的，董二花虽不识字，随口就能说寓言。她的寓言有两层意思：一、鸡们，我晓得你们听不懂，不是说给你们听的，我是做样子给陈二婶看的；二、陈二婶，你也听到了，鸡都被我骂成这样了，你一个大活人，还要跟鸡计较吗？

没有文化的董二花，却把哲学"活用"得炉火纯青。但宛教授又思忖，这些，只是自己想想而已，董二花并不会想得这么复杂，她连"哲学"这个词都不知道。而自己总结的，对董二花也并没什么用。

他摇摇头，剥了几粒毛豆丢进口中，边嚼边自语：教授教授，拾草煮豆。

（载《微型小说选刊》2020 年第 10 期）

初　心

冷　鬼

烈日炎炎，炙烤着大地。一行三人驱车来到贫困户刘大福家。落座后领头的问，另外，一个人记，一个人拍照。

领头的问："老刘同志，我们接到了一封匿名检举信，武伟骏收受你家的礼品，请问有没有此事？"刘大福五十多岁，心脏手术后回到家不足两个月，体虚，连续讲话气跟不上来，此时他妻子李玲嘟噜着嘴，明显不高兴地说："庄稼点火就着，你们咋不怕烤化了，咋有心情问这事！"

领头的说："这关系到脱贫攻坚大事，不敢怠慢。特别是涉及贫困户的利益，必须特事快办。请问李玲同志，武伟骏收受你家什么礼品？"李玲仍然拉长着脸，看了一眼领头的，硬声硬气地回答："没有！"刘大福声音弱些，也不给脸色地说："没有，真没有。"

领头的说："不要有任何顾虑，更不要担心会有人打击报复，要相信党和政府。检举信上写得很清楚，武伟骏收受你家 5 斤香油。"李玲一下子站了起来，用手指刮了一下额头上的汗往地下一甩说："不是，就不是，你这领导咋血口喷人呢！"说完，一屁股坐下来，气鼓鼓的。刘大福也气得嘴直张，眼向天花板上翻。领头的一看，连忙站起来说："对不起对不起，惹你们生气了……"生气归生气，李玲在纪检人员的劝导下，虽然极不情愿但还是一五一十地说出了实情。

她说，那天武主任送来他单位党员干部捐的，为老刘治病的2000多块钱。"俺回想武主任为俺家做的事，俺家的墙头原来倒了一半是他找人给修补好，他劝俺家安装光伏发电，种花生芝麻一亩地补多少钱他比俺还清楚，他又介绍俺到村扶贫车间做工。老刘手术住院时，他跑前跑后地忙乎，特别是俺那儿子不争气，是他经常教育劝导……人心都是肉长的，俺和老刘就想着怎么感谢他，知道他决不会接受俺家的东西，那天是老刘堵住他的车，俺硬把东西塞到他车上的。谁知哪个缺德的还好意思检举！俺知道非把他脸挖烂不可！"接着从厨房拉出一袋大米说，"谁知第二天武主任又送来一袋这，这大米可比俺那油要值钱得多。唉！纪检领导，不让俺感谢俺这心里也堵得慌呀，你可不能处分他呀……"

领头的叫顾建国，是县纪检三组的组长，他们一行三人冒着李玲所说的"烤化"风险回到自己办公室时，武伟骏已在门口踱步了，T恤衫被汗水浸湿了大半。

顾建国说："你接受了刘大福5斤香油？"

武伟骏说："是的。"

顾建国说："什么时间？什么地点？"

武伟骏说："7月26日上午十点半左右，在刘大福家门口。"

顾建国说："没什么要说的？"

武伟骏说："没有。"

顾建国说："据我所知，你单位没有安排为刘大福捐款。"

武伟骏看了顾建国一眼，说："没有。"

顾建国说："那5斤香油带过来了吗？"

武伟骏说："用完了。"

顾建国说："你喝香油啊，这才几天？5天不到！"

顾建国对武伟骏是比较了解的，他对武伟骏说："等会，我陪你一块到你家去取那5斤香油。"

武伟骏无奈："给另外一个贫困户了。"

顾建国有着多年办案的经验，此时他敲了一下桌子，突然改变思路问："武伟骏，你为什么要检举自己？！"

武伟骏愣了一下，又与顾建国对视了一下，知道辩解已无意义，说："我自己觉得没有为贫困户做多少事，即使做些事，也是一名党员分内之事，但一些贫困户总想着感谢，有时要送花生，有时要送玉米，有时要送芋头，这不又送香油。不要吧，怕伤了他们质朴的情感，推搡拉扯不好看；要吧，本来也不想要，而且违纪还影响不好。我就想阻止这种情况，就想到了你们。这就是我最初的想法，如果违纪甘受处罚。"

顾建国说："我们有很多事要做，你这样增加我们的工作量不太好吧。不过，念你初心是好的，就不作其他追究了。"之后，两个人的大手有力地握在了一起，顾建国向里带一下武伟骏，小声道："嗯，年轻人，你这招应该管用。"

武伟骏走出顾建国办公室时，全身轻松，一天一地的阳光感觉也并不怎么热了。

（载《微型小说选刊》2020年第14期）

炫　耀

夏　阳

女人刚进电梯，男人尾随进来了。

女人穿着貂皮大衣，身材高挑，有一张俏丽的明星脸。男人年轻，帅气，黑色的风衣套在身上。电梯是下行，从十八楼下到一楼的酒店大堂，就这么短短的半分钟，凌晨三点，发生了惊奇的一幕。

男人搭讪道，美女，开个价呗！

女人毫不理会，抬头瞅了一下显示牌上跳跃的数字键，十三楼。

男人说，给你一千块，今晚陪我，如何？

女人还是没理会。

八楼。男人急了，从口袋里掏出一沓钱，塞到女人大衣口袋里，说，这是两千块，行了吧？

女人勃然大怒，从口袋里掏出那沓钱，直接甩在男人脸上，恶狠狠地瞪了一眼，骂道，臭流氓！

这时，电梯到了一楼，叮咚一声，门开了。女人气冲冲地走了。

对了，忘记交代故事发生的时间与地点。时间是今年春末的一个凌晨，地点是本地最高档的一家酒店。当时女人和几个闺密在酒店十八楼的一间客房里打麻将，打到凌晨三点，老公打电话来说饿得胃痛，女人只好提前离开。

女人对她那群办公室的姐妹演播完这个故事，笑得前俯后仰。

为了增加故事的趣味性，女人擅自对故事发生的时间进行了修改。真实的时间不是女人口里所说的春末的凌晨三点，而是世界杯法国战胜克罗地亚夺冠的那个仲夏之夜。女人修改的目的很简单，世界杯的夏夜，衣着简单甚至暴露的女人，遇到的很有可能是一个喝醉了酒的球迷，而不是一个风度翩翩的年轻绅士。你想呀，能让一个年轻绅士瞬间鬼迷心窍，女人得有多大的魅力呀！

女人还把这个故事亲口告诉了她老公。当然时间方面，女人不敢撒谎，因为那晚正是老公和一群球迷猫在单位的食堂里集体收看冠军之战，女人打电话经过老公同意，才和闺密们一起在酒店开房happy的。她老公又把这个故事讲给了很多朋友听。随着讲述的次数多了，故事慢慢被加工成这个样子：

世界杯法国队夺冠的那个晚上，我和一帮朋友在一家豪华酒吧里看球吃夜宵，回家的路上，我给我老婆打了个电话，她正在酒店和朋友搓麻将。

故事发生在酒店的电梯里。一个家伙看见我老婆长得漂亮，居然开价五千块钱，让我老婆陪他一晚上。我老婆没搭理他。那家伙又提价，说，一万块钱行了吧？我老婆还是没接他的茬。那家伙从公文包里抖出两万块钱强硬塞到我老婆手里。我老婆把钱直接砸在那家伙脸上，还恶狠狠地打了他一耳光。

女人老公的这个终极版本在坊间传来传去，偶然，传到了该酒店老板的耳朵里。他思忖了一下，吩咐手下的主管经理，你去把7月15日深夜，不，7月16日凌晨三点钟左右的监控录像调出来。

很快，显示屏上出现了让他吃惊的一幕：7月16日凌晨2：55，走廊，1803客房的门从里面打开了一半，一个穿连衣裙的女人走了出来，紧接着一个五十多岁的矮胖男人裹着浴巾从里面探出半个身，和女人说了几句话，然后门关上了，女人独自朝电梯这边走来。

他把视频调到高清模式，放大女人的正面来看，发现这女人长相一般，只是不难看而已。

7月16日凌晨2：58，女人进了电梯，门快关上时，一个中年男人挤了进来。从嘴唇看，男人对女人说了几句话，但女人始终一言不发。他突然发觉那男人有些面熟，放大一看，晕，这不是酒店保安老王吗？

他立马拨通老王的手机，寒暄了几句，问道，我听到处传得沸沸扬扬，说前段时间夜里有个女人在电梯里非礼你，有这样的好事？

哦，这不能怪我，那女人是个花痴，哭着喊着要我加她微信，我压根儿没搭理她。老王在手机那端嘟哝道。

（载《微型小说选刊》2020年第15期）

呼　救

　　呜呜叫着的寒风里，裹挟着一个声音——救命啊，救命……邻居们开窗的声音噼噼啪啪，我也赶紧开窗，心里同时说，难不成还真有命案在我们这个小区里发生？

　　我们这个小区，自建房多，租户多，物业公司收物业费难度大，撤了。先是放置在楼下的电动车、摩托车不翼而飞，随后是一家接一家的门锁被撬……有人说，看着吧，后面发生的，说不定就是命案……大家被吓着了，自发组建起了个自保会——碰到事后，大家一起上，自己保护自己。

　　噼噼啪啪的开窗声形成一种气势，果然，风里不再有那个呼救声。别的人此刻是什么感受我不得而知，我的心里是有一种自豪感的。因为，我是小区自保会的发起人之一。噼噼啪啪的响声又起，关窗的声音。我也关窗，同时在心里说，歹徒被我们的气势给镇住了，逃之夭夭了。

　　刚关上窗，喷嚏、冷战接踵而至。要感冒？我赶紧往浴缸里放水。就在我躺在热水里感觉有寒气往外冒时，呜呜的风声里，又有了那个声音，在喊出那声救命前，还有一声拖长了的"啊——"，我一愣之后，从浴缸里坐起来，随着我的坐起，噼噼啪啪的开窗声又起。

　　按照我们自保会的公约，这种情况下，大家要一起赶赴案发

典藏本
四

点，可我正处在逼寒气的关键时刻，寒气没有逼出来，再去冷风里逗留，真的会感冒的。家家户户都是自保会成员，还有十个委员，他们去了，我再去，只是多一个少一个的问题，我这不是有特殊情况吗，找个机会给他们解释一下就是了。

于是，继续逼我体内的寒气，直到额头上冒出了汗珠子，身心畅快地躺到床上。这期间那个声音没有再出现，我为我的判断正确感到骄傲，一定是有不少人赶赴现场了。也为我的选择正确点赞，冒着感冒的风险去了，身心现在有这么舒服吗？感觉好了很多，一会儿我就进入了梦乡，睡梦里也是无比惬意，最后我竟是笑醒的，梦见我们自保会的那些兄弟有的拿着棍子，有的拿着拖把，追赶着一个黑影，那家伙屁滚尿流，洋相百出……

醒来后的早晨，寒风的呜咽声仍在继续，以往这样的天气，小区的街道上是没有人的，大家要么赖在床上还没有起来，要么自己宅在家里避寒，今天却有很多人的说话声，声音虽然不大，在这个远离了闹市的湖滨，大致都能听出来每个人说的什么。听了一会，我的头就大了起来。大家说的是，在小区与另一个小区之间的桥洞下，死了一位姑娘。

死者是否是头天晚上呼救的女子，是大家探讨的中心。有的说可能是，有的说也许不是。最后大家说，是的可能性比较大。说完了，沉痛起来。接着是反省：开头听到呼救声，大家使劲开窗户是对的，邪不胜正，歹徒显然是被吓跑了；第二次的呼救声，那是歹徒去而复返，歹徒一定是看大家干打雷不下雨……随后是有人后悔：第二次听到呼救后，要是有人去了，姑娘可能就得救了。

说这话的是张三。李四说，后悔药谁都会吃！不等张三回嘴，王五怼李四说，你不是也没有去吗？李四说，我不是自保会的头。

自保会的张头说，我是想去的，想到自保会十个牵头人，我排老十，有他们九个去，我去不去也就是多一人少一人的事。李头说，我也是，想着我不去有人去，最后就没去。王头说，我以为是谁在开玩笑，开窗时被风吹了，打了好几个喷嚏，怕感冒，想谢头他们会去的……谢头呢？有人说，他应该去了吧，他最应该去，他平时可是咋呼得最响……

我正朝他们走去，他们提到我，我赶紧准备搪塞他们的话。另一头，一位警察也朝他们走去，警察快我一步，拿出一张照片让他们认。还有一张纸，写着我们的小区名。警察说，大家仔细看看，是不是自己的亲戚、周围邻居的亲戚？纸条是从死者口袋里搜出来的，初步判断，死者与你们这个小区肯定有瓜葛……

大家摇头，我摇头的同时，脑子里嗡地一响。几年前，我代表单位进山里的一所学校扶贫，在挤满了孩子们的教室里，我慷慨陈词，希望他们日后能从大山里走出去，上大学，成为国家的有用人才。其中几位姑娘叽叽喳喳地说，领导，我们若去城里上学能找到您吗？我说，当然能。她们问，到了城里怎么找您？

我报了我的单位名，这里的小区名，她们在作业本上写了歪歪扭扭的"大洋彼岸"几个字给我看……

难道？这时候，风的呜咽声更大了，类似悲号，悲号里仿佛还有一个声音——呼救的声音。救什么？一时又听不大确切。

（载《微型小说选刊》2020年第15期）

坏腰子·杨树皮

杀猪杀尾巴，一人一杀法。杀尾巴究竟怎么个杀法，没见过，可墨村的杀猪匠杨树皮杀猪称得上一绝。

一般人杀猪，需要有几个帮手，分别抓牢猪的四蹄，抬起来，按在门板上，猪头耷拉在门板一头。杀猪人扳过猪头，从猪脖子下方一刀捅进去，拔出刀，血便从刀口处蹿出来，另一个人端着洗脸盆接猪血。猪疼得紧，四蹄乱蹬，拼了命地挣扎。一不留神，挨了刀的猪会从按着的人手里滑出来，窜下门板，脖子上喷着血，乱窜乱跳，撞倒了桌椅板凳，拱翻了接血的脸盆，嗷咻嗷咻，喷着血脖子，整得满院子血糊拉杂，搞不好，还得重挨一刀。

杨树皮说，杀猪没有巧，只要刀子好，刀子磨得利，戳进去就没气了。

杨树皮杀猪不需要人帮忙，再厉害的猪都是一刀毙命，干净利索。杨树皮嘴里衔着放血刀，双手用力一扳猪的一条前蹄，"嗵"一声，就把一头一两百斤的大肥猪放翻在地，双膝顺势跪压在猪脖上，左手扣牢猪的一条前腿腋窝，右手拿过嘴里的放血刀，不等猪明白过来是咋回事，噗，长长的刀子从脖子处已刺及心脏，外面只露半把刀把儿，然后长刀一抽，往嘴里再一衔，两手把猪头往后死命一扳，喷涌的猪血便箭一般射向事先备好的脸盆里。半指烟工夫，刀口处还在冒着血沫子，猪的四条腿却早已蹬得绷直了。

杨树皮抓过猪后蹄，剔骨刀轻快一旋，捅条一捅，张开嘴嚼着破门处，深吸一口气，脸红脖子粗地"噗噗"一吹，烫猪刮毛、开膛破肚，一气呵成，眨眼之间，喊里喀嚓，两扇冒着热气的猪肉、猪头、猪肺、猪下水（肚肠），便摆在了肉案上。杨树皮腾手掏出两个猪腰子，撒一撮细盐，朝还有余火的灶坑里一塞，随便一拨拉一翻，烘烤得里生外熟，急毛燎燥地扒出来，噘起嘴，"噗噗"一吹柴灰，大嘴一张，咯噔一口，顺嘴角滴血。杨树皮一边嚼一边说："嗯，这东西，半生不熟最好，香、嫩、脆，给个金疙瘩儿也不换。"一头猪两个腰子，杨树皮从二十岁开始杀猪卖肉，杀了三十年，最少也有六千头，算起来杨树皮吃了一万多个猪腰子。

　　摆在通往乡街马路边的两个猪肉架子，一个是杨树皮的，另一个是他叔伯哥杨树叶的，肉架下的小木箱里扔满了咔嚓响的红票子。杨树皮后来总是腰疼，疼起来要命。开始的时候，杨树皮没有太在意，暗想可能是累着了，歇歇就好了。谁料，日复一日，越来越严重，浑身提不起一丝劲儿，坐着不动，也直出虚汗。脸肿了，腿肿了，指头一捺一个坑儿。去医院一检查，医生手指头点着透视胶片说，恁的肾坏了，一个枯惨（萎缩）了，一个化脓了。先做透析，再配型，等寻来肾源，换肾吧。

　　杨树皮问："啥叫肾？"医生说："腰子。"杨树皮："猪腰子行不？"

　　医生哭笑不得："胡扯臊，牲口的，能给人换？换了也用不了。等着换肾的病人太多了，有的已等了几年了。有一个配型的，找的是自己的几个亲人，只要配上型，一个就行了。"

　　杨树皮说，有了腰子，换一个得多少钱？医生说，肾移植费用一般在三十万以上，配型成功后，换肾，为了控制排异反应，还要长期服用免疫抑制剂，每个月大约要几千元费用。

杨树皮说，我的天，那还不如杀了我，我浑身骨头旋成扣儿（纽扣）卖，也值不了几个钱。不治了，回家等死吧。医生叹了一口气，唉，不治咋行？好死不如赖活着，先换了腰子再说吧。

杨树皮女人仰着哭肿的大眼泡，撩起衣裳下摆对医生说，我是他亲女人，换我的吧。医生说，亲女人也不行，没有血缘关系，只有父母和亲兄弟姐妹或子女的，才可以。

杨树皮父母老了，腰子也老了，就是想给儿子换，换了也没用。杨树皮是个独子，没有哥，没有弟，没有姐，也没有妹。父母就拍着大腿号，老天爷呀，作孽哦，年轻时咋就不知多生几个嘞！

杨树皮没有儿，倒是有仨闺女，可都先后出了门。大闺女从小就身体弱，整天病恹恹的，嫁了人仍旧药罐子不倒，自己都顾不了自己。

那么，就只剩二闺女和三闺女了。

二女婿和二闺女，互相瞅着，就是不吭声，鳖瞧蛋一样瞅了半天，二闺女忍不住刚要说话，二女婿却开了口。二女婿说："我长年累月在外跑生意，家里俩老人，还有正上学的儿子和闺女，全都指望着彩彩一个人照顾着，要换彩彩的腰子，肯定不中。我们情愿多出点钱。"

话都说到这份上，看来二闺女彩彩也指望不上了。三女婿和三闺女倒是通情达理，可家里从东墙根到西墙根没一样值钱的东西。三女婿说，只要莲莲同意换，我没意见。

三闺女莲莲说，我就这一个爹，不换我的，我就没爹了。

杨树皮心里像刀子剜，狗喘粗气样拍着床帮骂："一群没用的鳖柯叉（疯丫头），恁们的钱我一分不要，老子自己出。"

结果，日子差一些的大闺女凑了一万，二闺女拿出了三万，剩下的，全是杨树皮自己掏的养老钱。

杨树皮换了三闺女的一个腰子后出院了。

杨树皮成了一个废人。杀不了猪，也干不动农活，每个月还要吃几千元的药。杨树皮杀了一辈子猪，卖了一辈子肉，攒了一大堆钱，却经不住一场病，欠了人一屁股两肋巴。杨树皮一病回到解放前，成了低保户。杨树皮哭了："都说吃啥养啥，我吃了一辈子猪腰子，咋就害了腰子病，一个枯憔了，一个化脓了，没有一个好，老天爷嘞！你那把刀子可真够毒嘞！"

双日乡街逢集，杨树皮的叔伯哥杨树叶的猪肉架子，孤零零守在村前通往乡街的马路边。杨树皮披着衣裳，坐在他家大门外的一张躺椅里，盯着杨树叶的猪肉架子，眼睛血红。天长日久，杨树皮屁股上磨出了一层厚厚的老腿子，连杀猪刀都割不动。

（载《微型小说选刊》2020 年第 16 期）

瞎子卢六

那一年，卢村第四生产队发生了一起盗窃案，仓库里丢失了半麻袋小麦。

那个年月，粮食金贵得堪比生命，更何况是优良的小麦种。这些种子是村里求爷爷告奶奶好歹从公社种子站弄来的，每个生产队就分了一麻袋。本想秋后种上，来年能有个好收成，让大伙儿乐一乐。这下可好，昨天刚放进仓库，就丢了。最先发现丢了麦种的是仓库保管员大罗，他一早去拿东西，却发现西山墙根放小麦种的麻袋松松垮垮的，就到近前去看。一看，就吓了个半死。大罗报告了队长卢怀水，卢怀水又报告了大队部，工夫不大，这起盗窃案就传遍了卢村。

案发现场很特别，没有撬锁，也没有破窗，只是仓库的西山墙根被人挖了个洞，洞口不大，最多能伸进一只胳膊来，要不是洞口下遗漏了几十颗麦粒，谁也不相信盗贼是从这里下手的。这个案子难住了村里大大小小的干部，就连公社里的李公安也束手无策，在村里装模作样查了几天也悄悄地溜了。最后，大队部领导让四队自行处理，卢怀水就限期让大罗破案，案不破，他这个仓库保管员也脱不了干系，就别干了。

大罗愁得不行，就想到了表哥卢六。

卢六是本村人，当年曾有一个算卦的绝活。到底多绝，仅举

126

两件事儿。一件是村里有人丢了一头猪，找了三天没办法了，请卢六一算，竟在枯井里找到了。再一件是村里张寡妇家的柴垛被人点了火，大火又烧死了旁边的几棵树。张寡妇哭天号地，据说卢六看不过，就给算了一卦。知道放火人了，可张寡妇不敢去找，吃了个哑巴亏了事。这下，卢六名声大振。可不久，就来了霉运，被人去公社告了密，说他搞封建迷信，蛊惑人心，严重破坏了农业生产的积极性。从此，卢六三天两头被游街批斗。一次觉得冤枉，和看押的民兵顶了几句嘴，被意外打瞎了眼。

卢六是双眼瞎。好好的一个家庭，一下倒了顶梁柱，日子就糟了。在家窝闷了，卢六就拿一截细竹竿点点戳戳地去街上溜达。看着他闭眼在街上一点点挪动，大家心里难受，都骂那个告密的黑了心肝不得好死。大罗看不下去，就去找卢怀水，说队里能不能救济他一下，或给他找个轻省的活儿干。卢怀水嘴一撇，说："救济？凭啥？就凭他是个搞封建迷信的坏分子？再说了，队里有轻省活儿，可他是个瞎子，总不能让他管账看菜园吧？"大罗被噎得说不出话，扭头就走。卢怀水在后面说："对了，他不是会算卦吗？就让他算算哪里有丢钱丢物的，直接去拾多好啊。"说完，哈哈大笑。

卢六一向为人正气，手也巧，眼睛没瞎时，村里人有事只要找到他，随叫随到，积了不少人缘。现在没法下地挣工分，日子紧了，村里人就来帮他，送吃喝的，给他剃头担水的，让卢六很是过意不去。这年冬天，村里来了一个外地说书的瞎子，每天晚饭后大人孩子都挤在大队办公室里，听他说《岳飞传》，兴奋得不得了。卢六也去，让十几岁的儿子领着他。白天，村里的劳力都下地出工了，卢六就把说书人请到家里教他说书。一个冬天过去，卢六不光把《岳飞传》学了个差不多，还学会了不少小段。他说起书来，口齿清楚，声情并茂，一点不比师父差。从此，卢六每晚都义务给村里人说书，夏天在街头，冬天在某个生产队的饲养室里，只要有人听，喜欢听，他就说。卢六和师父不同，每次说书前，他都要说一段自编的小段。

人生一世不容易，
积德行善是根本。
人活不能只为己，
满肚私心天不容。
心善不会做噩梦，
身正一定欢乐多。
……

每次说完小段，听的人都拍手叫好，百听不厌。卢六也高兴，就清清嗓子说起书来。

大罗找到卢六时，他刚吃了饭。听了要他算卦的事儿，他没吭声，只用抹布一遍遍擦着黑乎乎的桌面。好一会，卢六才说："就给他一条活路吧，咱不当这个保管员就是了。"

"给谁一条活路？"大罗一脸疑惑。

"别问了，我一句话也许就毁了一个家。"

不几年，村里实行了土地承包责任制，卢六的两只眼竟奇迹般能看见东西了。

一次和卢怀水撞了个正着，卢怀水阴阳怪气地说："你个假瞎子还挺会装呢。"

卢六答非所问，低声说："你在墙上弄个洞，再把胳膊伸进去，用剪刀弄破麻袋，再一把把掏出小麦来，也真是费尽了心思。"

卢怀水猛地打了个哆嗦，脸一下白了。

多年后，卢六临终前，断断续续对家人说了几句话，大意是：当年村里那户人的猪因吃了队里的几口青苗，被卢怀水撞见用砖块打蒙了头，才掉进了枯井。至于张寡妇那柴垛，是他想人家的好事没得逞报复点的火。我哪会算卦啊，就连他偷生产队的小麦种，都是我亲眼所见。去公社告密整我的也是他，可冤冤相报啥时是个头？

我是卢六的孙子，爷爷临终前我在场。

出殡那天，村里来了很多人祭奠爷爷。卢怀水带着他的孩子也来了，竟跪在灵前哭得稀里哗啦。

（载《微型小说选刊》2020 年第 17 期）

老 枪

靠山乡派出所的何所长，带领所里的全部人马，全副武装，分乘两辆警车直扑后山。他们封锁道路，搜索前进，如临大敌。

事情的确很严重：据紧急报告，山里有人在持枪打猎。在禁枪禁猎的今天，居然有人持枪狩猎，这简直就是对法治社会的公然挑衅。

还好，循着枪声，他们很快就发现了那个猎人，迅速围捕，很快将他捉拿归案。现在，那个"猎人"正被反铐双手蹲在地上。看样子他也就二十岁出头，一张脸上充满稚气和无辜。他前面的桌子上，摆着一支长长的老式步枪，还有几发已不多见的黄铜子弹。三十多岁的何所长上网查了一下，这才知道这种步枪是"七点六二式"，是一种射程远、杀伤力强的步枪，曾在抗日战争和解放战争中被广泛使用。

说吧，你这枪是从哪儿来的？

这枪……是我老太爷的。

你老太爷是谁？

那小子说出一个名字，竟把何所长吓了一跳：这个人，是这一带远近驰名的老英雄。他不但在解放战争中立过战功，退伍后又带领民兵捉拿过美蒋特务，轰动一时。老英雄活到一百零三岁，前不久刚刚去世。他的葬礼异常隆重，县乡领导都出席了，何所长也去了。嗯，对了，当时好像的确见过这个小子。

何所长上前给他打开了手铐，让他坐下，然后又问：这枪是怎么到你手上的？

是我自己找出来的。我老太爷藏枪的地方可隐蔽了，一般人不知道……

你老太爷手里有枪，我们怎么不知道？他的枪是从哪来的？

这个……我说不清楚，我只是拿出来玩玩……你去问我太爷他们嘛。

事关重大，何所长立即向上级做了汇报，随后带人来到港口村，调查枪案。

他们先找到了老英雄的儿子，也就是那个小子的太爷。这人也已经八十多岁了，背也驼了，眼也花了，耳也聋了，说话也表达不清了，他比比画画说了半天，何所长才大概弄清，这杆枪是老英雄当年从北京拿回来的。

看来，这枪来头还不小。何所长他们立即又去找老英雄的孙子。这人也已经六十多岁了，是个退休公务员。他说得倒是非常清楚：这杆枪是1953年，老英雄到北京参加群英会时，周总理亲手颁授给他的，另外还有100发子弹。他小的时候，看见爷爷整天背着这杆枪，威风凛凛地进进出出。后来爷爷老了，枪就挂在家里的墙上，几乎一天一擦。再到后来，他外出读书，参加工作，偶尔回来，枪已经不见了。这可能和那时候收缴枪支有关。但是爷爷这枪不同，是国家领导人颁发的奖品，据说也是办了持枪证的。后来枪去了哪里，他也没有问过。最后他说：你们去问下我哥的儿子吧，我爷爷不能动的这些年，都是他在伺候，他或许知道情况。

于是何所长又去找老英雄的重孙子。这人近五十岁，正是那个

"猎人"的父亲。他是一个老实厚道的农民，已经知道儿子因为持枪打猎被抓了，又见何所长他们来找他，就显得很慌张。何所长赶紧安慰他说：你不要害怕，我们只是调查了解情况。我就想问你，那杆枪你见过吗？

我……见过，是在太爷擦枪的时候。可是太爷后来把枪放到哪里，我真的不知道，也不想知道。太爷不能动的时候，曾经让我帮他擦枪。我不喜欢摆弄枪啊炮的，就没干，我就让我儿子帮他擦。后来他老糊涂了，仍然老是念叨：我的枪，我的枪。

事情到此已经很清楚了：那个二十岁的小青年，那个生瓜蛋子，倒成了枪的最后知情者，甚至是传承人了。如果不是他不知深浅，把枪拿出来去打猎，可能这杆枪永远都不会面世了。

何所长让人把小青年和枪一起带同村里来，让他指认藏枪地点。他轻车熟路，带着他们来到老太爷故居的后屋，轻启一面夹皮墙，里面赫然现出了一间庄严的小屋。只见墙上端端正正贴着毛主席、周总理的画像，画像两边是一副对联：发扬革命传统，争取更大光荣。画像和对联下面，就是一个枪架，把那杆枪放上去，严丝合缝。旁边，还有子弹带、武装带等一些"配套设施"。

何所长用手机把这一切拍了下来，暂时放了小青年，让他随时听候处置，然后他带着枪和子弹带等返回了派出所。他要给上级写一个详细报告，既要讲清楚枪的来龙去脉，还准备提出一个问题：为什么从村到乡再到县，所有人都统统失忆，根本就忘记了这杆老枪的存在？

（载《微型小说选刊》2020 年第 18 期）

王小跳的二次离职

颜士富

桃源是纺织鼻祖卢廷兰的故里，在改革春风的吹拂下，一夜之间，纺织厂如雨后春笋般冒出了几十家。经纬纺织有限公司就是其中一家。

王小跳是在公司成立不久后，应聘销售经理岗位的。

尽管王小跳是销售经理，但他一个兵也没有，因为公司刚刚成立，业务不是太多，屁大点儿的业务都由他亲自出马，除了总经理乙江龙，王小跳既是指挥员，又是战斗员。于是，他经常出入南北，驰骋东西。几年下来，公司逐渐壮大，市场部又增加了几人，这时，王小跳有了想法，他要走出公司，独闯天下，不再过寄人篱下的生活。一天，他找到总经理乙江龙，把自己的想法和盘托出。

乙江龙点燃一支烟，猛吸了一口，说，投资须谨慎，我欣赏你的远大抱负，并希望我的每一位员工都能成就一番事业。你虽然走了，我们的感情仍在，我的公司就是你的大后方，有什么困难，尽管找我，公司的大门仍向你敞开，随时欢迎你回来。

王小跳还是走了。

王小跳不仅人走了，还从经纬公司带走了一批业务，对此，总经理乙江龙有些不爽，但还是忍下了，他宽慰自己，就算是对王小跳新建公司的一点儿支持吧。

时光荏苒，经纬公司更加壮大了，原来的总经理已经晋升为董事长了。

然而，王小跳的日子却越来越不好过，几个合伙人窝里斗，公司日渐衰落，终于破产了，法院已进行清算。

王小跳徘徊在经纬公司的大门口，迟迟不敢迈进大门，他有很多对不起经纬公司的地方，乙江龙还能容下我吗，他会不会嘲笑我……种种顾虑涌上王小跳的心头，可自己已经走投无路了，试一试吧。王小跳鼓足勇气，还是踏进了经纬公司的大门。

王小跳敲开乙江龙办公室的门，乙江龙的第一反应，是从座位上弹了起来，连说稀客、稀客，什么风把你吹来了？来来来，说说这几年的成就……

王小跳的脸腾地红了，摆了摆手，从牙缝里挤出几个字，不堪回首。

你太谦虚了。

我就知道不该来。王小跳说着转身就要离开。

乙江龙一把拽住了王小跳的胳膊，说，这是什么话啊，今天破例，中午喝几杯叙叙旧。

我一错再错，一不该离开你，二不该带走了你的业务，我太不仗义了……

不说这些了，说些让人高兴的事吧！

王小跳试探着问，我还能回来吗？

欢迎啊，乙江龙说，公司的门一直为你敞开着。如果你真的想回来，仍然去市场部任职。你呢，虽然中途走出公司，但毕竟还是老员工，算是公司的元老级人物了，没有功劳也有苦劳啊，你还去管理市场部吧。

王小跳在外折腾了一圈，又回到了经纬公司。

经纬公司市场部，基本上还是他走时的几位同事，王小跳回到了他们的身边，重拾过去的业务，和他的旧同事们共同操持业务。业务仍然风生水起，十分红火。年终，王小跳和其他业务员受到了公司的表彰。

公司壮大了，作坊式的经营模式不再适应公司的发展，公司要走规范化的经营道路。公司董事会通过考察，在全国设立了华东部、华南部、华西部、华北部等四大市场部，从国内著名院校招录营销管理人才分别任四部经理。四部仍由王小跳管理。

然而，王小跳并不适应这个管理系统，他认为设立这四个部门没有必要，他盘算，由于他有"前科"，董事长有可能提防着他，怕羽翼丰满了而尾大不掉，故意削弱他的权力。于是，他在做事时，就撇开这四个部门的经理，有时指令直接下达到最基层的业务员。时间长了，给业务员一个信号，这四个部门经理是虚设的，业务员不自觉地回避了部门经理的管理，直插上层向王小跳汇报。可是市场做大了，王小跳根本应接不暇，有的业务为了等他的回复，竟要十天半月，错过了最佳时期，耽误了很多业务，给公司造成了不可挽回的损失，市场一度陷入混乱。一天，董事长乙江龙约谈了王小跳，他说，当初我创业的时候，心里想的就是赚多少钱，而今天，我的梦想实现了，但是，我的想法也随之改变了，我认为赚钱不是唯一的目的，我们对社会的责任应该更大了……作为士兵，你很优秀；然而，作为将军，你却不称职。

又一天，董事长办公室正式通知王小跳，把他调出市场部，工作待分配。

王小跳又一次离职了。

（载《微型小说选刊》2020 年第 18 期）

渑池来信

于德北

就在今年秋天，我意外地收到了一封来自河南渑池的挂号信，信封里，是一封来自日本的没有启封的信，上面赫然写着我的名字。

那是一封写在樱花笺上的长信，有七八页之多，字体娟秀。

"于老师，您好！之所以将给您的信由老家河南邮转，实在是我想唤起您的一段回忆。我刚刚从日本早稻田大学博士毕业，近期将回国从事中日文学比较研究，我回国的第一件事就是去拜访您，并把我刚刚翻译好的您的一百二十五篇微型小说交由您过目……您还记得吗，那个站在梨树下看您吃梨的河南小女孩……"

啊！那真是一段温馨的回忆啊！

只是时间太久，我几乎把它忘记了。

二十年前，我由团省委转业，调入《深情》杂志社工作，我接到一个采访任务，尽可能全面地采写女孩读书难的问题。这次采访难度大且辛苦，我从甘肃、陕西一路走来，最后来到了河南的三门峡市。本来在这里是没有采访任务的，我只想假公济私转道看看三门峡，感受一下"梳妆台"的宏伟和壮观。我如愿以偿，当我面对大坝、面对黄河的时候，我知道，我不虚此行。

恕我孤陋寡闻，在中学读书的时候，我便学到过仰韶文化，但如果不是当地朋友介绍，我实在不记得它的最初发现地就在河南，更不知晓，它就在三门峡市下辖的渑池县，而我现在距离它也就百余公里的路程。如此大好的机会怎能放过，我十分轻易地原谅了自己的孤陋寡闻，转而为自己的"博闻多识"而沾沾自喜。当下由朋友安排，驱车去看彩陶。

人如果过于得意，上帝一定会给他一点小小的惩戒吧？

车程过大半，路过一个村庄的时候，我们乘坐的小车抛锚了。

等待修车的时候，我们坐在车里吸烟，初秋的蝉鸣聒噪，我一支烟只吸了半截，便丢在脚下，一个人信步往村庄里看风景。我就这么一个习惯，每到一个陌生的地方，总喜欢四处走走逛逛。

我走过几户人家，均敞着门，偶见鸡犬进进出出，对我的到来并不稀奇。河南产枣子，这里几乎家家种有枣树，微风拂过，半青半黄的枣子左右摇动。

正漫步间，忽然一道明丽的色彩映入眼帘。

有一个略显残破的院子，这个院子里没有枣树，却偏偏立了一棵丰茂的梨树，树上的梨子拳头大小，静垂在枝叶间，像一只又一只的铜铃。

一个十几岁的女孩怯生生地看着我。

"你好。"我问候她。

她并不回答，只是一个劲地回头向屋门处望。

我随着她的目光去寻，只见一个中年妇女抱着一个孩子从屋里出来。我赶紧掏出名片递过去，表明自己不是坏人。我指指树上的梨子，做出喜欢的样子。那妇女点点头，我以为得到了她的许可，便摘下一个梨子，擦也不擦地咬上一口。梨子尚未熟透，但香甜的汁液盈了满口。

那个女孩瞪大了眼睛望着我，可我并未发现这其中的诧异，满心欢喜地坐到她正写作业的小桌旁，翻动她的作业本，做出一副十分关心的样子。

这是一些什么样的本子呢，正面写完背面写，先用铅笔写，再用钢笔写，字迹工整，却如蝇如蚁，密密麻麻。

我急忙向那中年妇女询问，才知道，这一家人是村里的贫困户，地少不够种，又因超生被罚，男主人本来会唱蒲剧，农闲时可唱野台子戏，可是两年前，野台班子因车祸而作鸟兽散，男主人病倒在床，这一家，风雨飘摇中又雪上加霜……

"那梨子是卖了供娃上学呢。"妇女说。

我一下恍然，手握半只梨子僵立在那里。

好半天，我反应过来什么，奔出门，一路来到村中的小卖部，把这店里的本子和笔全部买了下来。是的，我把这些本子和笔全都送给了那个女孩。另外，还以赔梨为名义，把五百元钱交到那女孩的妈妈手里。

这就是那件事情。

当朋友来寻我，告知我车已修好，我们可以启程，而我们也即将启程的时候，我们的身后响起了清亮亮的一段唱腔——"辕门外三声炮如同雷震，天波府走出来我保国臣……"那女孩一边唱，一边哭，一边向我们跑来，跑到近前，深深地给我鞠了一个躬。

朋友说："老于，娃给你唱蒲戏呢。"

（载《微型小说选刊》2020 年第 20 期）

鱼　神

　　乌村不是村，而是长江边上的一个国有农场。周边除了龙湖、大观湖外，当年生产建设兵团来搞建设的时候，又砍去一片片芦苇荡，建设了好几个人工湖。水域里的青鱼、草鱼、链鱼、鳙鱼等应有尽有。乌村的人靠水吃水，鱼类一直是他们赖以生存的重要自然资源。五场八队的于小江却不吃鱼，不但自己不吃，一家人也都不吃。据说，这是他父亲于长海生前立下的家规。

　　于家人为何不吃鱼，没有人知道。他们也好像将这事看得很神圣，不太愿意和外人去说。我是通过一个偶然的机会才了解到这事的前前后后。

　　20世纪80年代，下海经商非常流行。五十多岁的于长海毅然决然地将他在乌村的几十亩责任地转包给队里的职工，东借西挪凑足了十多万元买了条水泥船，凭借年轻时干过多年航运的底子，跑起了水上运输业。

　　夏日的一天晚上，于长海带着儿子于小江拉了一船木材在长江上行走。原本躁热的江面上突然起了一丝微风。那风初起时，有一丝凉爽，让船头的于长海非常惬意，但又让他觉得有点不对劲。抬头看天，满天繁星不知何时隐去。接着，几粒雨点很沉地打到脸上。不好，有台风！于长海赶紧吩咐开船的于小江加速行驶，尽快靠边，就地抛锚。

狂风骤起，豆大的雨点瓢泼般打在脸上隐隐作痛。于长海跑到已经慌乱的于小江旁边，合力把着方向盘全速前进。

天越来越黑，船上那原本雪亮的汽灯也照不过前方几米，只看见眼前白花花的雨帘。浪一阵高过一阵，地动山摇一般。几十吨的水泥船剧烈摇晃着前行，像一条喝醉的鱼。于长海不断用手抹去额头上流下来的雨水，以确保视线不被遮挡。从未见过此阵势的于小江更是吓得连喊，爸，这怎么办，怎么办啊？

于长海叫道，别慌，注意力集中，前面有礁石。船在风浪中小心且艰难地前行。突然，那只汽灯被风从船头的桅杆上吹落下来，重重地摔在甲板上，灭了。完蛋，于长海心里骤然一紧，莫非今晚要把命送在这里？恐惧一下子攫住他的心。

浪不断打进舱里，原本覆盖木柴垛的帆布被大风掀起，三卷两摇便坠入江中，码放齐整的木材也开始东倒西歪，并不时传来跌落江中的声音。于长海顾不得许多，凭着经验和直觉，他想尽快将船开到岸边，可四周越来越高的浪花，越来越响的涛声让他感觉小船正一步步开到了深水区。

就在于长海濒临绝望的时候，眼前一道亮光，一个矫健的身影从江中跃起，伴着明亮亮的水花四溅，在江面上画了一条美丽的弧线。大鱼！那是一条在江中极其罕见的大鱼，两米多长，银白色的鱼腹煞是抢眼。

长江中一直有鱼神带船脱险的传说，于长海也听过这类故事，于是他兴奋地对于小江说，这是鱼神，跟它走！只见那鱼神在水中劈波斩浪，黝黑的脊在水中时隐时现。每当于长海的视线模糊难辨时，它便在水中凌波跃起，美丽的身姿又一次绽放。

船跟在鱼神后面破浪而行，而鱼神始终保持在船的前方数十米远。于长海越来越清楚地看清它硕大雄伟的样子，但无法确定这是一种什么鱼。

风浪明显小了，船终于驶出了深水区。于长海放下心来，在一个浅滩，他将船熄火抛锚。鱼神也似乎累了，静静地在船边逡巡。末了，它又凌空一跃，便潜入水中，没了踪影。

于长海拉着于小江双双跪在船头，向着鱼神去的方向不断磕头作揖。于长海更是高声大呼：谢谢鱼神，谢谢救命之恩！

上岸到家的第一天晚上，于长海便叫齐全家男女老少，立下了一条家规：于家世代，永不吃鱼。

于长海死后，于小江没有继续在江上行走，他卖掉了水泥船，又回到乌村种地。可他的儿子于明河高中毕业后，不愿留在乌村，而是和一帮年轻人去了南方打拼。

数年后，事业小成的于明河回到乌村，承包了农场濒临破产的制药厂。制药厂离江边不远，原是一家场办企业，近年来日益萧条，基本靠几幢厂房出租度日。于明河接手后，几年不到，这家小厂便起死回生，迅速扩大到了一百多人，新上了两条生产线。

此时，于小江已经退休了，没事的时候，他习惯带着小孙子在江边走走。满头白发的于小江站在江边，便时常想起那个惊心动魄的夜晚。江面，依旧是碧波荡漾，汽笛长鸣，船来船往。偶尔，看到江中有鱼跃起，于小江便盼着那是鱼神又一次出现。

一天，小孙子问，爷爷，为什么我们家的人都不吃鱼？于小江说，因为鱼救过我们的命。小孙子似懂非懂地说，那我们要对鱼好。

回去的时候，小孙子突然对于小江说，爷爷，这里有死鱼。

顺着孙子的视线望去，于小江果然看到有死鱼浮在水面上，有大有小，他心头一凛，快步走下江堤，走近一看，啊，这么多的死鱼。

于小江顺着死鱼的方向走，在一处灌木丛中，他发现一条排污管，正汩汩地向外冒着黑水，而管的另一头直通向于明河的药厂。于小江捶打着胸口，心如刀绞。

当天晚上，于小江和于明河发生了一次激烈的争吵。于小江说，将药厂的污水往江里排，你对得起鱼神，对得起你爷爷吗？于明河说，那原本就是药厂的排污管，以前排量小，没多大影响，现在生意好了，才会出现死鱼。于小江说，别人可以这样做，我们于家人不可以，做了就是泯灭天良，就是忘恩负义，况且江水污染了，岂止是对鱼不利，简直就是祸害苍生！

面对盛怒的父亲，于明河支吾着说，可是你知道上一套环保设备要多少钱吗？我差不多这几年赚的都要赔进去。于小江斩钉截铁地说，那是你自己的事。

第二天，药厂停产了。之后的一天，在广州的十多个乌村老乡搞了场聚会，我也在受邀之列。聚会中有一个人聊起他这次来广州花两百多万元买环保设备的事。大家都很惊讶，说乌村那个小地方，也要搞环保了？于是他便讲了上面的故事。

大家可能也知道了，那个人就是于明河。

（载《微型小说选刊》2020 年第 20 期）

杯中舞

胡　玲

　　肖婉兮在文化中心看了场舞剧，见时间尚早，决定去附近的歌舞团转转。

　　自从肖婉兮从歌舞团退休后，就再没有回来过，整整五年了。尽管团里的领导、同事时常邀请她回团里指导工作、提提意见，她都婉言谢绝了。她觉得既然退了，就不能明退暗不退，倚老卖老。她不愿给同事、后辈制造压力，年轻人脑子灵活，有创新意识，应该让他们自由施展，发挥才干。

　　退休前，肖婉兮一直是团里的骨干，专攻舞蹈，业务能力强，经验丰富，做了二十多年副团长，带了不少徒弟，现在歌舞团团长吴曼曼便是她的得意弟子。吴曼曼刚进团时，还是个不谙世事的愣头青，肖婉兮见吴曼曼形体条件好，舞蹈功底过硬，便有意栽培她，给她创造了许多机会和平台。短短三年时间，吴曼曼从群演跳到了首席。

　　肖婉兮德艺双馨，在业界有口皆碑，退休前几年，上级和同事极力推选她担任团长，由副转正，给职业生涯画上完美的句号。肖婉兮把机会让给了吴曼曼，肖婉兮说，歌舞团要发展壮大，必须扶持新人，把舞台留给后辈吧，我仍然做副，辅助团长。所以，吴曼曼对肖婉兮充满了感激和敬意。

　　肖婉兮散着步，走进歌舞团大门，来到昔日工作过的地方，她倍感熟悉与亲切。一个小姑娘看到她，又惊又喜，肖老师，您来了，好久不见您了。肖婉兮和蔼一笑，说，路过这儿，来看看。小姑娘说，我去跟吴团报告，说您来了，她见着您一定高兴。肖婉兮摆摆手，说，不必了，我就是随便转转，千万别惊扰她，她可在馆里？小姑娘说，在啊，吴团在排练厅跳舞呢！肖婉兮一愣，吴曼曼年过四十，已过了舞蹈演员跳舞的黄金年龄，随即问道：吴团现在还在跳舞？小姑娘说，吴团还在跳，大大小小的演出，还是她挑大梁，谁让她是咱们团的台柱子呢！肖婉兮说，你忙吧，我去瞧瞧她。

肖婉兮朝排练厅走去，路过一条长长的走廊，两边是团里的宣传长廊，专门悬挂团里演出的巨幅照片。肖婉兮看了几眼，几乎全是吴曼曼的照片，或领舞，或独舞。

行至排练厅，肖婉兮悄悄从后门走进去，在角落的长椅上坐下。吴曼曼和舞蹈演员们正在跳舞，没人注意到肖婉兮的到来。

在轻柔的乐曲中，舞蹈演员们围着吴曼曼旋转。位于中央的吴曼曼摇曳多姿，翩翩起舞，像一朵盛开的牡丹花，光彩照人。

一曲跳完，吴曼曼叫大家休息，大家四散开去。有人发现肖婉兮，一声尖叫，肖老师来了！吴曼曼闻声，欣喜地走过来，肖老师，您过来怎么不提前说声啊？快去我办公室坐。吴曼曼亲热地挽起肖婉兮的手。肖婉兮说，咱俩去外面寻个清静的地儿，喝杯茶，也好聊聊天，不知吴团可否赏光？吴曼曼说，能和肖老师一起喝茶聊天，我求之不得，不过，说好了我请您啊，您要给我机会啊。

两人说着笑着，步入一家叫"七里香"的茶馆。选了个僻静的角落坐下，侍者送来茶单，吴曼曼把茶单递给肖婉兮。肖老师，您想喝点什么，想吃什么点心，随便点。肖婉兮一笑，说，那我就恭敬不如从命，替你做回主了。

肖婉兮未看茶单，直接对侍者说，来两杯西湖龙井。

很快，两杯西湖龙井上桌，晶莹剔透的玻璃杯里，青翠的嫩芽如耸立的细笋飘飘悠悠。肖婉兮说，我尤爱龙井，因为龙井一般用玻璃杯盛装，可以欣赏茶叶在杯中尽情舒展的曼妙姿态，赏心悦目。

吴曼曼端起茶杯，说，无奸不商，您瞧这杯茶水，未装满，量不足啊。肖婉兮优雅地轻抿了一口鲜绿的茶汤，说，中国有句老话叫茶七饭八，意思是倒茶只能倒至七成满，太满则溢，容易烫伤饮茶者的手，留点空间和余地，最好。

肖婉兮举高茶杯，凝望其中，那些细嫩的茶叶，开始漂浮在表面，优美地打着转儿，慢慢落入杯底。肖婉兮说，我喜欢看杯中茶叶，或许因为我是舞者，我看这些茶叶也像舞者，它们身着绿色舞衣，最开始，在上面跳，而后，它们不跳了，潜到最底处，却散发出更浓酽的清香。

肖婉兮放下茶杯，目光温柔地注视着杯底的那一抹绿意，说，其实，做绿叶也挺好的，就像这些茶叶，它们的价值，丝毫不比红花逊色。

吴曼曼说，想不到肖老师不仅精通舞蹈，对茶也颇有研究。

肖婉兮说，其实，事间万物皆是相通的，万变不离其宗。

吴曼曼聆听着肖婉兮的话，若有所思，认识肖婉兮多年，她从未见肖婉兮说过这么多话。

两天后，肖婉兮收到吴曼曼发来的信息：这两天一直在回味肖老师的话，有所顿悟，谢谢您的良言，受益匪浅。肖婉兮回复：我视你为女儿，所以漫无边际胡扯了一大堆，你觉得有益的就听，觉得无用只当耳旁风便是了。

半个月后，肖婉兮在图书馆偶遇歌舞团的一个男孩，问起吴曼曼的情况。男孩说，吴团现在不上台表演了，转做幕后了，她叫我们这些小年轻多上台展现自己，还有，她还把她以前的演出照从宣传长廊取下来了，换上了我们的，想想以前，她是多么要强的一个女人啊，现在就像换了个人似的……

肖婉兮一笑，说，人嘛，都是会变的。

（载《微型小说选刊》2020 年第 21 期）

大厂女婿

田洪波

大厂是指煤矿机械厂，简称煤机厂。

1953 年 6 月，当时我所在的家乡小城还没有升格为市，煤矿机械厂就建厂运营了，研制生产出了新中国第一台顿巴斯采煤机，当时职工就有近万人。等到 20 世纪 80 年代初期，煤机厂的规模再次达到顶峰，有三万多人，生产出了我国第一台 1000 型大功率采煤机，名列亚洲第一。

煤机厂地处火车道南，占地八万多平方米，分南厂和北厂。每到下班时间，推着自行车走出厂门的职工浩浩荡荡，蔚为壮观。

那个年代，谁若是与煤机厂的职工搭上亲，倍觉面子荣光，无论是女方还是男方。

因为爱好文学，20 世纪 80 年代初期，我即与煤机厂的女婿秦浩阳相识。秦浩阳写诗，当时特别奇葩的是他在一家街道办事处工作。

做街道邻里工作的，多是大妈大爷，秦浩阳是接母亲的班儿，干得风生水起。

他戴着一副深度眼镜，穿一件白衬衣，胸前插根钢笔，厚厚的头发梳得纹丝不乱。

秦浩阳给我的印象是重感情，他从没有看低自己，总是热情地对待周边的每一个人。

80 年代正是诗歌风起云涌之时，全国各地诗社如雨后春笋，节节生长，各种流派遥相呼应。秦浩阳对此不屑一顾，他只写火热的工厂生活，写得激情澎湃，别有风采。

那时我组建了跋涉文学社，秦浩阳则组建了太阳神诗社，我们两家民间组织常有交流互动，秦浩阳为此还两次带我们去煤机厂体验生活。

说实话，我是比较欣赏秦浩阳的，一是他不同流合污，二是他坚持诗从火热的生活中来。在那个年代，他诗作的水平确实远在我们多人之上。

秦浩阳的岳父是三车间生产主任，女儿长得白净，身高将近一米六五。据说当时岳父并没相中秦浩阳。女儿倒是崇拜秦浩阳，她出主意让秦浩阳把发表过的诗作剪贴成一个大本，在一个合适时机呈送给岳父。岳父放下喝酒的杯，眉毛挑到了天上，一拍大腿说，我就喜欢有才的，这小子行！

秦浩阳也真没让岳父失望，每天雷打不动接送媳妇。似乎对每一缕阳光都充满激情，忙完邻里间一地鸡毛的琐事，再风驰电掣地赶到煤机厂接媳妇儿。他倚靠在自行车上，单腿支地，见着谁都笑。

白衬衣和厚重的头发，是他鲜明的标志，等在煤机厂门前，老远便可发现。

煤机厂待遇好，各种福利应接不暇。应该说，秦浩阳正经历了几年好日子，在别人跟里，他正是被仰慕的风景。

世事沧桑，随着年龄的增长和阅历的丰富，我先后换了几样工作，后来又做起买卖来。

这期间，我与秦浩阳基本就不联系了，只是偶尔能在报刊上看到他的诗作。

让人唏嘘的是，20世纪90年代中期，煤机厂已经风光不再，订单寥寥无几，其间先后被美国和民间资本收购。再之后就是大批职工下岗，工厂倒闭。当时有群访，轰动挺大，后来不知何因，再无讯息。我想着问问秦浩阳，却尴尬地发现自己并没有他的联系方式。

事实上我们还是有缘分的。

不再做生意后，我从家乡小城的道北搬家到了道南。巧合的是我住的楼就在煤机厂北厂区上沿儿。

我相信人对有些事情是上瘾的，譬如进入中年以后，雷打不动坚持走步这件事。有时因为应酬打乱计划，会想方设法补上。即使因事到了外地，也依然按部就班。可见我是一个很有毅力的人。

搬家当天，一应东西收拾妥当，我即走起步来。

我走的甬路曲径通幽，路灯等设施完好，下沿儿的煤机厂北厂区近百年的参天大树，更是营造了别样的意境。我走得不快，基本上就等同于散步。

结果我撞见了秦浩阳。

秦浩阳骑着一辆叮当响的自行车，把车铃按得霸气，车筐里放着一个饭盒。已经发旧的白衬衣皱皱巴巴的，戴着一副深度眼镜，胡子拉碴的。

他的头发依然那么厚重，只是不修边幅了，倒显得有些杂乱无章。尽管如此，在稍作愣怔后，我还是脱口喊出了他的名字。毕竟有三十年了啊！

他一个急刹车，扶了扶眼镜，也认出了我。

我们边走边攀谈起来，我问他的近况，他说他现在在一个小区做保安，依然写诗，只是发表难度系数增加。市级报刊没稿费，省级以上熟络的编辑不多。

我问他诗风是否变了。

秦浩阳捋了捋头发，我真担心他已经灰白相间的头发经这一捋，会掉下大片头皮。他淡淡一笑道，为什么要变？工业题材是写不尽的，我不愿意无病呻吟，假模假样。

有一搭无一搭地聊了很久，我们便分开了，走时我要了他的电话。

结果第二天我们又见面了，这次我问他是否也住在附近。秦浩阳答离得不远，这条路是每天回家必经之路。

我见他依然带着饭盒，问他干吗不叫外卖，再或者就近吃，如今带饭盒的已经很少见了。

秦浩阳说他习惯了，自己家做的饭菜才是最好吃的。我又笑他说，你这白衬衣牌子可是经年不倒啊！

秦浩阳说这样穿着利落。我注意到，他的胸前依然插着支钢笔。

我说你还是过去的那个你。

从这次交谈中得知，秦浩阳与妻子离婚了，离了好几年了。当时妻子下岗，脾气特别暴躁，总指望秦浩阳能帮她做点儿什么，而秦浩阳呢，只会捧着书本沉浸在诗里。

我同情他，秦浩阳却说没什么，生活总得向前走，缘分尽了就是尽了，强求不得。婚姻不是必需品，而诗才是须臾离不开的。

我觉得应该劝劝他，一个小区保安每月能挣多少钱？爱诗不是罪，可也得让生活稳定了，让自己解决温饱了才行啊！

秦浩阳对我的话并不感冒，他和我聊起了下沿儿的煤机厂北厂区，叹息一声跟着一声。

翌日见面时我问他，没再想成个家吗？秦浩阳又捋了捋头发说，没有，其实一个人过挺好的。我又问他孩子跟谁过，他说跟媳妇。接着秦浩阳苦笑一下说，孩子和我不亲，不怎么待见我，小小年纪，眼里就只有钱。对我写诗，更是不屑一顾。

我唏嘘不已。

转天遇见小区里的一位老朋友，巧的是他也认识秦浩阳。他狐疑道，他家住道北啊，不在这附近呀。

我有点儿想不明白秦浩阳了。

（载《微型小说选刊》2020 年第 22 期）

景老师小传

范子平

1975 年的教学秩序还有点乱，麦假后开学，班主任又换了人。新来的老师叫景老师，听说是哪个村的老知青，来俺学校代课的。他中等个头，白净面皮，看上去有点文弱。

景老师语文课讲得好，改作业很细心，哪一点错了，他都要用红笔在下边画一道，同一个字词第二次再错，他画两道，要是错第三次，那就对不起——他眼睛一瞪：连这个都记不住！你给我站起来！你要保证下次不再错，才让你坐下去。我作文写得好，景老师常当范文在课堂上读，但我也因为错别字被罚过几次站。说来也怪，打景老师教我们，我的错别字基本上消灭了。

一周一次的作文，景老师批改得就更认真了。他钢笔字写得很好看，文后批语工整秀丽，蝇头小字总是密密麻麻写上五六行，还常有眉批。全乡的小学生作文比赛，我拿了第一名，我们班有三位进前十名。

小学条件差，夏天教室里特热，一进门人人身上都是汗。景老师找我们谈话，就到挂着大钟的老榆树下。景老师改作文，那就必须在他办公室了。景老师的办公室兼宿舍是一间老式小平房，因为漏雨，上边铺了油毛毡又浇了柏油，所以大热天的毒太阳，他屋里比教室热得多了。我去送作文本，门一开简直是揭开了蒸笼，一股子热气直扑过来，扑得我撂下作文本转身就跑！景老师来教室上课，总是办公室门大开，放出里边的热气，可他改作文，却把门严严实实关上，还把里边插上门插。这一关就是几个钟头。我们也起疑心。那时候可没有电扇这一说，顶多能摇几下芭蕉扇。景老师在屋里能受得了？光起疑心也就算了，但新来俺班的钉子就是要探个究竟。

钉子是个留级生。俺班同学都说他是个"捣货"，就是调皮捣蛋的意思。他说景老师办公室的那道门下边有道缝，趴那里能看见屋里边。我们都一笑置之。但钉子真就蹑手蹑脚过去，全身俯伏在地上往屋里偷看，小褂和头脸都弄了一片灰土。他看了好一会儿，忍不住咯咯笑出了声。

景老师在里边大喝一声："谁？"大家估计钉子要连滚带爬起身狼狈逃窜。但钉子不慌不忙爬起来，大摇大摆离开了。

这就奇怪了。我们去问钉子，钉子说："歇肚不捻儿！景老师歇肚不捻儿改作文！就两只脚蹬在水盆里泡着。"

"歇肚不捻儿"是我们这儿的土话，就是赤身裸体的意思。

钉子又强调说，连裤头都不穿，光着屁股的！

钉子等着我们大笑，可我们都不想笑。景老师讲课好，对我们也好。虽然不笑，但我们都信了，因为他屋里确实是太热了！

上语文课钉子是不敢捣乱的，但这天上算术课，李芸老师穿着新买的花衬衫从他跟前过，他朝着花衬衫甩上一溜蓝墨水。李老师哭着来找景老师。景老师就把钉子喊到教室外厉声批评他，还说让他写检查。钉子偃着头转身就要离开。景老师一伸胳膊，横拦住他。钉子恼了，头一低猛地一撞，不但没有撞开景老师的胳膊，还一个趔趄把自己反碰回来。

第二天中午刚放学，钉子他爸来学校闹事了。传说钉子他爸练过武功，是当地一霸，去年就因为钉子的事来学校闹过。

钉子他爸直奔李芸老师办公室，半道上被景老师截住了。景老师上穿白汗衫，下穿西式短裤，说我是钉子的班主任。钉子他爸挥舞着拳头吼道，你给我让开！我找李芸！

景老师说，别嚷嚷，钉子的事归我管。走，咱俩往学校后边说说。

学校后边是一片荒草地，下雨的时候还常积水。两个人在荒草窝站定。景老师说，你不是会武功吗？就你，就我，咱比试两下，谁赢了听谁的。

打量着身子骨单薄的景老师，钉子他爸愣了，说，就你？景老师说，怎么？不中我饶你个后腰摔一跤？钉子他爸一听特生气，一把抱起景老师后腰就往地上按。景老师反手搂住他，脚一点地，钉子他爸扑腾摔倒了。钉子他爸大怒，爬起来就扑过来，抱住景老师后腰举起来老高，猛地往外一扔，但景老师反手抓得牢，根本扔不出来。钉子他爸举起景老师好一会儿，累了还得往地上按。景老师脚抓住地面，猛地发力。钉子他爸就旋转着飞出去了，扑腾一声摔到地上，又打了一个滚，半天爬不起来。

景老师慢慢走到他跟前说，该听我的话了吧？其实钉子脑袋瓜挺管用的，就是家教太差！胡捣乱！我打算好好调教他，你配合，明年我有把握让他考上乡里初中。

钉子他爸想站起来说话，但浑身都痛，使劲撑了几下爬不起来，就那样半趴着，对景老师渐去渐远的身影大声喊，景老师——您说话可得算数呀！考上了我请您喝酒！

（载《微型小说选刊》2020 年第 24 期）

前方后方

王培静

这天，教导员把鲁一贤叫到办公室，对他说：鲁老兵，你家的情况我了解，嫂子走了有两年了吧，你女儿冰冰该上初一了，站里不能再留你了，党委会研究了，确定今年年底让你转业。

鲁一贤先是一怔，接着低下了头。鲁一贤在边防站服役十六年了，是个少校，虽然还不到四十岁，按他自己的话说：这些年，长得着急了一点。

他想起了第一次妻子带女儿来部队探亲时的场景，女儿冰冰在原野上奔跑，举着手一蹦一跳，用稚嫩的声音大喊：爸爸，妈妈，我摸到天了！冰冰跑累了，躺在草地上，望着满天的白云说：这真像一个个大棉花糖，爸爸，你能给我摘一个下来吗？

三年前，爱人原本要等放了暑假再带女儿来部队探亲的，但在护送孩子放学过马路的时候，出了车祸，去世了。

处理完妻子的后事，看着几乎哭干了眼泪，消瘦了许多，心事重重的女儿冰冰，他不知怎么和孩子说，爸爸要回部队了，他张不开口啊！

归队日子到了，犹豫再三，他咬着牙对女儿说：爸爸是名军人，军人有自己的职责，在家你要听奶奶的话，好好学习，有了假期，爸爸就回来看你。女儿先是抹眼泪，又努力把哭声咽了回去，然后上来抱着爸爸说：爸爸，你回部队吧，不用挂念我，我已经长大了。

那一刻，他使劲搂着女儿，久久，久久没有放开，任泪水打湿了冰冰的后背。临走那天，他没敢和女儿告别，推开门，偷偷看了眼女儿，又看了一眼，然后退出来，轻轻关上了门。

他离开家时，双腿像灌了铅，一步步迈得那么沉重！

后来再回家，他发现女儿冰冰的性格变得孤僻了，不爱和人交流。

想到这儿，鲁一贤对教导员说：谢谢组织上的关心，让我再好好想想。

教导员点了下头，郑重其事地说：工作的事，到时如果需要，组织上可以出面和你老家有关部门联系，我没记错的话，你家是山东平阴的吧。

教导员，您心真细，记得这么清楚。谢谢您！

空闲了，特别是躺下后，他经常想女儿，想象她在干什么，学习怎么样，身体怎么样？

真要离开部队，离开战友们，一下子感觉到心里火烧火燎的，还真是舍不得。

虽然刚进入十月，边关的室外已是寒风刺骨了。忙完一天的工作，鲁一贤出来走走，这时手机来了微信消息，打开一看：爸爸，想我了没有？向你报个喜，我这次考试考了全年级第二名，班主任贺老师都表扬我了，平日里她对我可好了，经常关心我，我感觉，比对别的同学都好。他忙回了微信：祝贺女儿，你是最棒的！你奶奶身体好吗，少玩奶奶的手机，对眼睛不好，知道吧？

奶奶身体很好，她坐在我身边笑呢。爸爸，我身边有个人要和你说话。

你好！我是贺子薇，是冰冰的班主任，也是她的大朋友。你肯定不记得我了，但我记得你。大三时，你休假来我们学校做国防动员报告，你穿军装的样子，令我印象特别深刻。也许是命运使然，让我们联系上了。对了，我告诉你，现在冰冰的性格，比过去开朗了许多，学习上进步也特别大。

贺老师，真的，咱真的见过面？太好了，谢谢你对我女儿的关心和照顾，她的改变和进步，与你的无私付出分不开！能告诉下您的手机号吗？

可以呀，贺子薇：136XXXXXXX。

贺老师，谢谢你告诉我你的手机号，这样今后了解冰冰的学习情况更方便了。

能认识你这个边防军人是我的荣幸，能和你们一家人交往是我的幸运。今后多给我讲讲你们部队的故事吧，我喜欢听……

看到这条短信回复，鲁一贤满脸高原红的脸上浮上了一层红晕，通身涌起了浓浓的暖意，像一缕清风，拂起了他心中的涟漪……

（载《微型小说选刊》2021 年第 1 期）

风　景

　　我仔细地整理了一下我的记忆，我应该是十二岁的时候，最后一次去母亲曾经工作过的地方——松城阀门四厂，离家很远，需倒两次有轨电车，再走两公里路才能到。

　　厂子的南侧是大片的沼泽地，有水鸟在沼泽地上飞来飞去。母亲对我看管得很紧，不许出工厂的大门，更不允许去沼泽地的边缘，因为那里不但淹死过许多鸡鸭鹅狗、骡马猪羊，还淹死过许多人。

　　一脚踏空，就进了泥淖，挣扎几下就没了，救都来不及，只能眼睁睁地看着遇难者死去。

　　工厂里有一个马姨，个子矮，但也很漂亮。穿一件红毛衣，故意把针收得很紧，那样，她的胸型就显露出来，男人们看了都流口水。

　　马姨和母亲一样是翻砂工，沉重的模板在她们手上翻飞，像武术师傅在演练奇怪的兵器，钺，或者钩，要么就是乾坤轮。

　　马姨和母亲大臂上的肌肉比她们丈夫的还要大，轻轻一握拳，就鼓起两个大包。

　　厂子里有一个铜堆，里边藏尽了各种古玩，团鹤碗、佛像、香炉、各个朝代的"大钱儿"。我曾收集全了包括齐刀币在内的所有朝代的钱币，用麻绳穿了五大串儿。洪武钱、太平钱都有，从春秋到战国，秦皇汉武、唐宗宋主无不在列。

非常可惜的是，我的知识分子父亲害怕"封资修"，加之家中缺钱用，他把它们全当废铜给卖了。

我妹说："哥，你说你攒的那些大钱儿要是留到现在是不是老值钱了？"

是。

但我想没有它们，我们也活下来了，而且活得也挺好，全须全尾的，都在呢。

翻砂车间的外边是大炉，所有的炉工都在这里，一共三个，张师傅、李师傅、徐师傅。大炉是用来熔铜的，铜水浇铸在模子里，再经过母亲她们的手，就翻成了新的铜件，最多的是水龙头，一排一排的，就差把"龙身子"和"龙尾"续上了。

炉子温度高达千度，离十几米远呢，脸就被烤红了。

张师傅吓唬我说："离炉子远点，你要掉炉子里，你妈就再也找不到你了。"

李师傅说："可不是，那一年，花美丽跳炉子，只剩下一个影了，余下的全在铜件里呢。你说，谁家用了有她血肉的水龙头，那流水的声音是不是像她唱的歌那么好听呢？"这话太瘆人了，我不敢听，话不敢听，却听见徐师傅的一声叹息，说："一晃，死十年了。"

张师傅、李师傅、徐师傅他们三个人中午吃饭的时候是要喝酒的。

那时候的人喝酒，和现在的人不一样，他们一人一个大饭盒儿，里边儿有饭有菜。可是，饭盒里的菜不是用来就酒的，那是用来就饭的。

就酒吃了，饭可咋办。他们都这么说。于是，饭盒放在那里不动，每个人从怀里掏出一个一两的白瓷蓝边儿散沿儿的酒盅，往桌子上一摆，跟牺牲用具似的。

酒是三个人合伙买的，装在一个铁皮桶里，盖儿拧得很死，无论谁拧，都吹胡子瞪眼的。不偏不倚，一人一盅，碧绿，悠悠地挂在盅沿儿上，一滴也不洒。

张师傅拿出一个纸包，里边是几粒儿砸碎的花生米；李师傅拿出一个纸包，里边是几片虾皮子；徐师傅拿出一个纸包，里边是三十多粒儿粗砂糖——这就是他们的下酒菜。

马姨是喜欢喝酒的，但她不参与买酒，她每天给张、李、徐三位师傅带一块二分五的大豆腐，放葱花、酱油，算得上美味。

马姨和他们坐一桌儿——其实就是一块预制板，把大茶缸子一放，"咚咚咚咚"地倒半杯，她爱喝，能喝：后手高点儿，半斤；心疼他们仨了，就三两。

三位师傅只是笑，谁也不拦，心里急着吃豆腐，然后和马姨没完没了地开玩笑。

他们开玩笑我听不懂，但我知道不是什么好嗑儿。

有时他们问我："小罐子，你爸和你妈晚上睡觉不？"

我说："睡"。

他们又问："谁在上边儿？"

我说："并排儿。"

他们就笑，张师傅还用胡子扎我，笑够了，接着喝酒，除了马姨，都是一小口一小口的。

张师傅有一块"老上海"，马姨抢了几次也没抢去。

张师傅只要看表了，我就知道他们吃饭的时间到了，只见他们端起酒盅，仰脖一饮。手在半空停几秒，等酒流尽了，才瞄一眼，然后放进怀里的口袋里。

接下来吃饭，打开饭盒盖，"哗哗啦啦"的，不到三分钟，饭吃完了，大手一拍，抹抹嘴巴，干活儿去了。

喝完酒，他们的身上有使不完的劲儿。

那一天，我从阀门四厂的墙豁口翻出去了，我背着我妈去了沼泽地的毛道上，我看见马姨在偷偷地哭，肩膀一耸一耸的，像一件在风中抖动的布衫儿。

另外，我还看见一只鹤从天空飞过，两条腿直直的，宛如追逐人生的箭。

（载《微型小说选刊》2021年第1期）

拜　年

戴智生

童　年

"大雪纷飞，萝卜炒鸡。"这童谣不是念的，是站在屋檐下唱的。

小时候盼过年，盼一场大雪，哥哥便在院子里堆起一头雪白滚壮的肥猪。我们惦记的永远是大鱼大肉，当然，新年还可以穿新衣裳。

还有一件事要同哥哥争，就是给叔叔拜年，独吞壹元或者伍角的压岁钱。那时穷，为减轻负担，亲戚间相互拜年都是派一个代表。

我有两位亲叔叔。

叔叔家很近，我们平时走动并不多。父辈分家早，各自顾着谋生活，只有过节或者办喜事，才会走亲戚。

我们这一代不同了，大哥婚后仍住家里。父母搬出东屋，腾给大哥当新房。我们还是吃一锅饭，只是添一双嫂嫂的筷子。

姐姐妹妹迟早是要嫁出去的。

老家的习俗：初一儿子拜年，初二女婿拜年，初三外甥拜年。儿子同父母住一个屋檐下，早上起来碰见，与往日别无两样。初一真正拜年的是侄儿，侄儿侄"儿"嘛。

正月初一总是姗姗来迟，一早爬起来，床头有姆妈准备好的新衣服。姆妈在厨房生火做打卤面，父亲在门口铲雪扫爆竹屑。新年头一回扫地，父亲从院子门外往里扫，垃圾堆积在院墙角落，"财水不外流"，过罢元宵才会撮出去。

父亲讲究，规矩也多，"站要站相，坐要坐相"，这是他平日对我们的要求，眼睛动辄瞪得又圆又大，我们都怕他，唯有逢年过节稍无忌惮。

吃了打卤面，我缠着姆妈安排给叔叔拜年的礼物。姆妈笑笑，用竹篮装好四样东西，一刀肉、一包萨琪玛、一斤白砂糖和七八节斩断的甘蔗。父亲坐在八仙桌旁边，吸着纸烟，蹦出一句：

"急什么？等老二家老三家来了人你再去！"

我后来明白，父亲在乎长幼有序，他是老大。

成　年

我有两个哥哥。大哥大我一轮，结婚早，他小孩又比我小一轮。

哥嫂要上班，侄儿白天由我姆妈看管，我也搭把手，放学回来抱他出去玩，教他数数，教他"锄禾日当午"，有时也喂饭，帮他擦屁股。

侄儿一天天长大，哥嫂宠他，姆妈依他，独我严厉。侄儿顽皮，我数一二三，他得停止一切活动，地上画个圈，他站在里面不敢出来。

姆妈责备我："你自己都没有学好，管侄子起劲？"

我理直气壮："那是为他好。"

记得有一次，我有张书签不见了，那是四张一套的彩色图片，曾在侄儿面前显摆过，他知道我藏在哪个抽屉。我把侄儿抓来审问："你偷了我的书签？"侄儿无辜的样子："我没偷东西！"

最恨小孩说谎话，我巴掌拍在他的屁股上："老实说，偷了没偷？"

"没偷！"他嘴硬。

我打一下问一下，一直打到他招了。

"把东西拿出来吧！"我说。

"忘记放哪了。"侄儿号啕大哭。

那次下手很重，侄儿挺惨的。

过后几天，我发现书签夹在一本书里，竟是冤枉了他。

侄儿不记仇，还是跟我一起玩。倒是我心存愧疚，此后格外关照他，好吃好玩的都同他分享。而他的心里，应该有烙印吧？他弟弟、二哥小孩不听话的时候，他会告诫他们："你们不乖，细细（叔叔）会回来打屁股。"

那时大侄上了小学，我离开家乡工作，回家很少了。

但家，总是要回的，特别是过年。

大年三十吃团圆饭，我们家有个保留节目，大人依次给小孩压岁钱。侄辈们有点怵我，哥嫂教唆，他们才在我面前叽叽喳喳："细细发财，细细明年讨个好老婆。"

我给每人发了一个大红包。

中　年

家里对我婚事催得紧，我努力谈恋爱，还是晚婚。

父母老了。

姆妈劳碌命，辛苦了一辈子。她病重期间，两次抓住我的手说："崽啊崽啊！我等不到帮你带小孩了。"

我泪流满面。

父母相继离世，我们这个大家庭也散了。

二哥造了楼房，自立门户。老屋有我的房间，我也不住，偶尔回去做客，住宾馆。兄弟之间有什么事，打个电话。大哥说："父母坟头长满了草，又得添土了。"

感谢父母荫庇，我们的后辈个个有出息。大侄出国留学，最小的侄女也读了大学，我的儿子读高中，成绩也不错。

大侄回国创业，事业有成。他到底没忘记我这个细细，经常打电话问寒问暖，每年回老家过春节，正月初一一定驱车来我家，有时搭上爱人，有时同他弟弟或二哥的小孩结伴，后备厢塞得满满的。

倒不是在乎他们拿来多少东西，我欣慰侄儿懂礼数，在他们身上看到我们家族的传承。

我的儿子却很叛逆。他步入社会，我提醒他同伯伯打电话，他说找不到话题，去年安排他去老家拜年，他说找不到方向。

唉！儿子是独子，从小由惯了他。

年纪渐大，常回忆从前，回忆老家，回忆老家的人。

我突然想起，侄儿很久没有来电话了，他去年也没有来拜年，今年会不会来呢？

（载《微型小说选刊》2021 年第 5 期）

牛　奶

骆　驼

在故乡小镇赴完喜宴，我们必须连夜赶回成都上班。

返回前，得先去父亲家里道个别。

天冷，父亲已经打开暖气取暖了。见我们要急着赶回去，父亲有诸多不舍。他叫我们好好休息一晚，明天一早再赶回成都。但成都毕竟与故乡相距数百公里，怎么也得四个多小时车程。

见我们执意要返回，父亲和黎阿姨忙着拿出事先准备好的核桃、花生和一袋刚从园子里挖回的蔬菜。父亲转身进屋，拿出两盒牛奶，放进火炉旁的锅里。我这才看清，锅里已经热着两盒牛奶。很显然，这是父亲为他们自己准备的睡前饮料。

母亲去世几年后，在我们的促成下，父亲便和黎阿姨一起生活了。

几分钟后，父亲拿出锅里的牛奶，要给每人发一盒。我和妻子都没要，说，刚吃完饭，哪里喝得下这些啊。

儿子和她的女友都没有客气，很爽快地接过了牛奶。儿子还拿着牛奶，翻来覆去地把玩。

其实，锅里只有四盒牛奶，我和妻子是想省着让老人们喝。

我看了看儿子，儿子也看了看我。

我估计，他读懂了我的眼神。但儿子只是一笑而过。

父亲忙着劝说，快喝，待会儿又凉了。大冷的天，喝冷东西，伤胃。

儿子说，待会儿喝，现在还饱着呢。

我又看了他一眼，心里很不舒服地说，不喝就放回锅里，等会儿你爷爷自己喝。儿子没有回应。

按理说，儿子的情商还是很高的，他此时为啥就不明白我的心思呢？我们每天都在喝着不同品牌、不同包装的牛奶。而父亲和黎阿姨，因为身体原因，只能喝这种纯牛奶。他们自己老是舍不得买，总说，一天三顿饭吃饱，营养就够了。我们只得隔三岔五地给他们买些回去，且是在我们无数次电话督促和追问下，他们才勉强养成了睡前喝牛奶的习惯。

父亲抬腕看了看表，说，你们确实要回去，就抓紧出发，路还远，路上慢点开车。我们便起身告辞。

儿子看了看他女朋友，对父亲说，爷爷，这种牛奶，你家里还有好多？

父亲说，估计不多了。咋的？

你全部拿给我们吧，我们路上喝。

我的头嗡的一下大了！

父亲连忙跑进屋内。他搬出一个牛奶箱子，说，就这些了，估计还有七八盒。

儿子说，那我们全部拿上，路上就可以不买水了。

父亲连声应着，好，好。现在晓得节约了，好！我去找个袋子。

我看见儿子将箱子里的牛奶，装进了那个袋子。然后，他打开锅盖，连锅里的那两盒，也一并放入了袋子。

我感觉我的血要喷出体外！

时至年关，加之他的女朋友也在场，我长长地出了一口气，将愤怒咽下去了。

我的心，降到了冰点。

儿子将那袋牛奶，交给他女友，独自扛起了那袋蔬菜。我提上父亲准备的花生和核桃，尽量克制着自己的情绪，与父亲和黎阿姨道别。两位老人执意要送我们上车，被我们劝回去了。

儿子转过身说，爷爷，你们再看会儿电视哈，不要睡得太早。

父亲连声应着。来到楼下，儿子将东西放进了车的后备厢。然后，他径自提着那袋牛奶，往车前方走去。

前面是一个垃圾箱，儿子打开垃圾箱盖，很潇洒地将牛奶丢了进去，然后，轻轻地盖上了盖子。

你?！

我感觉我快要疯了！我管不了那么多了！我一下子推开车门，直接冲了过去。

但儿子已经绕到了驾驶室那边，打开车门，坐上了驾驶室。

我转身回到车上，变腔变调地对儿子说，你停下，不忙开车！

儿子扭转头说，我知道你会生气。没事的，待会儿再说。

我说，不行，你现在越来越不像话了，我实在忍无可忍！你这人民教师，怎么当的?

儿子笑了笑，放心，我一直都是个好教师。他接着说，我们先去办事，一会儿再说。

他固执地发动了小车。

妻子使劲捏了捏我的腿。

儿子将车停在临街的一个门店上。我知道，那店是他儿时玩伴侯忠开的。

儿子对侯忠说，从今天开始，我每月固定在你店里消费至少两件牛奶，必须是纯的、高钙的那种。必须是最新生产的那种。你每月月初和中旬，亲自送到我爷爷家里。

侯忠说，一月两件，喝得完不哦。

儿子说，你别管，费用我按月支付给你，你必须随时帮我督促他们喝奶，不能断供。

侯忠拍拍儿子的肩说，是个孝顺娃儿。

儿子又说，现在、立刻、马上，你帮我扛一件奶送去，我爷爷他们等着的，喝完好睡觉。

我的心里好受了很多。

侯忠扛起牛奶，很快消失在夜色中。

儿子往清静处走了走，打起了电话。

打完电话，儿子坐上车来，嬉皮笑脸地转过身对我们说，怎么样，现在不生气了吧？

我长长地舒了口气，说，后半部分还行。但是，你为什么要把牛奶一盒不剩地拿走？既然从爷爷那里要来了牛奶，为什么又要丢掉？要是你爷爷知道了，你知道他会有多伤心吗？

儿子和他女友相视一笑，异口同声地说，那牛奶，已经过期一天了！

（载《微型小说选刊》2021 年第 6 期）

老 相

胡 炎

老相摆了六个菜,四荤两素。荤菜是烧鸡、牛肉、猪耳、羊蹄,素菜是油炸花生米、拌黄瓜。房间狭窄,几件旧家当,冷冷清清,衬托着他的寒酸。在此之前,我踩着泥泞和污水穿过了好几条七弯八拐的小胡同,若不是他来接我,我一定会迷路。我被满屋的肉香熏得有点蒙,对他说,这是干啥?他冲我作了个揖,你可是我的贵人,咋着也得喝几杯。

他把我让到破沙发上,自己搬了条老式的马扎,上面有不少灰黑色的积尘,一屁股坐上去,开了酒,斟在新买的玻璃杯里。我说,我酒量不行。他恭恭敬敬地把杯子捧起来,说,承蒙你看得起我,我敬你。我拗他不过,只得象征性地抿了一下。

老相并不是我的熟人,准确地说,在昨天他从三米多高的桥上跳进河里之前,我们还素不相识。当时我有重要的采访任务,只是匆忙记下了他的电话号码,便离开了。之后,我就多次接到他的电话,问我何时见他。我多少觉得有点可笑,他倒是急于出名,不像那些做了好事不愿留下姓名的人,低调,不事张扬。

老相一口酒下去脸就红了,嘴里嚼着花生米,说,我等你好久了!我说,你认识我?他摇摇头,憨憨地一笑,不是那个意思,我是说,我等你这样的贵人已经好久了。我盼星星盼月亮,终于把你盼来了!我蹙蹙眉,听得一头雾水。

在这个寒碜又邋遢的地方，我并没有打算多待。我还有更重要的事。所以我想单刀直入，赶快把他昨天跳河救人的事整明白。但老相似乎比我还迫切，一边喝酒一边滔滔不绝。他说昨天那事不算啥，这五年里这样的事他干得太多了，家常便饭。我说，河里那人你认识？他说不认识。我说河那么深，现在又是深秋，你就不怕自己有个闪失？他说，见死不救，那不是人干的事。我笑笑，这句话我喜欢。

我准备告辞，普通市民见义勇为，也就是个短消息的料。可老相一把攥住我的胳膊，坚决不放我走。他手劲奇大，这样逼我留下，让我微微有些不快。

我还有好多事没说呢，他看着我，五年了你知道不？五年了我一直等着给你这个贵人好好说说呢！

我说，好吧，你说。

于是，老相告诉我，他救过很多人，干过很多好事，比如从流氓手里救过小姑娘，从火海里救过邻居刘大爷，在公交车上勇斗扒窃团伙，胳膊上挨了整整三刀。说着他撸起袖子给我看，果然有几条褐红色的伤疤。信了吧？他问。我点点头，心中将信将疑。伤疤是真，但因何留下无从考证。干记者的，眼见为实，不能轻信他人的一面之词。

给你说个更绝的！他越说越来劲，去年有个二百五被女朋友蹬了想跳楼，我一个人爬到楼顶，往围栏上一跨，登时把那家伙吓傻了。他问我干啥，我说我娘死了，我不想活了。我打小死了爹，是我娘一把屎一把尿把我拉扯大。除了我娘，再没别的女人对我好过。就我这熊样，长得又黑又老，二十岁人家看我就像五十岁。我他娘的没钱，没工作，没女人，要啥没啥，倒不如死了去陪我娘。

跳吧哥们，咱们一块脑袋开花，黄泉路上还有个搭伴的。那家伙竟从围栏上退回来，跑过来拉我的胳膊，还劝我，别死呀老哥，好歹我还有过女朋友，你连女人的滋味都没尝过，死了多亏。下来下来，咱喝酒去！就这么着，我把那个二百五救了。

看得出，老相颇有些自以为智勇双全的得意。他端起杯子，把大半杯酒一饮而尽，舒服地哈了一声。我看着他。他确实和他的称谓一样，长得老相。我感觉这个其貌不扬的人着实有点意思，先前的不快也烟消云散了。

你今年多大？我问他。

三十五岁。

尽管我猜测过他的年龄，但他的回答还是让我吃了一惊。他竟比我还小两岁，我以为他至少是奔五的人了。

你刚才说的都是真的？我问。他说，千真万确，我发誓。我补充道，我的意思是，你说的那些关于你的身世都是真的？他说，都是真的，没爹没娘没工作没钱没女人。他指了指他的屋子，你都瞧见了，这就是一个老光棍的家。我说，你才三十五岁，不老。他搔搔头，痛快地"咳"了一声，五年了，一肚子话终于说出来了，真他娘的舒坦！

我突然意识到他多次提起"五年"这个时间概念，颇觉蹊跷，就问，五年前你在干啥？他突然黯了脸，半晌说，坐牢。我心里一沉，为啥？他低下头，说，盗窃。良久，又说，没人瞧得起我，一辈子都没人瞧得起我……我给人说我干了很多好事，可没人愿听，更没人相信。我就想遇见一个记者啥的，写写我，让我露个脸！老相第三天就上报了。据说他四处搜集报纸，满世界指着自己的报道给人看。不久，他被一家企业聘为了保安。上班当天，他给我这个

"贵人"的微信里发来了一张照片。照片上的老相穿着保安服，头戴大盖帽，神情庄严，看上去竟有了几分英武。

（载《微型小说选刊》2021 年第 8 期）

青春的林卡

刘 泷

在西藏，人们约定俗成，管茂密的树林叫林卡。

如果说日喀则的军营占据了最高的海拔，那军营极目处，就是当时海拔最高的部队医院了。

军营的军人保卫着日喀则，医院则是战士的又一甲胄。

医院初建时，这里只有几顶帐篷。后来，有了几排土坯房，门诊部、住院部、办公区、宿舍，黄麻麻一片，灰头土脸，让人想起佳肴中寒碜的窝头。

无论住帐篷还是土坯房，20岁的梁丹都不觉得苦，她是军医，来自北方农村。这军营，这一身草绿、三块火红，还有这些战友，都让她青春洋溢、意气风发。何况，像雪莲吐蕊，她和他之间的爱情正在萌芽。

他，肖辉，也是军医。二人一同在军队医学院毕业，一同申请来到高原。

头一次夜班，梁丹刚从帐篷里钻出来，竟有一只狐狸倏地从门边窜过去，吓得她"哎呀"一声险些跌倒。乍搬进土坯房，她再去病房值夜班，走在空旷的野地里，高原的星星低垂如灯，一闪一闪。有野狼对天长嗥，一声一声，仿佛在向她渐渐走近。她毛骨悚然，疾呼："肖辉！"

从此，每次夜班都是肖辉陪她。

他们开始恋爱，喁喁絮语，并憧憬未来，规划着人生和奋斗的目标。

恋爱了，应该有情调，有花前月下的衬托与陪伴。可是，除了灰蒙蒙的岩石和贫瘠的土地，这里什么都没有。花红和柳绿，简直是梦想或奢望。

是啊，每个宿舍住七八个人，外面又是一片荒凉，别说浪漫地唱歌、跳舞，连个说悄悄话的地方都找不到。

他们想到了栽树。

党支部、团支部都鼓励他们植树造林，批准肖辉和梁丹分别兼任绿化组正副组长。他们就开始栽树了。刨开乱石，填进泥土，小心地种下树苗。在西藏栽树，极其困苦，比逆水行舟还要艰难。没有自来水，浇树的水全靠他们到雅鲁藏布江一担一担去挑。山路陡峭，挑每一担水都要小心翼翼。而且，浇下一桶水，就像遇到了耗子窝，哧溜一下就被干涸的乱石滩吸干了。他们的肩膀磨出了老茧，背也弯了下来。

第一年栽下的树苗只活了三分之一。他们没有气馁，第二年又栽。暗地里，肖辉和梁丹相互打气，要让这树林和他们的青春同步，让它们的葱绿见证他们的爱情！

在一个飘雪的春天，当他们咬牙逶迤前行在挑水的路上，肖辉猝然摔倒在雪地上，瞳孔扩散，面色青紫。梁丹赶上来抱住了他。因高原缺氧和维生素补充不足，肖辉的脸色俨然衰败的蘑菇，黧黑、皲裂。梁丹毫不犹豫，对着嘴为他做起人工呼吸。然而，高原的罡风一阵阵劲吹，肖辉倒卧在她的怀里，再没醒来。

安葬了肖辉，擦干眼泪，梁丹主动担起绿化组组长的责任，带着大家继续栽树。

一年又一年，这些树终于活下来了。西藏的树一旦存活，生命力是极强的，它们迅速成长为一片树林。树木葱郁，一棵一棵，笔直地向上长着。每一棵树干上，都长着美丽的眼睛，仿佛画家刻意画上去似的，笑容可掬。

这是他们心中的林卡，是藏族同胞心仪的林卡。

为了这片林卡，梁丹再没有恋爱，没有结婚。她想，自己的青春也早已过去，早已融入这片林卡的记忆。她常常在林卡里徜徉，每当看到年轻人在此开心地唱歌跳舞时，心里就感到极大的满足与慰藉。她常常安慰自己：无论如何，这林卡伴随了自己的青春，还将伴随许许多多军人的青春。

40 年过去了。那年秋天，医院领导宣布梁丹退休时，问她："梁丹同志，你还有什么要求？"她想了想，问道："欢送会能不能在林卡里召开？"领导微笑着说："当然可以。"

欢送会很热闹，有歌、有舞、有鲜花。在白杨树下，梁丹翩翩起舞，留下一张张倩影。她知道，这可能是自己留给林卡最后的韵致。

欢送会结束后，梁丹一个人穿着大衣再次走进了林卡。她忽然觉得，天地间一下安静了，只留下自己和那些美丽的白杨树。她想，今生今世，自己再也不会忘掉它们了。

（载《微型小说选刊》2021 年第 8 期）

解剖课

戴 希

　　上人体解剖课，深入细致地了解和认知人体亦即人类自身，起初我觉得新鲜有趣，学习热情高，精力也很集中。

　　但时间一长，接触的老是："心脏位于胸腔纵隔内，两肺之间，呈圆锥形，大小近似本人拳头，重约 200 克"啦；"成人共有 206 块骨头，按其所在部位分为躯干骨、颅骨和四肢骨三部分。躯干骨有 51 块，颅骨有 29 块，四肢骨有 126 块"啦；"小肠是吸收营养物质最主要的部分。食物经过小肠，基本完成消化与吸收"啦……诸如此类没完没了的基本知识，在书本上学过之后，又去解剖室反复解剖用福尔马林保存的人体标本（实际上就是人的尸体），便愈来愈觉得枯燥甚至恶心了。你没有闻过福尔马林吧？那种刺鼻难受的气味让人畏惧！

　　大一那年，幸亏方冰教授教我们人体解剖学。美貌如花又善解人意的她，对我们学习上表现出的情绪变化，早已洞若观火。

　　那天鸟语花香、阳光明媚。方教授迈进教室时，却是一脸温和的笑意。要知道，方教授做学问极其严谨，平素的表情也很沉静。同学们感到惊讶，觉得眼前一亮，便齐刷刷地注视着她。

　　"同学们，你们是不是觉得上解剖课乏味？"走上讲台，方教授和颜悦色地问。"是！"有同学响亮地回答。

　　"那好。"方教授神秘兮兮地说，"我们对人体的生理结构解剖得够多了。今天呀，我就用你们做标本，来解剖人类的心灵和情感！"

"用我们做标本？""解剖人类的心灵和情感？"同学们先是一愣，教室里又立马热闹起来。

"怎么解剖？"有同学迫不及待。

"我请同学们做张试卷——两道选择题？"方教授一双玉手轻轻撑着讲台，用柔柔的目光征求同学们的意见。

"好！"同学们异口同声。

试卷发下来，上面真的就两道选择题。

第一题：他非常爱她。她的容貌闭月羞花，身段婀娜俊俏，气质清纯甜美、性情温和善良。可是有一天，她遇上了车祸，经过住院救治，虽然保住了性命，但脸上留下了难看的疤痕，身体也有些残疾。请问，他还会爱她吗？

可选答案：（A）一定会；（B）一定不会；（C）可能会也可能不会。

第二题：她非常爱他。他不仅长得帅气、品行出众，而且已是大名鼎鼎的企业家。可是天有不测风云，他的企业突遭致命打击而破产，他现在一无所有！请问，她还会爱他吗？

可选答案：（A）一定会；（B）一定不会；（C）可能会也可能不会。

"嘿，有趣！"同学们略一思忖，很快就交了试卷。方教授让曾卓和晓雪上台，一个唱票，一个监票，在黑板前公开统计答题情况。

结果：第一题选答案（A）的学生占10%，选答案（B）的学生也占10%，而选答案（C）的学生则占80%；第二题选答案（A）

的学生占30%，选答案（B）的学生占20%，选答案（C）的学生占50%。

"看来，女人比男人重感情。或者说，在情感天地里，女人的青春美丽比男人的声名财富更加珍贵、更为重要。是这样吗？"方教授看看答题结果，眨了眨眼。有的同学眉头一皱、点头，但多数人沉默不语。

"我在想，你们都认为这两道题中的'他'和'她'是对恋人吧？"方教授不动声色地问。

"那当然！"同学们脱口而出。

"可题目中并未指明'他'和'她'是对恋人呀！"方教授启发道。

"但我们的直觉已经告诉我们！"同学们仍然自以为是。

方教授微笑着摇头："世间之事，恐怕没这么简单吧？"

"难道第一题中的'他'和'她'就不能是父女关系？第二题中的'她'和'他'就不能是母子关系吗？"方教授进一步点拨道。

"是啊！我们怎么想不到这一层呢？"拍拍脑门，同学们恍然大悟。

"能想到就好！"方教授感叹道。"现在，把第一题中的'他'和'她'定位于父女关系，把第二题中的'她'和'他'定位于母子关系。你们又会怎样答题呢？"方教授又一次给同学们发试卷。

教室里气氛庄重肃穆，静得只有笔尖在试卷上掠过的沙沙声。方教授还注意到，同学们眼眶湿润，眼里都有亮晶晶的东西。

试卷很快收齐。这次的统计结果：第一题与第二题，选答案（A）的学生都是100%，没有一个学生选择答案（B）和（C）了！

"看来，在我们心灵和情感的深处，父母之爱都是最可信赖的！实际上，也只有父母之爱最无私无畏、最永恒坚定、最崇高伟大！所以，同学们，无论何时何地，你们都要想到父母的爱；无论何时何地，你们都要善待自己的父母啊！"看看答题结果，方教授颤抖着，深情地说。

光阴荏苒，逝者如斯。许多年过去，不知为什么，那堂解剖课仍然历历在目，让我们常忆常思，心河上总泛起粼粼的碧波……

（载《微型小说选刊》2021 年第 11 期）

荣誉村民

芦芙荭

老秋住在上源村，从我们镇子旁的那条沟进去，整条沟都叫上源村。

不知从何时起，每天早上，太阳一出来，老秋就准时出现在我们镇子上。镇口有块场地，是镇子里最热闹的地方。镇子里的人没事都爱聚在那里晒太阳唠嗑，也喜欢在那里打扑克牌，凳子都是自带的，打扑克也带点彩头，年龄大的，一毛两毛，也有一块两块的，不然就觉得没劲儿。其实打扑克彩头的大小效果都是一样的，输了都不高兴，赢了自然得意。因此，大家常常为一毛两毛、一块两块争得脸红脖子粗。

老秋每次来，只是坐在边上看，也不语，镇子里没有人认识他。他呢，好像是要和大家套近乎，过一阵把烟掏出来给大家发一圈。有的人接烟了还看老秋一眼，表示感谢；有的连看都不看他一眼，正忙着盘算着怎样出牌呢。

有一次，几个人正打牌，一个人接了个电话说有事，就急匆匆地走了，剩下三个人就问老秋打不打，老秋有点受宠若惊，说打打打。这样，老秋就算加入到我们镇子打牌的行列，但也只能算是替补，大家人手齐了，他就坐在边上看，人手缺时，他才有资格上场。

那之后，老秋就跟上班似的，天天都来，有时下雨或下雪了，大家以为老秋不会来了，山路不好走呢。下雨天，牌场就会挪到亭子里面，可刚打了几把，老秋就出现在大家的视线里了。他打着伞，脚上沾满了黄泥。老秋走到亭子边，用石块刮掉鞋上的泥，这才进到亭子里面，他从怀里掏出一瓶酒往脚边一蹲，说，下雨天冷，一会儿喝几口。一边说还一边对着大家露出讨好的笑，好像一不小心，大家就会不让他玩似的。

镇子里来打牌的，都是些闲人，再闲，饭还是得吃的，一到吃饭时间，大家都会丢下牌回家吃饭去，只有老秋没地方去。按说，牌也打了，可以回家了，可老秋还不想回。午饭过后，那些闲人们还会聚到一起打牌的，这是他们的日子。老秋就到镇上那家卖面的小饭馆要一碗面，坐在那里慢慢吃。

那时，一些人知道了老秋家里的情况，他有一儿一女，儿子一家人都去城里打工了，女儿也出嫁。前两年老秋的老婆还在，两个人种一片地，养了一群鸡，守着几十棵果树过日子，那日子过得也是有滋有味的。他下地干活，老伴在家里做饭收拾家，从地里一回来就有口热饭吃。两个人有时也吵吵嘴，老秋的老婆性格绵软，有时惹毛了，就会跑到女儿那里待上几天，老秋过两天也觍着脸去女儿家，女儿见老秋来了，高兴得好吃好喝地做饭给父亲吃。老伴开始还装着生气，不理他，女儿就左右劝说，挤眉弄眼地批评老秋，老秋就做出可怜兮兮的模样。本来都没什么气，就又好了。

后来，老秋的老婆得了一场病死了。老秋就一个人过日子。

饭馆老板就问老秋，咋不进城跟儿子过呢？

老秋说，城里哪有这儿自在，儿子儿媳要上班，孙子要上学，他们一走，连个说话的人都没有。

饭馆老板说，那去女儿那儿也可以呀，是不是女婿不待见？

老秋说，女儿女婿都好着呢，人老了，不想让人管。

老秋说到儿子女儿时，满脸都是幸福。

老秋一边吃着饭，一边有一搭没一搭地和老板娘谝着，等那些打牌的人吃完饭一边用牙签剔着牙又出现时，就又凑过去。

老秋打牌手气臭，加之有些时候几个人联手故意捉弄他，就常常输钱，有时候老秋也会捎点东西到镇上来，比如几根竹子，镇子上有些人要编筐编篓，比如细树枝，有人用来搭豆架，他也会把青菜、黄瓜、茄子、豆角用蛇皮袋装了拿来卖，那些都是他自己种的，都是没上化肥的有机菜，镇上的女人们都愿意买呢。这些东西换来的零钱全都被他送到牌场上了。

常言说，酒越喝越熟，牌越打越生。牌场上为一张牌常常会争得脸红脖子粗，争也就争了，爱打牌的人都是些没皮没脸的，今儿争，明儿又在一起打。偏偏镇上有几个人，总是仗着在自己的地盘上，明明是不占理，比如偷眼瞄了老秋手里的牌，或者出牌时故意夹牌被老秋发现了，偏要强词夺理。有一次，为了这类事，那人竟然抬手扇了老秋一耳光。那人也是急了，下手有点重，在场所有人都听见了巴掌和脸撞击的声响。

那时，老秋捂着脸，什么话也没说，扔了牌，起身就走了。

那天，正下着小雨，老秋从亭子走出去，走进了小雨里。老秋没有带伞，雨淋在他身上。

老秋的背影委屈而孤独。大家都说那人太过分了，这不是明着欺负老秋是山里人吗！有人说，老秋再也不会来我们镇子打牌了。想想老秋是有些可怜呢，一个人跑那么远的路来打牌，钱输了，还被人打了耳光，还来干什么呢？

雨下了两天，两天里，老秋果然没再在我们镇上出现。镇子里那些闲人每天照旧到亭子里打牌。第三天，雨停了，太阳出来了，大家又把打牌的摊子摆在了太阳下面。刚摆好，老秋又在镇口出现了，这一次，老秋手里提了只竹篮，竹篮里是刚从地里摘的黄瓜和辣椒，他把竹篮放在地上，像往常一样，一边和大家打着招呼，一边从衣兜里掏出烟给大家发，好像什么事也没发生一样，他的脸上依旧是讨好的表情。

（载《微型小说选刊》2021年第15期）

姐　妹

蓝　月

　　周村姑妈和安桥姑妈是我父亲的两个姐姐。

　　姐妹俩一个嫁去了周村，一个嫁去了安桥。

　　我们就按照地名叫周村姑妈和安桥姑妈。

　　我奶奶在我父亲5岁的时候就因病去世了，那时候，周村姑妈14岁。

　　周村姑妈从小就能干，也许是过早承担了家庭的重负，很少看见她脸上有笑意。村人暗中叫她冰美人。周村姑妈是村里面最美的姑娘，皮肤雪白，头发乌黑，樱桃小嘴，杏仁大眼，身材窈窕，却有着一股子不服输的拗劲。

　　做媒的踏破了门槛，周村姑妈最终选了周村的一家，定亲后，周村姑妈也从不过去，还是在家操持着。她说，一天没过门，她就还是陈家的女儿，必须尽女儿的本分。

　　周村姑妈周身清清爽爽，一条辫子，一丝不乱，中式的大襟褂子，优雅得体。

　　别的女孩子都剪了辫子，穿起了新式衣服，周村姑妈一点不动心。她说，女人就是要中规中矩，安分守己，花里胡哨的不像话。

　　说这话的时候，周村姑妈的眼睛会瞟一下安桥姑妈。

　　安桥姑妈撇撇嘴，表示无声的抗议。

　　安桥姑妈喜欢新式打扮，她说社会在进步，不能老生活在旧时候，还夸张地翕动鼻子说，怪了，啥味道？好像什么东西霉掉了。

周村姑妈鼻子里哼一气，你就作吧，哭在后头。

周村姑妈瞧着安桥姑妈有气是有原因的。

安桥姑妈比周村姑妈小三岁，虽说模样没有周村姑妈秀气，在村里也是排前头的。但是安桥姑妈拒绝任何媒人来说媒。

她说，她要嫁就要嫁一个能谈得来，对她知冷知热能疼她的男人。

说这话时，安桥姑妈的眼睛水汪汪，脸蛋儿红扑扑。

安桥姑妈心里住了一个人，这人是一个泥瓦匠，老家安桥的，到我们村里来做工造房子。

泥瓦匠长得高高大大，浓眉大眼，可以称得上帅气，但由于家里穷，近三十岁了还打着光棍。

安桥姑妈却看在眼里拔不出来了，醒着梦着都是这人。

还偷偷约着看了露天电影。

周村姑妈知道后，坚决反对，你一个十八岁的黄花闺女啥人不好找，找一个大一轮的男人，而且家里条件那样差。

安桥姑妈说，家里条件差没关系，只要肯干就会好的。我就看上他对我好。

周村姑妈气得上前就要捏安桥姑妈的嘴巴子，对你好？说出来也不害臊！姑娘家家和男人腻歪，你不怕丢人，我们陈家可丢不起这人。等爹爹回来，看他怎么处置你。

周村姑妈说的"爹爹"也就是我爷爷。

我爷爷被队里派出去了，要一周才回。

等我爷爷回到家的时候，安桥姑妈已经跟着她喜欢的他去了安桥。生米煮成熟饭，不认也得认了。可我周村姑妈不认，她说，没这个妹妹。

周村姑妈按部就班嫁去了周村，大辫子盘成了发髻。

这桩婚事，我周村姑妈是满意的，也是满心骄傲的。婆家在周村是数一数二的殷实人家，丈夫高大帅气。

婆家也喜欢这个漂亮能干的儿媳妇。

几年过去，周村姑妈生下两儿两女。后来，大女儿就嫁在村上，小女儿嫁了个外村的，不过也不算远。

周村姑妈看着自己的生活在自己的规划下有条不紊，她面上什么反应没有，心里是高兴的，唯一不满意的是，丈夫从小被公婆宠坏了，遇事没主见，和他的长相根本就是南辕北辙。

周村姑妈原本以为嫁了人，就可以轻松一点儿了，在她内心，更愿意当一个啥事不管的小女人，但她的愿望落空了，到了婆家，依然样样要她操心。

安桥姑妈去了安桥，看到四处漏风的房子时，她顿时傻眼了。

真应了那句老话："匠人家里折脚凳。"

安桥姑爹抱歉地说："家里穷……"

当天晚上，虽然安桥姑爹的怀抱很温暖，但安桥姑妈还是忍不住眼泪簌簌而下。安桥姑爹说："你实在不愿意，我就送你回家。一切错，我来承担。"

安桥姑妈抬起泪汪汪的眼睛，看着安桥姑爹说："承担什么？是我自己找的！你要记住你说的话，一辈子对我好。"

安桥姑爹点头就像鸡啄米，说："肯定的。"

从此，安桥姑妈再也没有回过娘家，周村姑妈连提都不提这个妹妹。

直到爷爷病重过世，安桥姑妈来奔丧，姐妹俩也没有说一句话。周村姑妈在 79 岁那年，突然病倒了，她破天荒差人去叫了安桥姑妈。

周村姑妈伸出手。

姐姐……安桥姑妈轻轻握住了周村姑妈的手。姐妹俩泪眼相看，看着看着，周村姑妈展开了笑脸，安桥姑妈随之也笑了。

安桥姑妈在周村姑妈床前，陪着周村姑妈走完人生的最后一程。

周村姑妈依然脸色白白净净，依然一丝不乱盘着发髻，身上穿着中式的大襟褂子，仿佛岁月在她身上静止了。

（载《微型小说选刊》2021 年第 15 期）

母亲走失

徐全庆

中午下班回到家，母亲不在家里。打她的手机，手机在家里。我意识到了不妙。这两年，母亲常常犯迷糊。走在街上突然就不认识路了，总是要问几个人才能到家。有时需要我们去接。这就很麻烦，因为母亲迷失方向后，周围的一切她都会很陌生，而她又不识字，说不清她在什么位置。这时候，就要她把电话给陌生人，让陌生人告诉我们她的位置。可今天她连手机也没有带。

妻子也已到家，又等了半小时，母亲还是没有回来。我们决定分头去寻找。

出了小区，看到一个卖小吃的，我向他打听。我一边比画着母亲的个头，一边说，七八十岁，这么高，上身穿……

我说不下去了。我突然意识到我记不清母亲穿什么衣服，是紫红色的棉袄，还是蓝灰色的棉袄？我给她买过好几件棉袄，但她每天穿的哪一件，我似乎从没在意过。她的裤子应该是黑色的，印象中这几年她穿的裤子都是黑色的。她的帽子我倒是记得，紫红色的绒线帽，是我和妻子给她买的，但这几天比较暖和，她还戴不戴我没印象了。我努力回想早上吃饭时她的穿戴，却怎么也想不起来了。

没有她的照片吗？卖小吃的问。

我拍了一下自己的脑袋，怎么没想到拿一张母亲的照片？

我一边往家赶，一边想，母亲的照片应该放在什么地方。这让我突然意识到另一个问题，母亲照过相吗？我在记忆深处苦苦搜索，可始终想不起来。我心里开始发毛。但很快我就镇定下来了，母亲身份证上有照片。

　　回到家，我就开始翻找母亲的身份证。我找遍了可能放身份证的所有地方，都没有找到，却找到一顶帽子，灰色的羊绒帽。我一下子糊涂起来，我印象中给她买的帽子是紫红色的，怎么会有一顶灰色的呢？是我一直记错了，还是之前她戴过灰色的帽子？打电话问妻子，妻子说她只记得给母亲买过帽子，至于是什么样子的，实在没印象了。

　　我又问妻子知不知道母亲有什么照片。妻子想了好一会儿，说，去年我们全家去看花展，你不是给妈拍了几张照片吗？是的，我确实拍过。我翻开手机查找，花展的照片倒是找到了，却没有母亲的。于是想起来了，有一段时间，我的手机比较卡，我清理手机内存，很多视频、照片被清理了，母亲的照片就是那时被删除了。

　　懊悔的同时我也心存了一丝希望，因为我想起当时我发过微信朋友圈。我一点点翻看，终于找到了当时发的朋友圈，我发了还不止一条。但照片多数是女儿的，也有我和妻子的，甚至还有一些纯风景的。只是没有母亲的。

　　我确信我找不到母亲的照片了，只好向家人求助。我们姐弟四人，现在是一个很大的家庭，建有一个叫"徐家大院"的微信群。我在群里发了消息，问谁有母亲的照片。我没敢说母亲走丢的事，我怕她们埋怨我没有照顾好母亲。很快大家都回复说没有。大姐还问了一句，你找妈的照片干什么？我说没事，我下载了一个软件，可以从现在的照片测算小时候的模样，我想知道妈年轻时长什么样。大姐"哦"了一声，没再说话；几个晚辈争着要我把软件链接发给他们，他们要拿电脑测算结果和小时候的照片比照一下，看看电脑测算得准不准。

没有照片我也得上街去找母亲。我猜测着母亲可能去的地方，逐个去找，都没有找到。我瘫坐在一个菜市场门口，犹豫着要不要在"徐家大院"说母亲走失的事。这时，我的手机响了，是母亲打来的，她已经到家了。我立刻跑回家，问母亲去了哪里。果然和我想的一样，母亲又犯迷糊了，这次她甚至忘记了我们小区的名字。我问，你是怎么回来的？母亲掏出一张照片，说，有个人从我身上翻到这张照片，就把我送回来了。他说他认识你。

那张照片是我和女儿的合影。

（载《微型小说选刊》2021 年第 16 期）

枪

红　墨

　　大鼻涕有一把玩具枪——驳壳水枪，通身黝黑，沉在水里，捏住枪柄，吸进水，就可以远射。我、蚂蚁、木头、荷花是他的跟屁虫。我帮他做作业。蚂蚁用纸包糖、糯米糖，甚至肚痛驱虫的"宝塔糖"巴结他。木头做他的枪靶子，水溅在木头的脸上、耳朵里，木头嘻嘻笑。木头还做他的马，趴在地上供他骑。演"战斗片"，木头铁定是坏角色——国民党、小鬼子、大地主等。其实大鼻涕才像大坏蛋，像《小兵张嘎》里的翻译官。大鼻涕指挥部下用藤蔓捆绑木头，押到乱坟岗枪毙。一股水流射击在木头的头上，木头倒地。我总觉得木头像《红灯记》里的李玉和，大鼻涕倒像鸠山。荷花总是扮演大鼻涕的老婆。我说，电影里的解放军首长都没有老婆。大鼻涕把大鼻涕一甩，我爹说白茹就是少剑波的老婆。

　　笳柴、拔猪草，我们几个总是先把大鼻涕的柴笼、竹篮子盛满。大鼻涕躺在树荫下或塘岸睡大觉。大鼻涕的缝隙眼总是睡不醒的样子。

　　春节，爹带我去看望姑姑。姑丈来信说，姑姑病了。先走五里山路。雨停了，但路面泥泞。我穿的是套鞋，刚买的。大寒天，娘就裁下一块破棉絮剪成鞋底状，或者窝一把干稻草，塞进我的套鞋里取暖。黑色的套鞋越穿越白，越穿越薄，实在撑不住了，娘给我买了这双新套鞋（昨夜我是穿着它睡觉的）。爹几次蹲下，要背我，我都没趴上。穿着新套鞋，咋能让爹背着走呢？然后坐上长途汽车，开往姑姑家。

我去了姑姑家，姑姑的病就好了。更高兴的是小我一岁的表弟居然有一把长枪。表弟说长枪是嫁到城里的小姑给他买的。我想起大鼻涕曾说，驳壳水枪是一位不认识的叔叔送他的。大鼻涕的爹是公社里的干部。我默默许愿：将来要么进城，要么当干部。长枪约一尺长，长枪筒、长枪柄，装进小石子，一扣扳机，啪地射出子弹。表弟教会了我使枪。姑姑、姑丈叮嘱我万不可瞄准人射击。我瞄准水渠边电话杆上的白瓷瓶射击，表弟阻拦了我。射击总得有个目标，再说我得练枪法。我就趴下，瞄准坡头的南瓜开枪。子弹穿进南瓜。我哈哈大笑，我击中了《地道战》山田的屁股。

我要与表弟告别了，我得把枪带走。我把枪藏在怀里，棉袄掩护着它。这不是偷？我把新套鞋留下，又把自己攒的七分钱和姑丈给我的五角钱红包推进新套鞋的肚子深处。我和爹离开时，天才蒙蒙亮，表弟还没醒。下了长途汽车，走五里山路，爹才发现我的脚上只穿着袜子。鞋呢？你的新套鞋呢？爹惊愕。我搪塞着，走得急，忘了穿。爹只能背我。我只能乖乖趴上。我偷偷地把枪往上挪（枪筒从棉袄领口钻出一截），我的胸脯、肚子与爹的背保持间距。爹几次说，往后仰干吗？让爹咋背你。

我和蚂蚁、木头、荷花一起玩长枪。我不用蚂蚁送东西巴结我，也不玩木头演坏蛋的"战斗片"，更没有让荷花做我的老婆。我们一起打麻雀，可从没有打下一只麻雀。啪的一声响，麻雀惊飞，树叶飘落。除了在学校，不见大鼻涕的影子。大鼻涕呢？蚂蚁、木头、荷花都摇摇头。

借着幽幽的月光，我看见一头狼正爬在桂花婶家的墙头。桂花婶的丈夫在外地打铁，保护不了在家的老婆。我端起长枪，瞄准狼屁股啪地开了一枪，狼叫了一声坠落在墙头。我端着枪走过去，看看是一只什么样的狼……

荷花正在玩长枪。大鼻涕突然出现，抢走荷花手里的长枪，啪啪啪在岩石上砸断了枪柄，一溜烟逃走。荷花坐在地上哭。我哭喊着追赶大鼻涕。

傍晚，大鼻涕蹲在水塘边给驳壳水枪吸水。我从他背后悄悄挨近，迅疾双手托起他的胖屁股，往水塘一送……

被我推进水塘的大鼻涕倒是无妨，大鼻涕的爹却整日不是昏睡就是说胡话，有人说是"脱魂"，赶紧去请"叫魂"的仙婆。仙婆说，孩子"脱魂"可以叫回，大人"脱魂"叫不回。大鼻涕的爹说胡话，枪，枪……屁股上又有弹痕。大鼻涕娘就顺藤摸瓜查出了"凶手"。

据爹说，大鼻涕娘没敢对咱泼狂，但咱家批宅基地定是黄了。爹把我摁在他的膝盖上，扒下我的裤子，拿鞋底抽我的屁股，痛骂，打死你这个贼！还闯祸不？我边号边说，我没偷！我用新套鞋和表弟交换，我还在鞋肚里放进五角七分钱……大鼻涕砸了我的枪……我哪知道狡猾的狼跌下墙根时会变成大鼻涕的爹，狼咋不变成山田呢，狼没看过电影《地道战》吗？

（载《微型小说选刊》2021 年第 20 期）

黑牡丹红牡丹

梁有劳

黑牡丹要嫁人了！

消息一出，教室里炸了锅：怎么会呢？怎么会呢！

黑牡丹是我们青阳高中高一（2）班的班主任。入学报到的那天，天空黑沉沉的，狂风紧吹，一副暴雨要来的样子。我们一起考入高中的同学找到分配的班去报到，不巧学校停电了。教室里的光线很暗。从外边进了教室，眼前黑乎乎的，辨不清谁是谁。一位同学喊："老师呢，老师呢？"然后就听到有个很好听的女声说："在这儿啦。"同学们闻声寻去，没看到老师，只见两排白牙，在昏暗中闪耀着最亮眼的光。"咔嚓"，一个闪电把教室照得贼亮。同学们发现，这位声音甜美的女老师中等个儿，圆脸盘，柳叶眉，杏核眼，挺拔的鼻子尖又尖，樱桃小嘴一点点，皮肤色很重，好似一朵盛开的黑色牡丹。"哇，黑牡丹！"有个同学惊叫了起来。"黑什么黑。"老师喊，"贺，读'贺'，贺牡丹。"又一道闪电挟着雷声滚过，窗外大雨泼了下来。有人看见老师双眼流下了泪。同学们知道，惹祸了。

黑老师姓黑名牡丹。黑，在姓氏里读"贺"，可我们还是愿意读成"黑"。黑老师二十四岁，省师大的硕士毕业生，胸怀支援贫困地区教育的大志申请来到我们学校，成了我们的班主任。第二天，第一节课就是她的。她镇定地走上讲台，平静得像啥事都没发生过，她威严里带着妩媚，娇美中体现着智慧，一双美目如战场上的机关枪，轻轻地一扫，我们都"阵亡"了。

黑牡丹漂亮、乐观、开朗，不久便成了同学们心中的太阳。刚从初中升入高中的我们情窦初开，对相貌特别敏感：女同学羡慕又嫉妒，男同学眼馋又期盼，青春荷尔蒙在肆意地释放。也许是与我们这帮学生年龄差别不大，她很快地混入了我们的队伍。女同学爱与她悄悄地说话和神秘地羞笑；男同学也想把困惑与不解说与她听。她一句"没事儿，有我呢！"便风吹云散。慢慢地，同学们私下称她为我们的"黑牡丹"，我们的，知道不！

正处于青春发育期和叛逆期的我们，一个个都古灵精怪，无法无天，成天张牙舞爪，偷鸡摸狗的事也干得不少。说来也怪，一见到黑牡丹竟一个个变成了猫，服帖得跟装裱好的宣纸一般，就连最调皮捣蛋的同学也收敛得成了乖乖生。她的话成了指挥棒，她指哪儿我们打哪儿。有同学讲，这叫美的战斗力！你别说，这个战斗力确实有战斗力，我们这个班在学校好得有些不可思议：学习成绩全年级第一，校运动会田径赛团体冠军，竟然连续被学校评为优秀班级，奖状在教室后墙挂了一排，这是后话。

第二学期一开学，有同学宣布了一个令人震惊的消息："黑老师恋爱了！县武装部的焦参谋总往黑老师那儿跑。"消息一传出，同学们炸锅了："黑老师是我们的！焦参谋是外省人，他们要是成了婚，我们的黑牡丹不就嫁到外省去了，谁来做我们的班主任呢？"于是，大家把脑袋挤在一堆想招儿。

黑老师住院了。

原来，有同学出主意，让最小的同学去把黑老师单身宿舍门的锁眼用橡皮泥给塞了。有人看见焦参谋有黑老师宿舍的钥匙，塞上了锁眼，焦参谋就进不去了。谁知道，堵锁眼没堵住焦参谋，却把黑老师堵在了宿舍门外。那天，黑老师与焦参谋约会，回来晚了，进不了宿舍，夜深人静，不好找人开门，又赶上下暴雨，只好去教室过夜，结果淋了个湿透。这事让校长知道了，校长大发雷霆："你们以为是黄继光堵枪眼呢，英雄啊？说，谁干的？！"

"我们去看看黑老师吧。"班长说。大家举手通过。于是，班长带学习委员和文体委员，肩负重托到了医院。

黑老师躺在病床上。手背上扎着针还连着滴答着水的瓶子，脸色在白墙白床白被单的映衬下也显得白净了许多。"老师，对不起！"班长嗫嚅地说。"哎哟，看看，感个冒还不很正常。"黑老师说。"不是，我们不想让你走。"班长说。"走，往哪儿走？"黑老师说。"跟那个人走。"班长说。"哪个人？"黑老师问。"焦参谋。"班长说。"哈哈哈，"黑老师笑了，美丽的脸庞更显灿烂，"你们放学有家回，老师也得有个家呀。老师不走，就把家安这儿啦。""真的？"班长和学习委员、文体委员高兴得跳了起来。

黑老师要嫁人了。送什么礼物呢？于是同学们的脑袋又挤到了一堆。大伙商量：五十位同学用红色彩纸叠成百颗红五星，再拼成一朵寓意百年好合的红牡丹，送给黑老师，黑老师她会喜欢吗？

（载《微型小说选刊》2021 年第 20 期）

马仔的葬礼

李晓东

五一假期，我原本打算去龙虎山看悬棺表演，了解古越人的丧葬之谜。可两天前接到邻村同学的电话，说他父亲去世了，望我赏个脸，来乡下送老爷子最后一程。

同学的村庄叫樟源村，原本有村民两三百人，后来打工的打工，进城的进城，如今村里满打满算也不满四十人。要是哪个老人过世了，村里冷冷清清的，别说送葬的人少得可怜，就连做"将军"（俗称"八仙"）的青壮年男子也凑不齐，还得到邻村去请。

同学的父亲据说是属马的，别人都喊他"马仔"，我七八岁时就认识他。那时，樟源村是大队（后来叫村委会）所在地，设有小学，邻村的孩子都得去那里上学。一下课，我们便涌向校门口唯一的小卖部，去买瓜子、糖果等零食。而开小卖部的就是马仔夫妇。那时，马仔不到四十岁，见人便满脸堆笑，老远就打着招呼，还允许我们买吃欠账。马仔待人和气，我还从没见过他生气。

想不到马仔就走了，要去樟源岭上"守山"了。

这天清早，在阵阵哀乐声中，樟源村外的禾场上聚满了人。应该说，我的同学人缘好，而马仔的运气也好，选在五一假期出殡，亲友和乡邻大都有空来送行。

这时，鞭炮声响起来了。先是大伙排队来到灵柩前鞠躬、跪拜、烧纸钱，然后是主持人念悼词，接下来便是"哭灵"。马仔的妻子泣不成声，女儿、儿媳也都放声大哭，请来的那位专职哭灵的女人更是表情丰富，哭得声情并茂，催人泪下。

在哭声中，我隐隐感受到马仔一生很不平凡。作为农民父亲，他把两个儿子和一个女儿抚养成人，供他们读完大学，还帮扶着成家立业。不容易啊。马仔种了一辈子田，开了二十多年的小卖部，自己平日省吃俭用，从不喝酒。当然我偶尔见过他抽烟，但抽的都是几块钱一包的劣质烟，比如白沙、红梅、湘南、庐山等牌子的。

鞭炮声又一次响起来。洋鼓洋号声也跟着响起来了。八仙起杠了，抬着灵柩朝前走，送葬队伍排了一里多长路，单看花圈就有30多个。可以说，马仔的葬礼还算体面，甚至隆重。马仔总算奢侈了一次，排场了一回。

我低着头，茫然地跟随着送葬队伍缓慢前行，顺着荒废的古驿道，走向村后高高的樟源岭。樟源岭是村里的祖坟山，年年暮春山上映山红开遍，如火如血，村里人又叫它清明花。只是马仔再也看不到明年的清明花了。大伙满脸悲戚，还有人不时啜泣，我的眼睛湿润了。记得初中时，我个子矮小，总挑着米袋和书包去镇上中学读书，有时遇到马仔去镇上进货，他二话不说就抢过担子，替我挑过很长一段路。马仔可真是个好人啊！

鞭炮声再次响起来。爬到半山腰，送葬的人要与八仙分手了。八仙扛着灵柩走向墓地，马仔将长眠在寂寞的樟源岭。送葬的人不能走回头路，必须从另一条小路返回村中。大伙一边下山，一边顺手采折山道边的柴枝，寓意带"财"归。

当鞭炮声又一次响起时，我们回到村里。大伙排着长队，依次走进马仔老屋的大门，然后放下柴枝，堆在地上，这叫"聚财"。紧接着，大伙走到马仔的遗像前，一一下跪作揖，算是最后告别。

人生苦短，往事历历，我心里酸酸的。不瞒你说，读小学时，我曾在马仔的"小卖部"的"小"字头上添了一笔，人家都看成"不卖部"了。一次放学后，我还趁乱摸走马仔店里的一包葵花籽呢。唉，那时我真是太不懂事了！

　　总算轮到我下跪作揖了。我猛一抬头，发现马仔的遗像似乎动起来了，他冲我微笑着，还眨着眼睛，既亲切，又神秘。我不由得揉了揉眼睛，再细瞧。

　　忽然，我瞥见马仔遗像旁边的挽联上写有几个黑字：张福贵先生千古！

　　顿时，我的眼泪止不住地流下来。

　　怎么啦？众人齐刷刷地望着我。

　　没什么！只是几十年了，直到马仔去世，我才知道他的大名叫张福贵，仿佛刚认识他一样。

（载《微型小说选刊》2022 年第 2 期）

他的名字叫许戎

徐全庆

认识许戎是在尊者酒楼。这酒楼名字挺虚荣的，因为它充其量算是一个小饭馆。二楼是几个单间，吃酒席的可以上二楼。一楼只一个大厅，摆着两张圆桌和几个卡座，三五个好友炒几个菜，随意吃点什么，一般都在一楼。如果你只吃碗面条，也一样欢迎。我只要了一碗面条。旁边一个五十岁左右的人，也在吃面条，只是面前多了一荤一素两个炒菜。相比于我的婉约，他吃得很豪放。吃完，他很潇洒地朝空中打个响指，高声喊道，老板，签单。一个服务员颠颠地把单子递给他，他很潇洒地签上名字，高傲的目光扫过众人，端着脑袋走了。而我也记住了他的名字，许戎。

结识许戎后，又在尊者酒楼碰到过他两次，都是他替我付的账。我起初不肯，他用居高临下的口气说，你和我争什么，我能签单，你能吗？我诺诺地依了他，羞赧中对他充满了羡慕。

只是这羡慕并没有维持太久，我就知道了，他只是单位的一个副主任科员，手中并无实权。自然也完全没资格在酒店签单。他能够在尊者酒楼签单，是因为他不定期在酒楼预存一笔钱而已。

真够虚荣的。

和他的朋友说起这事，他的朋友嘴角滑过一丝嘲讽的笑容，你才知道呀，我们都叫他虚荣。

他的朋友还说起一件往事。

许戎从小在农村，他爹给他起名叫许戎，是希望他将来能当兵。有一年征兵他也报了名。他各方面条件都不错，带兵的人很满意，准备要他。可是问他为什么当兵时，他说，当兵人看得起呀。带兵的人说他太过虚荣，目的不纯，没有要他。这说法是许久之后传出来的，真实性无法考证，但大家愿意相信。

但许戎有另一套说法。许戎说，他们村一共两人报名，人家只要一个，自然是他。但另一个人学习远不如他，如果不当兵，肯定要修一辈子地球。可他不一样，他学习好，点子多，即使考不上大学，也不会窝在农村，所以就把机会让给那人了。那人在部队当到团长后转业，现在在市某局当局长。许戎常常说，我当初要不把机会让给他，说不定早当厅长了。听的人就笑着说，可惜了，许厅长。

那以后，我也叫他虚荣。第一次叫他，他脸色骤然一变，仿佛愤怒的葡萄。我叫许戎，他纠正道。再见到他我仍然叫他虚荣。他后来也不再纠正，但在尊者酒楼再遇到他，他也不再替我付账。

之后不久，我单位一个同事的爱人得了癌症，治疗需要一大笔钱。同事家底耗尽，欠的债都能封住门。同事是个要强的人，单位每人三百五百的凑了两万多元钱给他，但他坚决不要。他宁肯卖房还债。

这事不知怎的传到了虚荣的耳朵里，他给我打电话说，他和县红十字会的房主任关系铁到共穿一条裤衩，房主任看他的面子上，答应资助我同事三万元。

我把这消息告诉同事时，同事远没有我想象得兴奋，反而有些犹豫，问，有什么条件？会不会有记者采访？我理解同事的想法，接受别人捐赠于他如嗟来之食，即使是红十字会的捐款，他仍有屈辱感。

我把朋友的顾虑和虚荣一说，虚荣把胸脯拍得像放炮似的说，我可以做主，什么条件都没有，也不宣传。我的面子，红十字会敢不给？

看着他鼻孔朝天的样子，我总觉得事情也许没他讲得那么简单，生怕伤害了我的同事。事实证明我多虑了，红十字会只悄悄来了一个工作人员，把钱交给了我同事。

有一天，我参加一个饭局，正好和红十字会的房主任坐一桌。聊起虚荣，才知道房主任并不认识他。我纳闷，问那次捐款是怎么回事。房主任拍了一会儿脑袋，才说，想起来了，他把三万元送到我办公室，让我以红十字会的名义给你同事，还交代说是我们看他面子捐的。真虚荣。对了，好像听说他就叫虚荣。

我愣了好一会儿，正色道，不，他的名字叫许戎！

（载《微型小说选刊》2022 年第 2 期）

1970 年的记忆

在收到舅舅的来信得知外婆要来看我们的消息时，母亲表现得很是奇怪，奇怪得让我有点害怕。

她一会儿紧紧地搂着弟弟，蹭着弟弟的脸蛋儿，满脸是笑："柱子，我娘要看我了，你外婆要来看你了。真的，真的要来了，马上就来了。"一会儿又松开弟弟，用手背抹着泪花，自顾自地唠叨，"咋办呀？这日子过的，都是窟窿眼，遮不住的丑！咋办呀……"

母亲一会儿笑，一会儿哭，脸上挂着泪，嘴巴却撇成下弦月，看起来真是滑稽。我从来没见过母亲那副表情，遇事她一直很镇定的。记得一次我从沟边摔下去折了腿，被别人背回了家。母亲非但没有表现出一点儿惊慌，反倒戳着我的额头骂道："沟能走还是能跑？走路不看，活该。"只是外婆要来，她至于吓成那样？

看着母亲那表情，我想笑，却笑不出来。弟弟干脆咧开嘴巴大哭起来。我赶忙搂着弟弟哄他："外婆来了，咱们就能吃到好东西了，就不饿了……"弟弟啃着手指头，哭声才渐渐小了下来。

母亲在院子里转着圈，似乎看啥都不顺眼，嘴里嘀咕着"这烂屋子，这烂屋子"。一向总忙于活计的母亲，好像一下子对干啥都没了兴趣，只是焦躁地转着圈儿，晃得我眼花。父亲刚一进门，一向很镇定的母亲突然像疯了般呜呜地哭了起来，边哭边嘟哝："我娘要来了，咋办哩，我娘要来了……"

好像外婆要来看她就像天要塌下来一样可怕。父亲扶着母亲的肩说："怕就不来了？别怕，有我哩，我给咱想办法。"

我们就开始为了迎接外婆而做准备。就像过年一样，每个房子及院子里的各个角落都打扫得干干净净。母亲打发我拿着洋瓷碗出去借麦面，我兴奋得能跳起来——

那时，我们吃的主要是红薯，早晨红薯块熬稀饭，中午红薯面条，下午红薯馍馍就着炒红薯丝。红薯吃得人一开口，就是一股红薯的酸味儿，连放的屁，也是酸酸的红薯屁！实在吃不下去了，母亲就加点其他的杂粮，也不过是玉米或糜子。也只有来了金贵的客人或是过年，才吃得上白白的麦面。

我拿着洋瓷碗，雪花婶家，二狗家，北巷婶家，杏花姨家，我从各家借了一碗面。捧着那盛着面粉的碗，我的手一直在打颤：外婆来真好啊，外婆来就可以吃上过年才能吃到的麦面了！我皱着鼻子闻，也没闻出面粉的香甜味儿。我很是遗憾，要是变成一只洋瓷碗，多好啊。

父亲还借了天柱叔家的大桌子、顺锁伯家的大立柜摆在我们家，我们家一下子就变得很阔气。

——外婆来真好，家里整个都变了。

那会儿，我只有一个想法，外婆来了就不要走了，我们天天都可以吃麦面，趴大桌子摸大立柜。

父亲借了生产队的牛，驾着车，我们穿戴得整整齐齐就像过年般去十里外的镇上接外婆。

记得外婆来的第一顿饭，母亲做得很费心：

一碟小葱拌豆腐，一碟炒洋芋丝，一碟炒青辣子，一碟凉拌红萝卜丝,一碟凉拌白萝卜丝,一碟凉拌红白萝卜丝,白萝卜叶用开水一焯又是一碟凉菜,中间是一碟炒鸡蛋,饭桌上一下子就摆了八个碟子。

那天母亲擀的是面条。面条很薄很薄,挑在筷子上真的可以看见蓝天白云。绿绿的葱叶子添在锅里,看着都好吃。

母亲先给外婆舀了一碗,是稠的。我们的呢,面条少汤水多。

咋给娃娃舀了那点?外婆问。

天天都吃,不爱吃,吃不完就糟蹋了。母亲说话时瞪了我们一眼。弟弟却说"不是——",我赶紧狠狠地踩了一下他的脚,他直接大哭起来。

我笑着和外婆解释,我把弟弟撞了一下,就疼得胡喊哩。

也就是那次以后,我有了个艰巨的任务,快吃饭时就带着弟弟在外面玩,省得他一不小心露馅了。那种难受劲,甭提了,我只想一脚把那小东西踹到村头的池塘里去。

晚上,外婆跟我母亲坐在炕上闲聊,我在写作业。一转头,看见弟弟竟然用小刀在桌子上划道道,我一巴掌扇过去,喊了声"把桌子弄坏了给人家咋还"。而后,我捂住了自己的嘴巴,紧张地看着母亲。

屋子里只有弟弟的哭声。

外婆看着我母亲,我母亲很尴尬地笑着,就像外婆要来前的神情一样,分不清是哭还是笑。

"还有啥是借的?"外婆问。

母亲说:"咋会是借的?自家的。甭听娃胡说。"

"还有啥?"外婆又问。

母亲不吭声了。弟弟也不哭了,跑到立柜边说:"这个,也是人家的。"

"那咱就一个土炕啊。得，至少有地方睡觉。"外婆拍着炕，脸上好像是笑，好像又不是。"这就是我女子家，我女子就在这样的屋里头过日子。当妈的，都不晓得自家娃过的是啥日子……"

外婆唠叨时，母亲哭了。母亲哭着拉着外婆的胳膊："娘，没事，我的日子能过好，就是怕你操心才……"

外婆走后，我才知道，外婆当初不愿意母亲随父亲远嫁合阳，一气之下断绝了母女关系。加之母亲来到合阳后，日子过得捉襟见肘，就没敢主动联系外婆。

多年后。

母亲说要来城里看我。住在出租屋，恨不得把一块钱掰成几份去花的我，很奢侈地买了一台风扇，买了好些蔬菜水果：我不能因为工作不稳定就让母亲担心，我得让我的母亲觉得自己闺女过得还不错！

那一刻，我的记忆又回到了1970年……

（载《微型小说选刊》2022 年第 5 期）

父亲的叹息

厉剑童

那年，我弟弟七八岁。那个秋天，正是收板栗花生的时候。母亲干活回来，吩咐弟弟烧水喝，不承想弟弟的手、胳膊让开水给烫了，痛得嗷嗷大哭。

母亲顿时慌了神。父亲呵斥了一声母亲，慌什么慌？去找点獾油抹抹就好了。獾油治烫伤是我们那个山区小镇流传很广的一个偏方。可一时到哪里去找獾油？母亲难住了。

獾这东西长得像狗，又叫狗獾，善于掘地，昼伏夜出，经常晚上出来糟蹋庄稼，而且一吃一大片。那年月缺吃少喝，村里人视粮如命，对獾是恨之入骨。

父亲说，南山卫轩可能有，那年冬青他儿烫着了，就找卫轩要的獾油。老二，你快去找他要点来。卫轩是个老光棍，住山上看山。之所以父亲不亲自去要，是因为那年父亲因事得罪过他。

二哥腿溜，七八里山路来回一顿饭工夫就回来了，他两手空空，说，卫轩说，叫你大来就给。

父亲脸色铁青，吼道，死了胡屠夫就得吃带毛猪？他不给，咱自己熬！

父亲让母亲先去村卫生室给弟弟上了点药，然后他和二哥去坡里逮獾。我那时十一二岁，正是好玩的年纪，也跟着去了坡里。第一次跟大人出去抓野物，一颗心怦怦直跳。

父亲一边打听在坡里干活的最近见到獾没有，一边四下找寻獾的踪迹。终于在东岭发现了几处獾留下的新鲜脚印和粪便。

　　晚上，父亲带着手电筒领着我和二哥，在白天发现獾出没的地方支好套子。獾力气大，担心套着了被它挣脱掉，父亲决定夜里蹲守在野外。我们在一个花生秧垛下蹲好。没有月亮，却有漫天的星，有虫唧唧叫个不停。

　　父亲不让我们出声。我紧闭嘴巴，竖起耳朵听动静。先是一只刺猬从我们跟前走过。不多会儿，一只半大的黄鼠狼发现了我们，停下来，竖起两条腿，惊讶地望了我们一眼，迅疾朝沟底跑了。

　　父亲烟瘾很大，几次从腰里摸出烟袋，又插进腰里。夜，静谧极了。

　　星光暗淡下来，只有零散几颗星值班。前面还没听见动静。起风了。之前的新鲜劲早过了，我困得厉害，只想回去。

　　父亲扭头看了我一眼，正要起身，忽然，前面传来扑通扑通的声音。

　　上套了！父亲说着，赶紧起身跑过去一看，居然是一只黄鼠狼。父亲很失望，骂了一句，不长眼色的东西，把它给放了。

　　我们返回垛根继续蹲守。都鸡鸣两遍了，再没动静就没指望了，二哥说。走呗，怪冷的，我紧跟着说。父亲不作声。

　　就在我迷迷瞪瞪快要睡着的时候，忽然被二哥晃醒了。快起来，套着了！

　　我又紧张又害怕，紧拉着二哥的手，跟着手电筒的光亮跑过去。

　　亮光下，只见一只长得像狗的大家伙在用力挣扎。无疑，这就是传说中的獾了。愣什么愣？快，踩住脚，摁住它，别叫它咬着！父亲呵斥一声。我打着手电筒照着。父亲用那根木棍叉住獾的脑袋，防止它咬人。獾挣扎得更厉害了，头甩来甩去，屁股一次次撅起，两只后爪扒着地，扬起阵阵沙土，扑打在父亲脸上。

手电筒的光束照在獾的眼睛上，我被那双眼睛吓了一跳。那双不算大的眼睛，像寒星，闪着幽蓝的光，瞪着，仿佛喷着鬼火。我下意识地后退两步。

二哥一把夺过手电筒，用嘴叼着，抽出准备好的绳子，和父亲两人费了好大劲才把獾捆绑住。父亲和二哥用棍子抬了，三人深一脚浅一脚地往家走。一路上，那獾不停地挣扎。

抬回家，父亲找了个铁笼子，放进去关好。我也困了，倒头睡去。

一觉醒来，已是翌日八九点钟，太阳升得老高了。

父亲站在铁笼子边，吧嗒吧嗒，不住地抽着旱烟。袅袅飘动的烟，遮住了沟壑纵横的一张脸。

我蹲在笼子旁，这才看清獾的样子。它看上去和一只成年土狗差不多，全身呈黑褐色，头顶一道又宽又白的杠，白鼻头，肚子鼓鼓的。隔着笼子，我拿小木棍小心翼翼地扒拉它的肚子，只见它的肚子一起一伏，像波浪。

别乱动！父亲呵止道。

从父母的对话中，我才明白，这是一只怀了崽子的母獾。

父亲的眼里显然多了几分犹豫。终于在吸了大半天烟之后，他呸一下，朝地上噗，吐了一大口唾沫，拿起一把剔骨刀。

那獾顿时浑身抖个不停，惊恐地躲闪着，神情如同一个被吓到的孩子。明亮的眼睛里全是惊恐、绝望。我被震慑住了，小声央求说别杀了，怪可怜的。

父亲瞪了我一眼，叹了口气说，不杀，你弟弟的手什么时候好？

父亲的刀伸向獾的时候，它却出奇地冷静，没有挣扎，慢慢闭上眼睛，两行眼泪随即流下来。我转身跑进屋里。

等我出来的时候，父亲已经收拾好了獾，正用一块破布擦着刀。这时，卫轩来了。你——来干什么！父亲阴沉着脸，没好气地说。

老哥，我不该小肚鸡肠，跟你置气，这是獾油，快给侄子抹上吧。说着，把一个小塑料瓶递给我父亲。

谁稀罕你的臭油，拿走！父亲吼道。

卫轩尴尬地看了父亲一眼，又看了看摊在柴垛上的一张獾皮，将小瓶子放在磨台上，默默地走了。

弟弟的手不久就痊愈了，而且什么疤痕也没留下。

后来，村里来了收兔子皮的，那张獾皮本来能换几个钱，父亲却不顾家人的劝阻给埋了。

再后来，我们每次说起獾油的神奇功效的时候，父亲都一言不发地走到磨台根下蹲着，吧嗒吧嗒吸烟。

30 年前，父亲去了，临终前叹了口气，断断续续地说：要是那年……卫轩能……早来一袋烟工夫，那獾也就……唉！

俄顷，两颗豆大的泪珠，从父亲瘦削的脸颊上滚落下来。

我的泪也簌簌流下来。

（载《微型小说选刊》2022 年第 5 期）

樟松林

月亮早已升起了，是满月。

富财斜靠在炕头的被摞上，腿上搭着一条暗紫色团花毛毯。毯子是结婚时翠花娘家陪送的。那年月毛毯金贵得很，翠花一直舍不得铺盖，可自从去年深秋，富财被检查出肝癌，翠花就把它从箱底拿出来给他压脚。

翠花晚上烧饭的时候特意多添了把火，炕还温热着。电视里正播《大村官之放飞梦想》，富财看到浩然跟花花说"我要给杨官屯打几口井，等明年开春儿，就能把那片闲置的洼地种上无公害水稻"时，笑了。

坐在炕梢正用钩针给孙女钩小包包的翠花一抬眼，正看见富财笑，她鼻子一酸，赶紧把头扭过去。

这几天她有种不祥的预感，跟儿子说，儿子却让她别胡思乱想，还说前几天老爸去樟松林时精神头可足了。

那天，被疼痛折磨得一夜没睡的富财，天刚亮就逼着儿子去周老坦儿家借马车，他要去村子前那片樟松林看看。

翠花知道老头子脾气倔，他决定的事十头牛都拉不回，就帮他穿上厚厚的棉衣，还在马车上铺了一床厚褥子。

四月初，正春寒料峭。非要跟来给富财赶车的周老坦儿，时不时倒换着拿马鞭的手，嘴不失闲地和富财聊了一路。

"老书记，看你这精神头不错，大伙儿的心就踏实。"老坦儿慢悠悠地挥动着马鞭，尽量让马车平稳。

"哪有不生病的人？我没事，老天爷还不想收留我呢。"富财凝望着眼前这条伸向远方的公路对老坦儿说。

"你这大半辈子啊，净为大家伙儿忙了！要不是当年你跑断腿去县里、镇里求那些当官的立项，这条路猴年马月能修上？"老坦儿顿了顿，继续道，"那时候家家没钱啊，但你说能行，咱都信。你还记得不？你天天带着俺们白天顶着大日头、晚上顶着星星，手担肩扛、马拉人拽地干活。这路一修通，王辉那犊子先得利了，第二年他就养了五十头牛，成了咱村第一个年收入过万的富户。"

"咳咳……那是2000年吧？当时你周老坦儿可没少发牢骚。"

"老书记，瞧你说的，当年说怪话的可不止我一个，为修路搬家的李老根的老婆还骂你八辈祖宗呢，但后来谁不说你这决策英明？没有这条路，俺们上哪儿脱贫去？"

车轮嘎吱嘎吱地响着，偶有喜鹊在视线的前方飞来飞去。

"老书记，从前咱这块儿哪能见到喜鹊啊，整天风卷着白沙，走对面都看不清人。"

"可不是，我记得小时候，刮一宿风，门被沙子堵得推不开，只能从窗户跳出去。"富财的儿子插话道。

"这村子25年前曾被宣判生态死刑，国家让咱村整体搬迁。咱们都想，搬迁多好，可不在这破地方住了！可你爸把大伙召集起来，说：'咱们走到哪，哪也不是咱们的家啊！老祖宗把咱们扔到这儿，咱得认，这章古台就是咱们的根！咱们必须要治沙！'当时大家都说你爸病得不轻。治沙谈何容易？在这漫漫白沙地上能种树，那政府不早种了？可你爸就是个犟种，他说干就干，整天一肩扛铁锹、一手拎着水壶在这沙地里种树。你说也奇怪，大伙儿咋就禁不住他挨家挨户地劝呢，大家就一起跟他干。头一天把树栽上，第二天早上一看，树苗都被刮跑了，再种，再刮跑，再接着种，当沙地里刚出一小片绿时，咱全村人都哭了……"周老坦儿说到这儿，揉了揉眼睛，"那些活儿，现在想起来都累得慌。你爸可狠了，种下的树苗他都用手拔，能拔动的必须返工，不少女人累得直哭。"

"坦儿叔，你还说呢，那年因我爸包下200亩荒沙坡贷款一万元，我妈没少跟他吵架。"

"可不是，你爸当这么多年书记，你家愣是没沾过一点儿光。不只没沾光，还净跟他遭罪了。"

马车终于停下了，樟松林就在眼前。它像一望无际的海洋，在这刺骨的春风中，呼啦啦地掀起了波浪。富财久久地凝望着这片林子，仿佛看到樟子松庞大的根系在沙土下织成大网，牢牢地禁锢着白沙。

富财裹了裹棉袄，在儿子和周老坦儿的搀扶下，走进林子。他粗糙的手掌摩挲着一棵棵并不茂盛却傲然挺立的樟子松，像抚摸自己的孩子。

"儿子，等爸走的那天，就把爸埋在这，俺要永远守着这片林子。"富财的声音坚毅，目光中散发着灼人的光亮。

儿子和周老坦儿都没言语，狠狠地点了点头。

他们在林子里足足转了一个多小时才回村子。那天后，富财再没下过地。

翠花再抬眼的时候，发现富财睡着了。她轻手轻脚地为他盖好被，关掉灯。

半夜时分，翠花被富财推醒了。富财轻轻握住她的手，声音异样地说："花儿，你听，咱家房顶的砖头裂了，有人进来了……"

翠花竖着耳朵听了半天，什么声音也没有。她正想说"哪有声"，发现他又睡过去了。第二天早上富财也没醒。

翠花赶紧喊来儿子和媳妇，一家人正研究要不要送去镇医院，省委宣传部的梁部长从省城驱车赶来看富财。

翠花趴在富财耳边说："老伴，你醒醒，咱家来贵宾了，梁部长来看你了。"

富财缓慢地睁开眼，停顿了几秒，朝梁部长抬了抬干枯的手掌。

梁部长赶紧用力握住，说："老富，我代表省委、省政府看望你来了！你带头创造的沙地变林海的奇迹，护卫着100公里外以沈阳为中心的辽中南城市群，政府和人民都记着呢！有什么需要一定要提出来，希望你早日恢复健康。"

富财听梁部长说完，眼睛里亮光一闪，微微点了点头。

梁部长走后不到三小时，富财再次睁开眼睛，看了看周围的人和贴满奖状的白墙。窗外的风猛烈地吹打贴着大红剪纸的窗棂，村外那片崭新簇绿的万亩樟松林剧烈地摇晃着，发出一阵阵低沉沙哑的呜咽之声。

（载《微型小说选刊》2022 年第 5 期）

带我看黄河

周耘芳

春分刚过，石家河门口椿树、槐树，河边柳树已吐出新芽。屋后密密麻麻的树林里布谷鸟不停地叫。

太阳爬出东边山头，红柳已经把老爸石叔推出家门，他正坐在轮椅上晒太阳。看到轮椅上眯着双眼，似睡未睡的石叔，红柳说：爸，你昨晚捣鼓捣鼓没睡好，现在好好休息会儿。

红柳啊，你咋知道呢，又梦到黄河了，黄河上冰解冻，黄河水轰隆隆地流，把我吵醒了。石叔突然坐起来，哗啦，拉开轮椅边的布袋，拿出一本黑乎乎、破损的地图册，颤巍的手，翻动着书，山西、黄河、清涧、黄河。石叔嘴里唠叨个不停。

唉，老爸又想到爷爷、二叔当年当红军，参加东征的那段往事了。作为石叔唯一的女儿，那一年，娘离开人世后，父亲上山砍柴，滑倒在山下，把腿摔断，看到他每天孤孤单单、冷冷清清地过日子，红柳对老公水生说：老爸腿脚不方便，把他接过来，和我们一起过吧。行，行，和你一起去接老爸。水生连忙应答。

早上，吃完早餐，突突，水生开着三轮车，沿着村前小道一路往石家河赶，个把小时路程就到了，见到躺在床上的石叔，水生说：爸，您老七十岁出头了，一个人生活不便，和我们一起过吧，我和红柳为你养老送终。

怎么了，嫌我老了？石家河是我的家，能吃能喝，我哪里也不去。石叔坐起身来说。

爸，住在我家，隔三岔五你还可以回家看看啊。红柳在一旁帮腔。

我在石家河，你爷爷、二叔就知道，不管黄河离家多远，他们的心都会回来。石叔说完，用手抹了抹眼睛。

看来老爸是铁了心，不会走的。爷爷、二叔当红军，参加东征的故事，红柳听了无数次。那一年，上面举行寻找烈士家属的活动，父亲和村里人才知道，当年结婚不久，奶奶怀了父亲后，爷爷就报名参加红军，红军队伍离开家，北上抗日，出发时，十三岁的二叔也跟在爷爷屁股后面，当了"红小鬼"，跟着红军北上抗日。一路征战，到达延安不久，党中央发布了东征命令。东渡黄河时，爷爷和二叔的部队是渡河主力，爷爷是尖刀连连长。这天，山西清涧县境内，黄河水哗啦啦地流淌，爷爷带着尖刀连，趁着早上薄薄的雾色，渡过黄河，登上对岸，悄悄地靠近敌人碉堡，突然间手榴弹、机关枪向敌人扫去，很快夺下了碉堡。睡梦中醒过来的敌人，仗着人多，地形熟，组织人向阵地扑来，又被爷爷他们的手榴弹、刺刀杀了回来。反复争夺，后面大部队陆续渡过了黄河，可是爷爷、二叔都倒在阵地上，浑身上下被打了多个弹孔，鲜血流了一地，长眠在黄河边。

寻找烈士家属活动刚过，父亲年过半百，腿已摔断。夜里，知道爷爷、二叔牺牲的消息后，父亲一个人爬到后面的山上，面对着北方，跪在地上，哭了一场又一场。

黄河有多远，山西有多远，我要去看黄河，看看睡在地下的你爷爷、二叔。石叔流着泪对红柳说。

爸，你身体差，黄河离我们好远，过去不方便呢。红柳回答。

这年，石叔正儿八经地成为烈士家属。清明节到了，上级在黄河边举行公祭活动，祭奠英烈，红柳作为烈士后代参加这次活动。出门前，红柳对石叔说：老爸，这次我要把爷爷和二叔的骨灰带回来。眯着双眼，想了半天，石叔说：算了吧，天下黄土都埋人，还是让他俩守在黄河边吧。

离开父亲，从没有出过远门的红柳，一路赶火车、乘客车来到山西，来到黄河边。红柳第一次看到黄土高坡，见到黄河，滔滔黄河水，似万马奔腾。来到黄河边的烈士陵园，找到爷爷还有二叔的墓碑，轻轻抚摸着亲人墓碑，红柳哭成泪人。

黄河离家到底远不远？红柳回到家里，石叔开口就问。

老爸，黄河离家好远好远。红柳回答。

红柳，给我买本《中国地图册》好不，我想看看地图，找找黄河到底在哪里。第二天，石叔突然对红柳说。

嗯，我给你买。红柳很快从书店把地图册买了回来，红柳知道读过几年私塾的父亲心里一直惦记着黄河，牵挂着爷爷和二叔。

这是山西，这是家，这是黄河。坐在轮椅上，戴着老花镜，石叔每天翻着地图册，用手比画着，唠叨着。

清明节快到了。今天，父亲又提到去看黄河，红柳心里最清楚，父亲老了，身体一年不如一年，他要看黄河，看从没有见过面的父亲，还有同胞兄弟。看到父亲伤感的样子，红柳上前拉着石叔的手说：爸，多吃饭，好好睡觉，天气好，身体好了，我带你去看黄河。

好女儿，我听你的，从今天起，好好吃饭、睡觉，身体好了，一定带我去看黄河。说着，石叔脸上露出丝丝微笑，就像一个听话懂事的乖孩子。

（载《微型小说选刊》2022 年第 6 期）

泥蛋糕

曾　颖

灵儿觉得自己长大，是在她十岁生日那天。

那天，爸爸妈妈连电话都没打一个回来，只有奶奶临出门时把一个煮鸡蛋放在她的书包里——这是山里娃们生日的标配，也是与平日唯一不同的地方。

走在上学路上，灵儿的心，从没有过的凉。平时就崎岖而漫长的路，找碴似的变得更加腻滑。她眼前总闪过电视上城里孩子过生日的画面，一大群欢快的人和精美的礼物，围着那个满脸幸福的孩子，点蜡烛，唱歌，切蛋糕，欢笑……

灵儿不敢想自己就是那个孩子。她只希望自己生日这一天，爸爸妈妈能回来，如果再带一件新衣服或一套彩色铅笔，或者一个蛋糕，哪怕是最小最小的那种，她也会高兴得疯掉。

但这些场景，如同卖火柴的小姑娘划起的火光中的幻影，瞬间就被一次滑倒撞得烟消云散。这似乎再次验证了奶奶常说的那句话："东想西想，吃了不长，我们这样的人，做梦除了伤自己，就再没有别的用处了！"

奶奶这句话，是针对爸爸妈妈外出打工说的，但此时此刻用在自己头上，却十分贴切。坐在湿滑的地面上，一股沁骨的凉意，由下而上，让她的每根头发丝里，都充满了沮丧。

学校和家，都一样遥远，她两头都不想去，不想让奶奶和她唯一的同班同学，看到自己狼狈的样子。于是索性站起来，往路旁丛中的小道走去。这条道她见过几百遍了，通往哪，她并不知道。

穿过竹丛，沿着一条不太明显的小道往前，是一条小溪，小溪往上一百米，便是一处并不太深的小潭。周围是树，并没什么人，她决定去那边把裤子洗洗，晒干再说。

裤子洗好，晾晒在小树丛上，她选一块石头坐下，把脚放进水里。

水凉凉的，沙软软的，偶尔有小鱼银亮亮地从她的脚边穿过，风柔柔地由远及近，抚过竹枝和树颠，把一丝丝山林的清香，扑洒在她的头和脸上。

她闭上眼，用力地吸了一口气，然后长长地呼了出去，仿佛要把一切的不愉快，都吐出去。

这时，半空中，缥缥缈缈传来许多人的欢笑，有人开始唱生日快乐歌，杂乱的笑闹，被他一带，变得整齐高亢，在树和山之间飘荡回旋，如一群欢快的鸽子。

她知道这是那个害她摔跤的梦的延续，她本能地摇头，想把它们驱散。

但歌声像一群顽皮的蚊子，你一驱，它就散；你一停手，它就又聚在一起，还故意使坏地唱得更响。

努力了几次，她决定放弃。

偶尔做一次过生日的梦，应该不算过分吧？

她这么想着，突然就来了精神。她决定再把梦做大一点，给自己做个生日蛋糕。河边被水泡得软软的黄泥，倒是做蛋糕的好材料。她挖了一大捧，放到一大片芋子叶上。用黄泥和菜叶做饭菜过家家玩，是熟悉而久远的游戏。而用它做蛋糕，还是头一次。蛋糕在电视和书上看到过，灵儿知道它是圆圆的，表面是白色或棕黄色，顶层有各种水果和糖球，还有写着漂亮文字的卡片。

这些东西的替代品，都不难找。黄泥做蛋糕坯，石灰做奶油，树上的野山桃，田里的小蕃茄，崖壁上的青花椒，还有小溪里的石头，白色的青色的红色的，大大小小，形状各异，放在生日蛋糕上，有生命一般地鲜活美丽起来。

蛋糕做完，放到阳光下，既漂亮，又感觉像少了点儿什么。对，卡片，还需要一张写了字的卡片！

她从书包里拿出平时不怎么舍得用的水彩笔，撕下一片软面抄的封面，在上面认认真真地写下几个字：

祝我生日快乐！

这时，整个山林，都唱起歌来。

歌声由弱到强，由悠扬到高亢，直至如漫天的大火，一直烧上云霄。

她觉得，从那一刻起，她已不再是个孩子。虽然此前很久，爸爸妈妈爷爷奶奶早已不把她当成一个孩子。

她把蛋糕放到山崖的一棵树下，像放一个祭品，穿上裤子，背起书包，大踏步往山下走去。

在学校的路口，她看到她唯一的同班同学和同桌，那个老是上课嚼米的小男生，手里捧着一个烤红薯，红薯上插了支小红蜡烛，远远看到她，欲言又止。

她知道那是送给她的。

如果是两小时之前，她会感动得眼泪花花的。但现在不会了，因为她不想再为了一个别人随时都可以吃到的小蛋糕，感动得无以复加，她要开始一种新的生活……

这是多年后一个叫娜娜的陪酒女酒醉之后向客人讲的她朋友的童年故事。但大多数人都不相信。

（载《微型小说选刊》2022 年第 8 期）

缴 枪

朱红娜

这是猎人有生以来最为激动的时刻，猎人按捺住狂跳的心，趴下，架枪，竭力使猎枪的十字星瞄准前面的庞然大物，50 米，30 米，20 米，猎人果断扣动扳机，"砰！"

猎人惊醒了。

猎人没有猎枪。

猎人张开眼睛，面前的庞然大物由一头变成了一群，猎人吓出了一身汗，赶紧闭上眼睛。

春意阑珊，乍暖还寒，枯萎的树枝长满了葱绿的叶子，阳光穿不透绿叶，猎人的身子，遮在一片浓荫之下，瑟瑟发抖。

猎人原本有一支让他引以为荣的猎枪。

猎人五岁的时候，第一次知道那是一支猎枪。猎人骑在爷爷的一边肩上，猎枪骑在爷爷的另一边肩上。爷爷的猎枪是橡木做的，厚重、坚硬，如同爷爷的性格。爷爷到了林子里，放下猎人，架好猎枪，不大一会儿工夫，猎人听见爷爷说，有了。只听"砰"的一声枪响，远处一只野兔滚了几滚，再滚不动了。

猎人从此盯上了爷爷的猎枪。

猎枪是爷爷的命根子，命根子白天在爷爷的身上，晚上在爷爷的床头。猎人的奶奶睡眠不好，心慌得厉害，有一次摘下床头的猎枪，爷爷醒来一摸，手空了，跳将起来，揪住奶奶的头发，以后再敢动老子的枪，老子毙了你。从此猎人知道猎枪比奶奶的命还重要。

爷爷得空的时候，就拿出一块棉布伺候猎枪，来来回回地擦拭。爷爷的手渐渐弯曲，猎枪渐渐光滑发亮。猎人说，爷爷，让我来擦吧，猎人学爷爷的样子，来来回回使劲地擦。爷爷欣喜地抚摸着猎人的头，我终于有了接班人了，"猎枪一响，黄金十两"，这把枪以后就是你的了。

猎人像爷爷一样，瞄准野猪、野兔、野狐狸，一切野的动物。爷爷告诉猎人，山里有黑熊，但是爷爷没有见过黑熊。爷爷说，黑熊鬼精得很，能闻出猎人的气味。黑熊怕爷爷。爷爷说，你也要练出猎人的气味。

猎人白天把猎枪扛在身上，晚上把猎枪挂在床头，猎枪也成了猎人的命根子。猎人的猎枪更加光滑，有一层油亮油亮的光，在山林中晃来晃去。

有一天，猎人的儿子趁猎人不备，取下猎人的猎枪，抱在手里。猎人的儿子说，拥有猎枪是违法的事，我要上缴。

猎人的儿子不喜欢猎枪，十五岁的时候跟着猎人去打猎，听到"砰"的一声枪响，尿流了一裤子。猎人就知道儿子成不了猎人。猎人的儿子当然不会用猎枪，猎枪在儿子手里就是一根木棍。

猎人怒斥儿子，放肆！没有猎枪你早让狼叼去了。

猎人的儿子不甘示弱，你想坐牢就去打猎，猎枪一响，手铐扣上。

猎人气得像一头发飙的狮子，扑向儿子，抢过猎枪，怒吼，老子毙了你。

猎人的枪没有响，吼过之后，泥一样瘫在地上，猎人不想被铐，不想坐牢，乖乖向儿子投降，猎人将猎枪交给儿子的时候，"哇"的一声大叫，泪腺爆裂，泪滴如一颗颗子弹掉在猎枪上，又划了一道弧线，射到地上，了无痕迹。

猎人的儿子去了南方打工，让猎人与他一起去南方。猎人拒绝去南方。猎人说，我在这里是一棵树，去了南方就是一片浮萍。儿子听不懂猎人富有哲学意味的话，发来一个晕倒的表情，留下一句"食古不化"，再无下文。

没有猎枪的猎人就像没有锄头的农民，地里有再多的红薯也只能烂在地里。

猎人没有了猎枪，失魂落魄。猎人想起五岁的时候，用枝丫做的橡皮弹弓。猎人心血来潮，拿着砍刀，转了一个上午，终于找到一根满意的枝丫，猎人要再做一个弹弓，一个比小时候大一倍的弹弓。猎人把弹弓当成猎枪，心痒的时候拿着弹弓，去射树上的麻雀、松鼠。

猎人看着野猪从眼前经过，猎人不能拿弹弓去射野猪，猎人看着野猪刨食地里的庄稼，一刻钟的光景庄稼就被啃得一干二净。

猎人不做猎人已经好多年了。

黑熊在猎人身上闻来闻去，黑熊没有闻出猎人的气味。

猎人不敢睁眼，猎人只能装死。

黑熊一直在附近。猎人不知躺了多久，猎人看着自己身上长出了叶子，长出了枝丫，很快长成了一棵大树。黑熊在这棵大树上爬来爬去，不亦乐乎。猎人一动不敢动。

猎人的儿子从南方回家来，找不到猎人，找到树林里，猎人看见儿子，大声喊，别过来，有熊！

猎人的儿子看见树上的黑熊，立马趴在地上，装死。

（载《微型小说选刊》2022 年第 9 期）

玉兰探照

陈　毓

"张兰，你看，这是厨房。"

张兰在移动的手机屏幕里就看见那厨房。她看见一块小狗瓷砖，当即喊肖大佐把镜头转回去，仍只看见一片瓷砖上有小狗图案。

"这是啥讲究？"她问肖大佐。

肖大佐说，这叫不对称美。

自从进了城，肖大佐说话跟在村里很不一样了。

张兰现在也进了城，她往后也会和在村里的自己不一样的。

为和张兰视频，肖大佐这一天等得心急。但心急没用，张兰一早要赶到东城小区，接送那家的孩子去幼儿园。送过孩子即刻返回，顺路买好粥铺的包子和豆芡饭，送到这家爷爷奶奶的餐桌上，再赶紧下楼，买菜，回来给二老做好午饭。两位老人的午饭时间严格，十一点半准时开饭，这倒给张兰留出二十分钟的时间，可以叫她赶回出租屋，弄好自己和儿子的午饭。匆匆吃过饭，她要再次返回，把两个老人吃过饭的厨房收拾干净，把晚饭所用的蔬菜洗好放妥当，之后，去幼儿园接回孩子交给这家老人。晚饭她不用管，由年轻的女主人回来做，他们要在晚餐桌上团圆。

张兰收拾好厨房，下楼时带走垃圾。把垃圾分类放进垃圾桶后，她会伸个腰。脚步缓下来，目光缓下来，她的手臂、肩背、目光现在都是向下的表情，她觉得这样舒服。

肖大佐就是在这时接到了张兰的视频电话，早上出门时他就嘱咐过，必须在这个时间段，错过就没机会看了。

昨儿下午，肖大佐遵工长安排走进新苑小区，为一户人家铺地板。他走进房间，对照清点了木地板的型号和数目，准备干活。

他一抬头，看见一棵开花的树，其中一个花枝，从敞开的窗子探进来。阳光照在洁白的花朵上，一朵朵花，像明亮的灯盏，把肖大佐的眼睛照亮。真是美呆了，肖大佐嘟囔。此刻，他还不认识玉兰花。但他确信张兰要是看见这花会有多高兴，要是张兰和他能在这座城市拥有一间这样的房子，多辛苦他都愿意，张兰也愿意。他骑上电动车回家的时候想的是如何让张兰看到这花。

尽管足够细致，肖大佐还是在午后就铺好了地板，只等和张兰视频后，就能把钥匙交还工长。

肖大佐给张兰看的，正是这家的厨房。肖大佐并不直接给张兰看那树花，他要铺垫到高潮。但张兰迷上了那块小狗瓷砖。肖大佐把镜头移到那伸进来的花枝上，给张兰看一朵花，张兰果真大呼小叫。张兰喊："玉兰花，多好看的玉兰花，你快闻闻，保准闻得见香味。"肖大佐觉得张兰真好笑、真可爱，他把鼻子凑近花，闻了闻，还真闻到了香味。

张兰嘱咐肖大佐往后退，她要看清那间有玉兰花的房子的整体模样。肖大佐于是"向后，向后""向左，向右"，把那间有玉兰探照的厨房完整呈在张兰眼前。张兰夸赞女主人的眼光，说配的青色窗帘好看，尽管她叹息在厨房安窗帘实在是浪费钱。

趁着这喜欢，张兰索性放开，她指挥肖大佐，把每间房子都照给她看，于是张兰赞美地板，张兰赞美客厅，张兰赞美门廊，张兰赞美那个小小的房间，张兰和肖大佐争论，小房间会住这家的儿子还是女儿，最后她索性说，这户人家肯定有个儿子，和他们的儿子一般大，都上三年级，还是一所学校。肖大佐忍住笑，不和张兰争，他想张兰也许是对的，张兰很多时候都能预测对一些事情，但愿张兰这次也对。就像他确信，这家的女主人美丽，会过日子。男主人长相也好，很爱家庭，这家有个儿子，正像他们的儿子一样，上三年级，没准在一所学校呢。

肖大佐和张兰不由得一起在电话里笑，这一天，他们真是高兴啊。

肖大佐打点工具箱的时候忽然想到一枚钉子，他几次三番看见那枚细长的钉子，他想不清这枚钉子会用在哪道工序里，但此刻他找不到那枚钉子了。他把垃圾袋打开检查，仍不见钉子，他担心钉子被嵌进木板，他回忆最后看见钉子的时间，恰是他就要完工的时候，那，钉子去了哪里呢？他蹲下，检视最后铺的那几块地板，他轻轻叩击，用手掌一一抚摸，看哪里有异样，之后他"嘿"了一声，当即出了一头细汗。他迅速揭起最后的一块木地板，他看见，那枚细钉嵌在那块木板和墙的缝隙之间。肖大佐舒了口气。

留一枚钉子在不该有钉子的地方，多不完美。

幸好我找出来了，我纠正了错误。

肖大佐扣好那块被自己揭起来的木板，心里那个美，那个舒坦，那个对自己满意啊。

他提着垃圾，倒退着出门，把门轻轻锁好。

（载《微型小说选刊》2022 年第 10 期）

江湖鱼馆

红　墨

这是一部小说，没有封面，不知小说的题目。说的是一位少年阴差阳错地离开了山村，离开了与他青梅竹马的少女——英。少年阴差阳错遇上很多武林师傅，被迫学到多门武林绝技，成了江湖第一武林高手。少年成了英俊青年，他回到山村寻找英。英早年离开了山村寻找他……

红墨被瞌睡虫蚕食，趴在小说上睡着了。一觉醒来，不见了小说。妈，小说呢？红墨妈刚准备出门上班，她是保洁员。红墨爸死得早，红墨又天天写小说，三十多岁了还不愿意娶妻。红墨妈每月不到三千元的工资是家里唯一的经济来源。红墨说，妈，咱不着急，等我出名了，让您过上好日子！

妈问，啥小说不见了？红墨说，就是我睡着了，压在我胳膊下的小说。它又没翅膀，飞不了。妈说，再说，你自己写的小说，就算找不着，可以重写呀。

我自己写的？我自己写的怎么不知道小说的题目？也没有署名作者红墨呢？也许真是我自己写的——写到村人告诉回乡的青年，英早年离开了山村寻找他……自己睡着了。红墨一直用方格纸写作，一个标点占一格。

你自己找找，妈要赶时间。红墨妈开门关门。

倘若这部小说真是自己写的，待完稿、付梓、改编成影视剧，红墨不出名都难。四处找，都没有。满身尘土的红墨还检查了关闭的窗户，有翅膀也飞不出呀。

村人看见红墨抢着大铁锤砸一块庞大的岩石，问，你砸岩石干吗？红墨答，找书！村人奇异，书在岩石里？这红墨写小说写成了神经病。

大铁锤的长柄由竹片合成，软软的，呼呼生风。红墨的虎口渗出了血，庞大的岩石渐成碎石。没有小说。房间里找不到小说，红墨被托梦，小说在这块岩石里。

红墨爬上高高的树，树上有一个鸟窝，鸟窝里有几只雏鸟张着嫩黄的小嘴吱吱叫。红墨小心拨开雏鸟，没有小说。谁说小说在鸟窝里？雏鸟惊惶的叫声引来爸妈。雏鸟的爸妈一齐向红墨发动攻击。红墨喊，我没有伤害你们的孩子，我找自己的小说。这里只有小鸟，没有小说。声音尖细，许是雏鸟的妈。神经病！声音粗哑，许是雏鸟的爸。我不是神经病，我是小说家！红墨申辩。啄死他——雏鸟爸妈一齐啄红墨的头。红墨惨叫着从树上滑落，头上几个创口，衣服被划破，摔倒在地还翻了几个滚，晕乎乎站起来往家走。

怎么走不到家呢？红墨竟往大山深处走。见到几间竹寮，几辆轿车。有男男女女从轿车里出来，看见红墨发间沾血、衣服撕破，怪怪的眼神瞟了他几眼，而后径直走进竹寮。红墨尾随。竹寮门口挂一牌匾，上书：江湖鱼馆。馆内设二桌，无虚席，有一位穿着古典、相貌清丽的女子像一条鱼游弋其间。女子见红墨，移步过来，从头至脚缓看，浅浅地笑，问，吃鱼？红墨摇摇头又点点头。有预约吗？不知哪位顾客问。红墨答，没有。众顾客哄笑。女子抓红墨手臂出竹寮，站牌匾下，依然浅浅地笑，说，吃鱼，要预约的。红墨说，我不吃鱼。那你来干吗？红墨摇摇头。你哪儿的？红墨闭上眼睛，似乎头仍晕乎，再摇摇头。你是谁？红墨还是摇摇头。女子说，我这儿正缺种蔬菜的，十天后，我烧鱼给你吃，预约需十天。

女子是江湖鱼馆的老板娘，男厨师是她雇佣的。厨房通向宴间的门从来关着，烧煮好的菜肴从窗口递出。顾客能从窗口瞧见厨师，他一手颠勺，一手卷握着一本书，封面包着油腻腻的黑色膜。顾客说，那是菜谱，祖传秘籍，难怪鱼烧得"天下无双"。

十天后的夜餐，老板娘只摆了一桌，宴席散去后，老板娘让厨师烧了一条鱼给红墨吃。红墨夹筷一尝，果然"天下无双"。

老板娘陪着红墨吃鱼。你看过雷默的小说《大樟树下烹鲤鱼》吗？老板娘问。红墨当然看过。这篇小说写的是，大樟树下的那个老板，每餐只接待两桌客人，每桌只做一条鲤鱼。每杀一条鲤鱼都要剜下一颗眼珠子，储在一个玻璃罐里。某天，倒出来一看，把老板吓呆了。不烧鱼了！老板就关门歇业了。

我是学他的。老板娘说，我开江湖鱼馆并不是为了赚钱，我在等一个人……

红墨好奇，等一个人？

而且我并不认识他。老板娘说。

他一定会来？

一定。

那他认识你吗？红墨问。

老板娘却转移话题，明天厨师回老家，你替代他做厨师。

我？做厨师？红墨说，我不会烧鱼。

你只要看那本书就行。老板娘说。

红墨想起厨师手里的那本菜谱。

厨师走了，老板娘把菜谱交给红墨。红墨剥开油腻腻的黑色膜，封面上赫然写着——

江湖鱼馆
红墨著

你就是……红墨豁然清醒。
我的名字叫，英。

（载《微型小说选刊》2022 年第 13 期）

你是谁

你是谁?

一时，我们难以穿越到 1934 年的秋冬。那是一个风云动荡的多事之秋，中央苏区第五次反"围剿"失利，不得不进行一场史书上叫作"长征"的战略转移。那个秋冬，蒋介石企图利用湘江天险和 40 万大军，把离开中央苏区的 8 万多红军消灭在湘江一带。面对红五军团团长董振堂和参谋长刘伯承下达的"坚决阻击尾追之敌，掩护红八军团顺利渡过苏江、泡江"这个看似不可能完成的艰巨任务，你丝毫没有退缩：人在阵地在！坚决完成任务！

时间紧迫，军情火急，你早已做好准备：慷慨赴死，在所不惜……

你醒了，如此艰难，如此疼痛。

艰难地睁开眼睛，蒙眬间你看到的是，那一丛丛干枯的树梢在弥漫的枪声中渐渐地往后躲闪。如果没了剥削与压迫，这世上该是多么美好！可是……你的身子几乎不能动弹，搭在几名国民党士兵肩膀上的那副担架，如一条破船般颠簸前行，时不时地给你来一个趔趄似的摇晃。

你猛地想了起来，这天是 1934 年 12 月 18 日。几天前，你率领的一支所剩无几的队伍好不容易突破重围，又一次遭到国民党地方部队的暗算。精疲力竭的你绝地反击，却因被罪恶的子弹击中腹部而昏迷。醒来后，你知道自己不幸成了俘虏。

堂堂红三十四师师长，怎能成为敌人的阶下囚？你想挣扎，你想反抗，你想与敌人同归于尽，你却一样也做不到。遍体鳞伤的你动弹不得，腹部的致命重伤让你只能任人摆布，好在"为苏维埃新中国流尽最后一滴血"的誓言犹在耳畔。一阵阵疼痛袭来，你又一次昏死过去。

这一路走来，29 岁的你青春蓬勃！自从信仰共产主义之后，你的人生如凤凰涅槃般灿烂辉煌：20 岁入党，22 岁参加南昌起义、秋收起义，后来又参加了中央根据地历次反"围剿"战斗，从一个为队伍送菜的菜农，成长为"一心为穷苦大众翻身得解放"的红三十四师师长。

历史不会忘记，1934 年 11 月 26 日拂晓，红军长征途中最惨烈的湘江战役打响了。突破敌人在湖南、广西交界处的湘江沿岸精心布置的第四道封锁线，成为中国革命必须闯过的危急存亡之险关。11 月 27 日，你率领红三十四师在广西灌阳的水车至文市一线布置防御工事，阻击尾追之敌，保证全军西渡湘江。鉴于重担之艰巨、责任之光荣，组织最终选择了你率部担任全军后卫："若是不幸被敌人截断，可返回湘江，在当地发展游击战斗。"

面对铺天盖地而来的装备精良的敌军，你深知，阻击就是为中国革命争取时间。轰炸机如蝗虫飞舞，阵地被炮群一寸寸炸毁，军装与肉体被弹片撕裂，连续几场白刃格斗不分昼夜……你的红三十四师处在湘军、桂军、中央军三路包围之下，尽管 6000 多人经过一次次恶战只剩下几百名将士，他们却像钉子般用血肉筑成钢铁阵地，整整阻击敌人四个昼夜。

11 月 30 日清晨，你接到红军主力已顺利渡过湘江的消息，决定率部撤退之时，却发现自己已深陷敌人的包围圈……

西渡之路何其艰难，好不容易突出重围，你却因为腹部中弹，一大堆肠子溢出腹腔……

那种疼痛，刻骨铭心！要么昏死过去，要么撕裂醒来。

伴随那种没完没了的颠簸，以及刀割锯截般的疼痛，你的身体仿佛被拦腰截成两段。你咬紧牙关，硬是没有发出一声呻吟。你勉强睁开眼睛，看到树梢间几只惊恐的鸟儿没命地躲闪；耳畔听到敌人一路放肆地狂笑，他们要押着你去领赏钱……

不能让敌人的阴谋得逞！威逼利诱倒不可怕，不能成为敌人反动宣传的筹码，更不能给党组织以后的营救增添困难——眼下，只有趁敌人松懈之时自我了断，宁为玉碎，不为瓦全！

可是，除了意识上是清醒的，你已经没有一点力气以身许国。连日的饥饿早已让你疲惫不堪，身负重伤特别是腹部中弹之后，因为流血与感染，流出体外的肠子一时难以复位……

电光石火般的一个闪念，你想到了疼痛的核心所在——这让你求生不得、求死不能的肠子。身体发肤，受之父母。虽然父母的养育之情恩重如山，但是想到一代代劳苦大众只能在"三座大山"面前受剥削、受压迫，想到只有共产主义才能救四万万中国同胞于水深火热之中，那一瞬间，你决定了一生的去留。

我自横刀向天笑，去留肝胆两昆仑！你把双手伸进腹部的伤口深处，一下，又一下……你仿佛成了一个用特殊材料制成的人，使尽全身残存的力气，终于生生地绞断了自己的肠子，当场壮烈牺牲。

只有你自己知道，你的牙齿早已咬裂了嘴唇。

在你灵魂飞天之后，那些抬着你去领赏的敌人惊慌失措，有人对着你冷却的躯体肃然起敬：中国工农红军，这是一支不可战胜的队伍！

有人说，牺牲之后的你，化作一只鲲鹏，一路追寻着中央红军二万五千里。"五岭逶迤腾细浪，乌蒙磅礴走泥丸。金沙水拍云崖暖，大渡桥横铁索寒……"你当时可能还不知道，你们这支队伍这么一走啊，有个外国记者还给起了一个好听的名字：地球上的红飘带。

又有人说，早些时候，你的名字叫陈树春，因为有了革命理想，最后改名为陈树湘。

你虽然没有参加后来的长征，却完成了长征这一人类壮举。自建党到新中国成立，中国共产党取得革命成功的 28 个烽火之年，就是一支永恒的长征乐章。长征路上，不知出现过多少个你。

你究竟是谁？有一首歌这样唱道："我不知道你是谁，我却知道你为了谁……"

（载《微型小说选刊》2022 年第 14 期）

车马辚辚

揭方晓

黑瓦、青砖、淡黄的木板，向四方温柔地延展，又向空中爆裂般绽开，堆积木般堆成一幢大宅子。何挺之是这一厅八房的大宅子唯一的住户。不过，他不同意这种说法，他说自己并不孤独，陪他一起住这儿的，还有神龛上那一溜亲人。

"神龛上的也算？"邻居赵不破哈哈大笑。

这笑声，调侃的成分多些，当然，更多的是怜惜。在赵不破看来，何挺之还能挺直腰杆，照常生起烟火，简直就是奇迹。毕竟这幢大宅子，这些年隔三岔五就素雪漫天一回，天地之悲、心肺之痛，如锣鼓，似唢呐，铺天盖地。

何挺之家也算一方旺族，父母小有资产，集全家之力，盖了这幢大宅子，供自己及七个儿子居住。后来，七个儿子除何挺之外，做官的做官，经商的经商，都离开了这幢大宅子，在外面偌大的江湖里呼风唤雨，风光着呢。何挺之年纪最小，他说也该自己守着这份家业，实在不宜远游。赵不破忍不住笑话他："莫说那些漂亮话，主要是你没啥本事，翻不动书，又拨不动算盘，只抢得动锹锄这样的粗劣之器。"

赵不破粗通文墨，说话有时文绉绉的，显得更是气人。

何挺之不服气，涨得满脸通红，却半天吐不出一个字，悻悻而去。

何挺之父母怎么去世的，时间过于久远，赵不破记不得了，但他却记得何挺之大哥去世时的情景。那天，一辆马车"吭哧吭哧"喘着粗气，倏地停在大宅子前，何挺之大哥被人小心翼翼地抬进了大宅子。不久，大宅子里就传出了惊天动地的痛哭声、哀号声。随后，大宅子素雪漫天，临时搭建的灵棚上，三根丧幡迎风招展。其中，最大的那根叫下马幡，意为前来吊丧的人看见它就得下车、下马，以示恭敬。右边那根是整仪幡，来者见幡整仪，即把身上带的饰品拿下来，把妆卸了，以素净之身准备戴孝。左边的那根是落泪幡，看见它就要哭出声来，以此为信，方便门口的鼓乐通知守孝人准备行礼。

当然，大哥为官清正，又不喜麻烦，去世时按其遗愿，这套丧礼简化了不少，即便有，也大都只是意思意思，点到就行。可由于大哥不一样的身份，礼仪再简化，再点到为止，还是有板有眼，热闹中带着特别的庄重，仪式感非常强烈。

过了几年，一顶八抬大轿悄无声息地将何挺之的二哥送了回来。

提前接到书信的何挺之，早就将二哥的房间打扫干净，破旧的梨花大床上，铺上了崭新的被褥。那排大厨房里，几口硕大的铁锅涮洗了四五遍，随时可以烧火做饭。进得大宅子，只抽袋烟的工夫，二哥就咽了气，成为大宅子里又一永远的住户。

鉴于二哥在商界的地位，其丧事也极其铺张：灵堂里，高及人头的蜡烛密密麻麻，无力地吐着惨白的火花；一圈又一圈的花圈、挽联，塞得灵堂满满当当，几乎无落脚之地；红色的礼被，车载马拉，房间里都快装不下了；鞭炮声响了一阵又一阵，沉闷中透着哀伤；唢呐声愣是不停不歇，悲鸣了几天几夜……

后来，赵不破经过细心观察、缜密推理，得出一结论，那就是只要何挺之在打扫大宅子里闲置的房间、洗涮闲置不用的大铁锅，准有一位何家兄弟被车马送回大宅子，一两天，甚至一两个时辰后，大宅子就得高挂丧幡，凄凉的唢呐声就得呜咽好一阵子。

车马辚辚，不快，亦不慢。数十年时间里，曾经烟火鼎盛、人流如川的这幢大宅子，何家兄弟忽来忽往，如今就只剩下何挺之了。赵不破怜他孤独，可他说自己并不孤独，陪他一起住这儿的，还有神龛上那一溜亲人。

"神龛上的也算？"赵不破哈哈大笑。

何挺之也笑了，无拘无束地笑着。只是，回到自己的房间，掩好房门，脸上的笑容还未来得及褪去，瞬间就泪飞如雨。可出得门来，伴随日升日落，又照常渔耕不辍，好似时光早就静止，不曾来，不曾往，不曾生，不曾死。

那天，赵不破喊何挺之喝酒。几杯酒下肚，两人都脸红脖子粗。

赵不破骄傲地说，这酒怎么越喝越淡？话里话外，是说自己酒量好，何挺之不能比。何挺之却微笑着说，这酒啊，却是越喝越浓。言语间，无风，无雨；无春，无秋。

（载《微型小说选刊》2022 年第 14 期）

寻找老韩

张海洋

在爷爷三周年忌日那天，送走前来悼念的客人，我们这个大家庭开了一个会议，平时大家各忙各的，难得聚这么齐。

"老爷子临走时，嘱咐我们一定要找到老韩，到现在都三年了，还没有眉目。大伙儿说说，老韩还找不找了？"大伯坐在堂屋正中，边说边环视着四周的人群。"老韩是谁？""欠咱家钱了吗？""是咱家亲戚吗？"年轻人交头接耳，疑惑地谈论着这个陌生的"老韩"。

"我到老韩原来单位打听过，说老韩早就调回山东老家了，联系不上，不知道还在不在。"小姑面露愁容地说道。

"在不在，都要找。咱老张家知恩图报，这是咱的家风。家里人都在这，有钱出钱，没钱出力！"父亲表态。

"老韩对咱家有多大恩情，值得这么兴师动众？再说咱已经找过，有个意思不就行了……"堂哥站出来，勒紧宽大的腰带，发起了牢骚。

"放屁！你腰杆硬了，说这不咸不淡的怪话！"大伯似乎生气了，"那年我高中毕业，想去当兵，因为体检不合格，没有去成，在村里小学当民办老师。后来，我去市里进修学习，带走了家里的粮食。你爷爷在县食品站赶大车，顾不上你二叔和小姑，那时青黄不接，他兄妹俩就断了炊。"说着，大伯红了眼圈。

"嗯，我记着这事呢。你奶生病老早就走了，让我带着你小姑生活，可眼看着她饿得两腿发肿，走不动路。这时，你爷爷从城里捎回话，让去公社找老韩。"父亲点着一根烟，回忆起往事。

"老韩是谁？我也不知道。死马当活马医吧！我腰里系了个粮袋子，走了十几里地去了公社。到了公社，我怯怯的，不知道怎么找到老韩。那时人真好，我一问，就有一个干部把我领到了老韩那里……"

"老韩个子很高大，穿一身旧军装，说话高声大嗓。后来才知道，他是公社的民政干事。他看我腰里系个粮袋子就知道了来意，问我，'哪个让你来找我的？'我说了你爷的姓名，他听了哈哈笑起来，'是老张的孩儿啊！'"

"我拿着老韩写的条子，到粮站领了三十斤红薯干。后来又陆续找过他几次，玉米、豆子、高粱都给过。靠着这些救济粮，我和你姑算是活了下来……"父亲说着也红了眼眶。

"我只见过老韩一面，但一辈子也忘不了他。"小姑也陷入了对往事的回忆，"那年，公社分给大队一个纺织厂招工的名额，和我年龄相仿的女孩子都参加了推荐，结果大队书记的女儿被推荐上了，到了公社却因为没上过学被退了回来。我听说后，就去了公社，一审查各方面条件都符合，高高兴兴地拿回招工表，只要盖上大队的公章就能跳出'农门'成为城里的工人。也许因为自己闺女没有去成，到了大队部，书记愣是不肯盖章。眼看日期都要过了，我急得直掉泪……

"你二叔跑到城里找到你爷爷，只带回来一句话——找老韩。我俩赶紧又跑到公社，不巧，老韩去了城里开会，只得把话托公社里的人转给他。回来的路上，我心想这下没指望了，老韩能帮上忙吗？

"谁知道，第二天一大早，老韩就骑着自行车来到咱家门口。见到我，二话不说领到大队部，见到书记就是一通'电闪雷鸣'：'老张闺女哪条不符合条件，她是不是革命军属，老张的腿在战场都打残疾了，你们就这么对待军属子女。上级追究下来，性质严重得很呢……'老韩越说越激动，脖子上青筋暴起，把大队书记吓得脸都青了！"小姑说着，抹去了眼角的泪水。

"我明白了，爷爷是转业残疾军人，老韩是公社民政干事，这不就是工作关系吗？我们是不是太……认真了……"小弟瞅着几个长辈的脸色，小心翼翼地说道。

"你这孩子！"果然，父亲生气了。

"在老韩那里也许是工作关系，但在咱们家他就是恩人，这么好的人，当面说句感谢的话，也心安了！一定要找到老韩！"大伯一锤定音。

话说到这个份上，老韩是一定要找了。人多力量大，这话不假，两三个月的光景，陆陆续续得到一些老韩的消息。

小弟说："我同学说，那里干休所有个叫韩东山的……"

表哥说："我打听到有个叫韩东山的，也符合老韩的特征，现在医院住着……"堂哥说："我托战友打听到，当地陵园有个叫韩东山的，当过兵，也来咱这工作过……"

信息这么多，没有个准信，父亲兄妹三个却铁了心地要找到老韩。我开车带着他们去了老韩的老家，开启寻访之旅。

先去拜访在世的。我们根据打听到的消息先后去了干休所和医院，遗憾的是他们不是我们要找的老韩。

剩下的是已去世的"老韩"，大伯说去见见他的家人，不管是不是，也算了了我们的心愿。

去世的这位确实是老韩，我们在他家见到了他的遗像。老韩的家人对我们的造访有一点儿意外。

寒暄之后的聊天有些沉闷，我忍不住打破沉默，问道："老人在世时，有没有提及在河南工作时，帮助过一个叫老张的残疾军人？"

"没有——老人没有讲过。他是个热心肠不假，复员后在民政上工作，基本没见过他的工资。最艰苦的时候，吃了上顿没下顿，母亲领着我和妹妹在集市上捡菜叶子……"老韩的儿子淡淡地说道。

临走时，我们去陵园给老韩扫了墓。在他墓前，大家怀着肃穆的心情，深深鞠了三个躬。

（载《微型小说选刊》2022 年第 17 期）

书中人

熊仪婕

好像除了读书，她再没有什么别的爱好。

那是一个下午，闷热的空气裹着阴云徘徊在她的窗前，看着她把书翻到下一页，这原本是一部平平无奇的言情小说，出自平平无奇的作者之手，讲着平平无奇的剧情。

"好像除了读书，他没有什么别的爱好。"

这是描写男二的第一句话，也是让她的眼睛再也离不开这本书的一句话。后来，她看着男二暗恋女主，看着他的纠结，看着他的痛苦，看着他的温柔，看着他的成全，她看着看着，发现那个平凡如她的男二正静默地坐在她的身旁。

"你为什么这么爱女主啊？"这是她第一次开口和他说话。

"嗯？我也不知道，不过，她已经结婚了，她以后也和我无关了。"温柔的男孩把视线放在窗外，却还是耐心地答复她。

"那你以后可以喜欢我吗？"她突然发现，表白也不是那么难。

男孩有些惊讶，转头看向那个捧着书的她，投向自己的眼神没有丝毫玩笑，而是对幸福的期许。

她那样地认真，就好像这是一件很平常的事，就好像他真的存在一般……

"我，我先考虑一下吧。"他被她热烈的目光暖得有些羞涩。

书里的人真的可以存在吗？如果不行，那他为什么这么真实呢？

这已经是三个月后了，她早就习惯男二时时刻刻待在她的身边了。他们会在吃早饭的时候闲聊，吐槽一下娱乐新闻，再念叨念叨昨天的烦心事，又或者下午坐在咖啡馆里一起看书，然后埋怨一下无厘头的剧情，最后因为都忘记带伞而一起淋着雨回家。

她躺在床上，听着耳机里的音乐，轻声念道："今天是我们在一起的第三个月。""怎么？想要什么礼物吗？"他转过身来仔细端详着她的面容。

"我想要你一直陪着我。"

这一次，他没有说话了，他知道，生活终究要带她走。

"请新娘入场！"

她穿着洁白的婚纱走上红毯，脸上带着恬淡的微笑。她环顾四周，看见男二穿着正装，站在欢腾的人群中微笑着鼓掌，看着她的眼神就如同当初表白的她。

他看着新郎为她戴上了那枚闪耀的戒指。

"我以为你不会来。"

"你最美的一天，我可不能错过。"

时光兜兜转转，她忙碌在生活里，工作、孩子、父母，她见到他的次数越来越少，但她知道，他始终在。终于，时间开始慢下来了，四季的白雪终究凝结在了她的头上，岁月带走了她的很多，现在，甚至要带走她的丈夫。

苍老的男人躺在病床上握着她的手。

"这么多年，辛苦你了。"

"说什么呢，这都是应该的。"

"其实，有件事我一直没跟你说……我看到你的第一眼，就知道我们是同一种人。"她眼里似乎多了些笑意。

"所以我想啊，既然都是孤独的灵魂，为什么不在一起取个暖呢？"

她被逗笑了，皱纹拉扯着眼角，湿润的眼里倒映出这个与她相伴半生的人。

"跟我说说，你的那位吧。"

他们聊了一整晚，像是为了弥补新婚之夜的无言。

时间敲响了钟，她放下洁白的花。

在一个温暖的午后，她捧着书躺在摇椅上，享受着偷来的时光。阳光哄着她轻轻入睡，似乎只是一小会儿，她感觉有双手轻柔地落在她的膝上，她睁开眼，看见了那个失踪了很久的家伙。

她埋怨道："你舍得来了？"

他只是微笑着蹲在她的膝前。

"这么久都没有消息，偏偏现在来。"她瞥了一眼他，收了收自己的小脾气。

"对不起，我迟到了。"他还是和以前一样，温柔的，慢吞吞的，不过眼里有些哀伤。"你还是和以前一样呀，哪像我这个老太婆。"她老了，老得走不动，跑不动，只能慢慢等着被赶出世界。

"没关系，在我眼里，你一直没变过。"他握住了她爬满皱纹的手。

她看着被握住的手，静默了片刻，抬头注视着他，笑得甜蜜。

"带我走吧。"

"好。"

她在他的搀扶下，身体逐渐变轻，她离开了摇椅，离开了衰老的躯体，年轻的她闪着光沐浴在暖阳下，跟着她不存在的爱人跑出了这个世界。

　　"放心吧，在另一个世界我来陪你一生。"

　　好像除了读书，她和他再没有什么别的爱好。

（载《微型小说选刊》2022 年第 18 期）

鞋皮生

岑燮钧

所谓"鞋皮生"，是梨园界的一句行话，就是戏里的落拓书生。因这类人物脚下趿拉着踏倒了后跟的鞋——在江南叫作"拖鞋皮"，所以叫"鞋皮生"。剡剧当中，就数孙怡香演的鞋皮生最出名，人称一绝。

孙怡香的这门绝技，得自她的开蒙师父仇龙生。仇龙生是演小丑的，但是个全科，样样都会，是个教戏师父。孙怡香的父亲与他有点儿小交情，就让她去学戏，有口饭吃。他对仇龙生说："老仇，我阿囡交给你了，让她多伺候伺候你，拜师礼你多担待。"他双手一摊："实在没铜钿啊！"仇龙生也不计较，让她磕个头就算数了。

大清早的，孙怡香就起床了，她去给师父倒尿盆。这是父亲教她的规矩。仇龙生说："阿香，你放着，让阿小来倒。"他说的是他小儿子。阿小没办法，就噘着嘴拎出去了。孙怡香跟出去，然后从阿小手中接过尿盆。等她回来，她听见师父在骂阿小："你看看人家阿香多勤快！就你，烂手的，什么都不想干！"

师父教的开蒙戏是《彩楼记》，里面的吕蒙正就是个鞋皮生。师父示范给她看，趿拉着鞋皮，一步三摇，却又不能演成官生，得有穷酸气，但光有穷酸气也不行，还得有几分傲气，因为吕蒙正是个读书人。师父一边唱，一边教她怎样穿着拖鞋皮走台步——

我穿一双破烂鞋，走遍长街与短街。乌纱帽儿挡不得蒙尘态，身上单寒事怎挨……孙怡香一看就明白了，她骨子里也有几分穷傲气。师父看她一点就通，很开心。有一天，来了师父的大师兄，他是一个戏班的班主。师父说："阿香，你跟着我这个讨饭师父，怕是很难出头了。要不，你拜师伯为师吧，他路子广，你跟着他才能唱出名堂来。"孙怡香一听要把她送给师伯就急了，她红着眼睛说："师父，我不要别的师父，我只认你这个师父！"

"那为啥呢？"

"你待我好，不打我不骂我，又教我本事！"

师父尴尬地看了看师兄，然后一脸皱纹地笑了起来："阿香，你是个有良心的小囡！"

后来，男班唱男调，女班唱女调，孙怡香就跟师父分开了。她唱《彩楼记》比其他演员都好，渐渐红了起来。孙怡香去看望仇龙生，仇龙生就高兴地跟大家说："这是我的寿头徒弟，一门心思地跟着我这个讨饭师父！"寿头者，傻瓜也，师父说来，特亲热。孙怡香偷偷地塞给他钱，师父推了推，收下了。只是有一回，孙怡香又要给他钱的时候，一旁的大花脸开玩笑道："孙怡香，你不要再给你师父钱了，你上次给他的钱，他一个晚上输了个精光！"师父说着"去去"，连骂大花脸，但是，从此看见孙怡香，总是感到有点儿难为情。孙怡香再给他钱，他说什么都不肯收了。

比起女班来，男班唱得像黄牛叫，很快就衰落了。1949 年后，剡剧几乎已找不到男班，仇龙生也回家种田去了。而孙怡香越唱越红，成了省团的一根台柱。每逢重阳节，她总要备一份礼，早早地托熟人给师父送去。有一件事，让孙怡香抱憾终身。那时，她已被"打倒"，刚刚从八一窑厂回来，行动还受里弄监视。有一天，一个瘦弱的老头儿找上门来，身边一个人扶着他。孙怡香看了半天，突然喊了一声："师父！"原来是阿小扶着他来省城看病的。她又是高兴又是难过，心里慌得很。果然，一会儿，里弄干部来查问了。她有意让师父留下来，住一夜，但是里弄干部说啥也不答应。师父摆摆手说："阿香，你别为难，师父难得上省城来，也是顺路来看看你，你的心意师父领了……"她看着师父离去的背影，眼泪不由自主地流下来，回身在家里翻了半天，翻出一斤红糖、一包挂面，又追上去，送给师父。师父硬是不要，孙怡香急了，不由得脱口而出："师父，你不要嫌少……"师父心里一震，也不由得老泪纵横："阿香，你也要保重！"师父收下了。

三个月后，师父死了。孙怡香没去奔丧，她是事后才知道的。

孙怡香最后一次去"看望"师父，已是很多年之后了。因为女儿在美国，她晚年也定居在那里，很少回来。八十八岁大寿的时候，她回来了一趟，觉得往后大概是不可能再回来了，特地多待了几天。当时，她的头发已全白，像一树梨花。电视台特地为她做了一期节目，她说到了自己的艺术特长：鞋皮生。

下了节目，孙怡香回了一趟剡县老家，找到了师父的小儿子，让他带着她去看了师父。师父的坟茔已荒草萋萋，墓碑非常小，快陷入土里了。她把一双自己亲手缝制的布鞋祭在了师父的坟前，心里默默地说："师父，你穿了一辈子拖鞋皮，你穿一双新鞋吧！"

临走时，她拿出五万元，让阿小把师父的坟墓修一修，换一块大碑。

（载《微型小说选刊》2022 年第 21 期）

错　过

汪云飞

　　阿康是我一个写文章的朋友。之前，他一直都在我面前夸他老婆勤劳能干，聪明贤惠。可最近一段时间却突然变了腔调，说天下大多数夫妻其实都是在将就着过。风花雪月、卿卿我我、轰轰烈烈的浪漫爱情，只有在文学作品、影视剧里才会发生。

　　之所以说这样的话，是因为最近他常常与老婆闹别扭。我说，女人漂亮、能干是其次，性格最重要，脾气坏，就显得不那么温柔。女人不温柔了，嗓门就大，嗓门一大，大度的男人便选择忍耐，女人就以为男人软弱。可是既然选择了忍让，男人就只好继续保持沉默。只是，男人沉默的时候难免想起一些事来，阿康也一样。

　　一起散步的时候，阿康对我说："正如你所说，跟什么人在一起，就有什么样的人生，与不同的女人在一起过日子就有可能产生不一样的结果。失去的总是美丽的。就拿爱情来说吧，许多的邂逅都有可能成全婚姻，许多的遇见若是没有把握便遗憾终生。"

　　"你一定有过许多美好的邂逅和遇见。"

　　"可惜都错过了。"他笑笑说，"现在想起来似乎都很美好！"

　　"那说说曾经有过哪些错过，我很想听听。"

　　"真的，我不骗你，如果不是这些错过，我的人生也许不会是这个样子。"

我们在城郊一条没有多少人行走的河堤上边走边聊。

"你知道我是学木工的。我有个师兄，得知我手里的活儿不多，便让我去他那里跟着他干。他家住在几十里外的乡下。我之所以答应他，是因为他神神秘秘地告诉我，若是跟了他，他一定将堂妹介绍给我。还说他这个堂妹浓眉大眼，腰细辫子长。于是，我去了师兄家，并和他一起去邻居家里干活。中午或是没有活儿干的时候，他便带我到小河里摸鱼。摸鱼的时候，就有一个跟我差不多年纪，差不多高，长得浓眉大眼、细腰、长辫子的女孩在我们屁股后面跟着。他说这就是他的堂妹。可是，我们在一起的时候，师兄并没有和她说什么。那女孩似乎也跟我一样不善言辞。后来，女孩还来过我和师兄干活的地方，来了也不说话，只是低着头双手抚弄两条长长的辫子。我依旧埋头干活。第二天，我因为家中有急事就离开了师兄，离开了那个村子……"

"第一次就这样错过了！"我说。

"后来，我到京城打工。一起在一家装修公司干活的有来自各地的二十多个小伙子、大姑娘。一天吃饭时，大家都不约而同地哼起《年轻的朋友来相会》这首歌。晚饭后，大家成群结队去公园散步，有一个女孩总跟在我身边。她来自江南水乡，热情大方，皮肤又白，言行举止温柔得体。暗地里我确实喜欢过她。可惜，后来因为我感染了红眼病，公司老总怕我会传染其他员工，委婉地劝我去医院治疗。我觉得这是小题大做，于是，我找了在石家庄开诊所的舅舅。一个星期后，我的红眼病就好了。舅舅决意留下我，让我到他儿子开的装修公司干活，这一来我就离开了京城。"

"第二次错过了！"我说。

"就在石家庄，我又碰到一位山东临沂沂蒙山区来的姑娘。这姑娘性格爽朗，待人真诚。一天夜里，她突然来到我们宿舍，要我陪她去城区老街一家鞋店里取一双钉掌的皮鞋。离开宿舍的时候，那帮男同事，包括我老表，一个个眼神怪异，我在他们的眼神里读出了羡慕、赞叹、疑惑、嫉妒。我和她走过大街，钻进小巷，来到一家修鞋的小店。可是，店门关了，我们只好往回走。往回走的时候，我猛然发现她对没有拿到皮鞋一点儿也不在意，在意的是头顶上那一轮明晃晃的月亮。她好几次对我说，今晚的月真圆。我也跟着她说，真圆。我们就这样一前一后在月光下走着，两个影子也一前一后。我心里想，这个姑娘不一定是真爱上月亮，而是像我一样，爱上一同看月亮的人。可我也和她一样，没有明说。这之后不久，我们都回家过年了。其间，由亲戚介绍，我和邻村一个姑娘订了婚。这就是我后来的老婆。当时，我也确实喜欢她。喜欢的原因是她不仅有一条又长又粗的辫子，有着又白又嫩的肌肤和常常浅笑的脸庞，还有一副真诚善良的心肠……"

"也就是说，她兼有上述三个女孩的优点！"我说，"这也是你一直夸赞你老婆的原因！"

"应该这么说。当然也可能是因为这些年我几乎忘了这些经历。可是，这几年，孩子大了，日子安稳了，夫妻感情却越来越淡了。寂寞的时候，不免回想有过的往事，对其中的遇见和错过似乎有些怀念。"

"是不是想重温旧梦？"

"说实话，真的想过。可惜都没有了联系。"

"相见不如怀念，也许她们都和你一样，有着同样的心情。"我说。

"怎么见得？"

"昨晚，我爱人告诉我，你老婆跟她聊天时，也谈到同样的话题。她说，她曾经有过一次难忘的遇见，许多年以后突然有了联系。有了联系之后，对方很想与她相见，可是被她委婉地拒绝了。你老婆说，之所以拒绝，是不想因为弥补曾经的错过而失去已有的东西，否则，又将成为一个新的过错。"

　　听了这句话，阿康突然不说话了。

（载《微型小说选刊》2022 年第 23 期）

父亲的荣光

那年头，工人阶级吃香。即便我父亲老马后来光荣退休，但"余香"依然袅袅不绝——每月退休金好几十块，让还在挣工分的乡邻们羡慕不已，嫉妒得眼里喷火。

其实，父亲只能算是准工人阶级，他所在的歙州搬运站属于大集体性质，近似于"自刨自食"。父亲他们汗珠子摔八瓣挣下的辛苦钱，60%上缴单位作为"提留"，剩下的40%作为工资发放。

母亲开始不理解，看父亲忙得屁颠屁颠的乐和劲儿，在父亲面前喷有烦言："单位凭什么白白拿走大头？倒过来还差不多。"父亲青筋暴突，呵斥母亲："妇道人家，乱讲什么？你只管带好孩子种好菜地做好家务，保你有吃有穿就行了。公家这么规定，自然有公家的道理。"母亲以后便很少唠叨了。母亲知道，父亲是个大老粗，能讲道理讲道理，讲不清道理就让拳头帮着解释。

搬运工人的劳动强度真比农民还大。无论三九天还是三伏天，每人一辆人力板车，拉米拉食盐拉白糖，拉沙拉砖瓦拉木料，一拉就是十几公里、几十公里，载重至少一千斤。父亲家庭负担重，劳力也强，往往车上要拉一千公斤。工友们都戏称父亲"拖拉机"。

父亲有两样绝活儿。

一是扛包。把两三百斤的米袋或盐包弄上人力车，着实不易。只见父亲在仓库的米袋或盐袋堆前猛地一矮身，右手臂一个"海底

四

255

捞月"，左手臂顺势一个"倒挂金钩"，几百斤重的麻袋便稳稳笃笃地钳在了后背上。他一路碎步赶到车前，背对人力车，右手一掀，左手一推，麻袋跌下去，闷闷地躺倒在车里，好不干净利落！这是"武绝"。

二是补胎——"文绝"。搬运行，特别费车胎。车胎爆了，父亲无须求人，自己动手补。掀开外胎皮，翻出内胎，用气筒往气门芯里打足气，然后把圆滚滚的内胎往水盆里一放，捺到水面下，哪里冒出水花花，胎就坏在哪儿。父亲用锉子把破漏处锉平，再用砂纸打匀，剪一块胎皮，粘上强力胶，按在破损处，完事啦！也是一个干净利落！

有一年，父亲他们给鹿山林场推木料下山。杉木太长，在崎岖狭窄的山道上转弯儿是个问题。父亲一不小心，车头撞在石壁上，一根杉木倒挤回来。咚的一声闷响，父亲的四根肋骨断了。父亲痛得冷汗直流，工友们帮着把他送去了骨科医院。半个多月后，父亲就吵着出了院，又拉起了人力车。

医药费单位只给报销了40％。母亲忍不住埋怨："上缴按60％，报销咋不按60％呢？真会算计，抠屁眼儿！"父亲翻了母亲好几个白眼："公家这么规定，自然有公家的道理。"

我父亲是个没什么情趣的人，似乎唯一的爱好就是干活儿，除了干活儿他还有什么爱好呢？哦，喝酒，父亲还爱喝几口小酒。酒不讲究，多为散装白酒。累了，或闲了，一餐抿个二三两足矣。菜嘛，也不讲究，如有几片猪耳朵或一碟油炸花生米，再好不过。

退休后，父亲像小孩子一样盼过年。父亲盼过年，当然不是想吃好的，想穿新衣服，父亲是盼着单位领导来慰问。

母亲撇着嘴说："慰什么问？不慰问更好。送来一张年画、一个什么保温杯，然后几个人在家里坐下来，又吃又喝，走时还带。简直是老母猪配种——倒贴！"

父亲不爱听了，脸黑下来，语气严肃起来，批评教育母亲："这是吃亏上算的事吗？不是！这是领导的关心，说明单位没有忘记我呀！一张年画？年画上可是写了字，盖了红通通的公章的！一只保温杯，你花钱买得来杯子，买得来杯子上的红字吗？这是……这是……这是光荣！"

母亲不想和父亲抬杠，虽然她打心底不情愿，但每年春节前父亲单位的人来慰问，母亲还是热情得简直有点儿过头，给足了来人和父亲面子。

有一年春节，父亲又收到了单位领导上门慰问的一张年画和一只瓷杯。母亲不用父亲招呼，就去灶下烧菜做饭了。父亲呆愣愣地站立不动，目光死死地直盯着那只瓷杯。

来人察觉出气氛有些异样，问父亲："老马，咋了？有什么不对吗？"

父亲讪讪地说："杯子上怎么没红字？"

来人释然，呵呵笑道："怪我不小心，来时把有字的杯子打碎了。这不，就去百货大楼重买了一个，一模一样的。"

"可……可是没字……"父亲低声道。

"没字，杯子还不是一样吗？没字装水会漏水、泡茶就馊不成？"来人似有几分不快了。

不想父亲的声腔也大起来，一副不依不饶的架势："这两个杯子怎么一样呢？完全两码事嘛。"

屋里的气氛尴尬极了，似乎遇一粒火星就会爆炸。来人终于僵持不住，丢下一句："回头，为你一只杯子，再去找人题字。"带着慰问品悻悻而去。父亲竟也没有挽留他。

父亲突然得了一场急病，医生经过一番抢救后，两手一摊说："准备后事吧。"可父亲喉咙里呼啦呼啦的，就是咽不下最后一口气，眼睛空洞地大睁着。母亲领着我们兄弟姊妹围拢在病床前，母亲流着泪说："你还有甚不放心的？儿女们你放心，我会带好他们的。"父亲的喉咙里还是呼呼啦啦。

这时，父亲单位的领导闻讯赶来了，把那只题了一排红字的瓷杯在父亲面前扬了扬，父亲圆睁的眼睛瞬间闭上了。

父亲不可能知道了：没过两年，他心心念念的单位就宣告解体，不复存在了。

（载《微型小说选刊》2022 年第 23 期）

大先生

王利群

那天，我和小伙伴们刚跑到村口枣树下，就见大先生穿着那套成天不离身的中山装，左手攥着那本泛黄缺页的《弟子规》，右手拎着那根乌木棒，一摇一晃向我们走来。

大先生念过几天私塾。虽然文化程度不高，但他说话总是文绉绉的。村民每遇大事小情他都上前之乎者也几句。似乎没起太大作用，却给这些缺少知识的人家添了几分文化色彩。于是，大家都叫他先生。

有一年，一位画家来村里写生，队长把画家派到他家吃住。这可把先生乐坏了，他不但成天围着画家请教问题，还时常拍抚着画家身上的中山装，爱不释手。画家看他这样喜欢中山装，临走时，就把中山装送给了他。从此，中山装就像长到他的身上一样，无论寒暑，谁也甭想让他脱下身。看他这身装束，人们觉得他的学问好像更大了，就在先生的称呼前又加了个"大"字。

小六子使劲剜了大先生一眼说：真烦人，又遇上他了，今天的游玩计划又要泡汤。

是呀，石头一撇嘴说，挺大岁数的，把生产队派他看瓜田的活干好得了，成天穿着那套中山装到处走，装！

他俩的话立刻引起大家的共鸣，便都七嘴八舌地议论起大先生。

大柱气哼哼地说：我看都是中山装惹的祸，他没穿中山装之前好像不太管咱小孩的事。

对，山娃说：他就拿中山装吓唬人，其实没啥文化。那天我逮个蜻蜓，他让我放了。我说咱这穷山沟，玩啥呀？他举起棒子就逼我背《弟子规》。我背"弟子规，圣人训"，他啪地打了我一棒子，瞪眼喊：不对，是"人之初，性本善"。你说他是气糊涂了，还是真不会呢？

大家顿时笑得前仰后合。

突然，石头把手指竖到嘴上冲我们嘘了声。只见大先生越走离我们越近，还气势汹汹地举起了木棒，故意拍了拍中山服。

小六子看大家都要跑，说：咱又没上树摘枣子，怕他干啥？

你可拉倒吧，他肯定知道咱要摘枣子，就是不打不骂，也得让咱背《弟子规》。等背完了，今天就玩不成了！石头说完撒腿就跑，大家也一哄而散。

小六子还想硬扛，可看大先生棒子越举越高，眼睛瞪得像牛眼，吓得"妈呀"一声。没承想，起身太急，绷断了裤带，便提着裤子追我们。

小六子提着裤子追上我们，恨恨地说：咱得想办法治他一下，要不咱们的好事全让他搅和了。

大家觉得他说得在理，但谁也拿不出好办法来。便坐在水渠边，望着香气扑鼻的香瓜田，唉声叹气。这时，小六子使劲抽了下鼻子，猛地一拍大腿说：对了，大先生不是全仗着中山服装凶吗？咱把它扔进渠里让水冲走，看他还拿啥跟咱装凶！你们都冲进瓜田偷瓜，我不会水，藏在渠边。他来撵，你们就跳进渠里去。等他脱了中山服下渠里逮你们，我就把它扔进渠里。

大家齐声喊：对，看他没了中山装还咋装大先生！

于是，小六子把大家脱掉的衣服抱在怀里，冲瓜田一挥手，我们便像猛虎下山似的冲进瓜田。

大先生似乎早有防备，他从茂密的瓜秧下嗖地站起身，吓得我们"妈呀"一声，转身就往渠里跳。小六子可能是做贼心虚，一紧张，竟忘了他肩负的重任，也纵身跳进渠里。

我们一边往对岸游，一边笑着冲大先生摇晃手里的香瓜。他站在渠边冲我们挥舞着木棒，气得直跺脚。

看我们都游上河岸，只有小六子在渠里挥舞双手乱扑腾，大先生这才发现小六子不会水。只见他抚摸着中山服，脸上的肉痛苦地痉挛着，解开的纽扣又扣上，扣上又解开，一副极不情愿脱衣施救的样子。可小六子不容他犹豫，扑腾了一会儿，身体便开始时沉时浮。只见大先生仰天长叹一声，猛地一跺脚，甩掉手里的书和乌木棒，双手紧搂着身上的中山装跳进渠里。小六子终于被他托举上岸，他却搂着身上的中山装沉入水中。

安葬大先生那天，当人们拿来新衣服，要换下大先生身上那套老旧的中山装时，不想，小六子却连哭带号地搂着大先生身上的中山装，横拦竖挡不让换……

很多年过去了，许多往事都已淡忘。但大先生时常走进我的梦里，特别是小六子在他葬礼上不让人换下他身上的中山装的一幕，总像个谜似的在我脑海里翻腾。

我总想问问小六子，你为啥不让人把大先生那身中山装换下来呢？

（载《微型小说选刊》2022 年第 24 期）

摔老盆

江红斌

老爷子出殡的日子向后一推再推，原因是确定不了该谁摔老盆。

按老规矩，不管死者有几个儿子，一律由大儿媳妇摔老盆。老爷子就一个儿子，儿媳妇摔老盆本该没问题。偏偏老爷子有两个儿媳妇，一个是原配的离婚后不离家的儿媳妇；一个是二婚的现任儿媳妇，事情变得复杂了许多。

李庄镇人智慧很高，为区分老爷子的儿媳妇，把原配的儿媳妇叫作大婆；把二婚的儿媳妇叫作小婆。在李庄镇人的心目中，能摔老盆的儿媳妇才是这家真正有名分的主人。大婆与小婆为摔老盆的问题，每天争吵不休。

在李庄镇，家族意识根深蒂固，族人一致认为，大婆是原配，理应有名分，该摔老盆。由于大多数人站在大婆的一边，最后终于确定由大婆摔老盆。

大婆十八岁就嫁到了家徒四壁的这个家。她没有怨言，始终相信依靠两只勤劳的手，就能改变贫穷的家境。果然，家里逐渐富裕起来，还盖起了李庄镇第一座洋楼。可十五年前，那个与她同甘共苦的男人却另寻新欢，与她离了婚。

大婆五内俱焚，想离开这个家一走了之。可看到自己一双可怜的儿女时，她改变了主意，决定离婚不离家。她要靠耕种家里的十几亩责任田，把儿女扶养成人，争一口气，活出个样来证明给李庄镇的人们看。

大婆身材瘦小，终年的劳累让她变得腰弯背驼。街巷里，总能看见大婆肩扛一柄锄头，一步一晃，左摇右摆着从村外的地里走来。她始终靠大路的边沿低头行走，生怕惊吓别人似的，遮遮掩掩。她一般不与外人搭话，行色匆匆，永远在忙碌中过活。时光在大婆的身影里溜走，一双儿女逐渐长大，她想，该挺直腰杆了。摔老盆正是个争取名分的好机会，她要好好把握。

大婆一夜未眠，她的神经像绷紧的弦。

终于挨到出殡的日子，街巷两侧，挤满看热闹的人们，像看大戏。就连村外居住的喜鹊，也三五成群飞来，挤在梧桐树上，叽叽喳喳叫个不停。大家并不在乎老爷子的葬礼隆重与否，关注的是大婆如何摔老盆。

午时三刻，出殡仪式开始。电子炮车发出一阵模拟鞭炮震耳欲聋的声响，吓得梧桐树上聒噪的喜鹊扑棱棱飞跑了。哀乐和哭声同时响起，悲愤的气氛笼罩了整个街巷。随着棺木，孝子贤孙们身着素衣，披麻戴孝，鱼贯涌出家门。

大婆小婆相随着跟在棺木的后面出来了。大婆看到街巷里聚光灯样射到自己身上的眼睛，先是吃了一惊，马上挺直了腰身，显得雄赳赳的样子。她装作擤鼻涕，扭身用余光扫了一下身后的小婆。小婆头戴轻纱，雪白富态的身体被一袭纯白的真丝连衣裙包裹，完全是城里贵妇人的做派。没见过出殡阵仗的小婆，大睁着一双媚眼，顾盼左右，十分好奇。

狐狸精！大婆暗自骂了一句。这样的骂在心里不知有过多少次。她收回目光时再瞟了眼小婆，一种陈旧的悲哀从心底被唤醒，后背一阵发凉。小婆圆润饱满的身材与她骨瘦如柴的身躯形成鲜明的对比。大婆整日低头走路，却从未审视过自己的身体，现在刻意看了一下，竟然吓得发呆。一双玉米秸秆一样的腿支撑的哪是人的皮囊啊，简直就是一架插在田里随风飘荡的稻草人！大婆觉得与小婆并排站着，很像一胖一瘦一对说相声的组合，一个捧哏一个逗哏，属于绝配，太滑稽了！

大婆的身子开始发抖，不由得把手中的老盆抓得紧紧的。这老盆仿佛有巨大的能量传输过来，大婆再一次挺直了腰身。

起灵前的规矩烦琐而庄重，一项也不能落下。跑灵，哭灵，路祭。别家没有的规矩，这里都要有。尤其是李庄镇人从没见过的朋友，一波一波地摆路祭，让出殡的仪式庄严隆重。时间一长，大婆心急，握老盆的手心攥出了汗。

又一阵电子炮轰响过后，该摔老盆了，大婆心里一阵激动，高高地举起老盆。那老盆似乎带着满盆的苦大仇深，让大婆举起的胳膊颇费力气。大婆的动作中带着恶狠狠的意图，居高临下摔了老盆。

为把老盆摔碎，地上预先放了一块棱角分明的太行石。大婆用劲太大，偏了方向，老盆摔在土路上，骨碌碌滚了老远，居然没碎。老盆里的纸灰撒得她满头满脸。

大婆的脸色变得黑紫，气恼地捡起老盆，扔向太行石，咔嚓一声，老盆四分五裂。散落的碎片个个都像张着嘴在笑，仿佛是号令一般，随着老盆碎裂的声响，孝子队伍开始哭声四起。

起灵了，大婆瞥见小婆依旧没心没肺在四处张望，痛从心底涌现，恨自己连个老盆也不会摔，太无能了！她忍不住放开悲声，大哭起来。哭声幽怨而悲怆，从娇小羸弱的胸腔里迸发出来，居然压住了全场的声音，送葬队伍寂然无声。大婆的哭声保持着高音调，贯穿葬礼的整个过程，隆重热闹的场面变得悲痛欲绝。

大婆就病倒了。她的肚里仿佛有个生产气体的机器，让她频频打嗝。嗝声高亢冗长，半道街巷都能听到。大婆慢慢不能进食了，身体日见瘦削。没多久，已经脱了人形，仿佛一副骨架上罩了一张人皮。人们劝她住院治疗，她总是答非所问地自言自语，埋怨自己连个老盆也不会摔。

到后来，心有不甘的大婆还是死了。出殡那天，大婆的准儿媳妇给她摔的老盆。葬礼很隆重，就是听不到哭声。说起摔老盆的事情，李庄镇的人们总是津津乐道，说，为大婆摔老盆的虽然还是个准儿媳妇，却有实实在在的名分，老盆摔得那个碎哟！

（载《微型小说选刊》2022 年第 24 期）

秦玉兰

欧阳明

老戚刚到镇上，就碰上了派出所所长老阳。

晚上给你接风。老阳说。

得问问她。老戚说。

我给她说，放心，会同意的。

两人口中的她，是秦玉兰，老戚的老婆，分管老阳的副镇长。

秦玉兰是个美人，个子高挑，近一米七，身材匀称，皮肤白净，四十多岁了，看上去却只有三十多点。

秦玉兰最初是招聘干部。招聘干部非正式干部，无编制，也不转户口，原是农村户口的，一旦解聘，又只能回去种地。这也是后来秦玉兰嫁给老戚的一个重要原因。

老戚和秦玉兰是一个村的，1981 年，高中没毕业，就顶替父亲，进了省地勘队，端上了铁饭碗。父亲的工作，是部队转业安置的。

老戚个子不高，比秦玉兰矮了大半个头，眼睛很小，走近才看得见眼珠子。最难看的是那三颗门牙，嘴皮怎么也包不住，一直耀武扬威地露在外面。在秦玉兰面前，老戚很自卑，即便是后来他有了稳定的工作，也不敢对她有丝毫不恭。

地勘队干部才能坐办公室。老戚是工人，一年四季，都在野外作业。地点经常变换，一会儿平原，一会儿丘陵，一会儿深山老林。老戚那张天生就黑的脸，因此晒得更黑。这张脸，让他看上去比实际年龄大了许多，以至于认识他和秦玉兰的人，都说是一朵鲜花插在了牛粪上。

老戚每年只有春节假期才能回来。所以婚后，秦玉兰一年除了那几天，都是独守空房。用她自己的话说，是守活寡。

秦玉兰最初想嫁的人，并非老戚，而是付勇，她高中的同学，又高又帅。

秦玉兰和付勇读书时就好上了。两人高考落榜后，一起去考的招聘干部。上班一年后，他们打算结婚，却遭到秦玉兰父亲老秦的坚决反对。老秦不允许她嫁给一个农村户口的男人。

恰巧那时，老戚的父亲托人向老秦来提亲。在老秦看来，老戚丑是丑，但有城镇户口，凭这一点，就比付勇强多了。嫁汉嫁汉，穿衣吃饭，老戚收入稳定，退休了都能领钱，即便是秦玉兰哪天被解聘了回家种地，也一辈子不用愁吃愁穿。秦玉兰看不上老戚，和父亲犟。老秦见劝她不听，就威胁说，不同意就滚出去，今后也别再叫我爸！母亲也劝她，结婚就是过日子，没钱，再好的感情也好不过几年。秦玉兰不忍心和父母闹僵，伤心哭了几次，便忍痛割爱和付勇分了手。老戚知道秦玉兰不喜欢自己，但能得到她的人，他已心满意足了。他怕煮熟的鸭子哪天飞了，便处处讨好着秦玉兰，工资除留少部分吃饭抽烟外，其余全部上交，家里的大事小事，都由她说了算。

事实上，婚后很长一段时间，秦玉兰都没把老戚当自己男人。直到后来有了女儿，又听说付勇也结婚了，她才死了心，把心思转到了工作上。

女儿上小学那年，全县所有招聘干部转为正式干部。有了城镇户口的秦玉兰高兴之余，又想起了付勇。她埋怨父亲毁了她的幸福。父亲叹了口气说，谁知道政策会这样变呢。

秦玉兰答应了老阳的饭局。饭桌上，老阳和几个哥们轮番向老戚敬酒。老戚出于礼貌，来者不拒。秦玉兰怕他又喝醉了，劝老阳手下留情。老阳一本正经地说，领导，我们这是为了保护你的身体啊！秦玉兰知道他们啥意思，笑着说，老戚可是我们家的财神爷，喝出了问题咋办呀？

老戚有野外补助，工资是秦玉兰的两倍。他们能在城里买房子，全靠老戚。

放心，不会出问题的，真出问题了，我把自己赔给你。老阳说。

老戚知道是玩笑，不开腔，只两眼望着老婆。

秦玉兰呵呵一笑，说，算了吧，你可没老戚老实。大家一阵哄笑。

老戚最终没经住老阳一伙的劝，当场就醉了，回家便死猪一样一直睡到天亮，想干的事没干成。

年复一年，秦玉兰继续白天工作，晚上守活寡。女儿高三毕业那年，她终于调进了县城，在一个可有可无的单位任副职。其实，她早就可以进城的。曾经有个领导对她说，只要她愿意作出"牺牲"，立即就可安排她进城当局长。她觉得恶心，断然拒绝。领导骂她不识抬举。之后，她的职位就停滞不前了。

为了祝贺她进城，老阳组织了个饭局。秦玉兰问他，能不能把付勇叫过来？老阳说你直接打电话呀。她说，他现在是局长，这么多年没联系，怕他不理睬，你和他是老乡，叫他肯定来。老阳笑着说，想重温旧梦？她说，都这把年纪了，重温个鬼！只是想当面问问，这辈子，他过得是否真的开心。

结果，付勇有事，来不了。

那顿饭，秦玉兰喝得最多。散场时，走路都有点儿晃了。老阳说送她。她说不用，叫女儿来接。

秦玉兰这辈子，最操心最伤心的，就是女儿。小学读完，她就把女儿送到县城读书，让爷爷奶奶陪着。可女儿太不争气，初三时就和一个男生好上了，不管怎么打骂，都不分手，甚至扬言，如果父母继续阻挠，就自杀。秦玉兰怕真的出事，只能由着她。结果可想而知，女儿没考上大学，高中毕业后就和那个男生结了婚。但婚后不到两年，就离了。

一说起女儿，秦玉兰满是后悔，后悔当年不该让她进城读书，更不该让她和那男生结婚。

几年后，秦玉兰退休了。每天的生活，就是在家伺候外孙和老戚。老戚前两年中风，留下后遗症，无法再上班，只能在家等退休。

慢慢地，记得秦玉兰的人已不多了，只有老阳念旧，依然一到过年，便请她和老戚吃饭。但自从老戚中风后，她都只一个人来。问老戚为啥不来，说外孙需要人照看。

今年春节，老阳照例请吃饭，想到老戚不来，便说把付勇叫上。没想到秦玉兰知道后说，不好意思，老戚身体不舒服，我得陪他，来不了。

（载《微型小说选刊》2022 年第 24 期）

此岸是麦子，彼岸也是麦子

李海燕

一场大雨把我家的麦子地泡了三分之二。母亲站在地头发出狼一样的号啕，之后在泥泞的路上朝着家的方向狂奔。

母亲扑进屋子里，直接扑向坐在里间的父亲。母亲抡起拳头一下一下地砸在父亲身上。母亲似乎还不解恨，抓起那几页稿纸，三下两下撕个粉碎，然后，甩在父亲的脸上。

父亲愣在那儿。脸上的表情说不出是惭愧，还是悲伤。

夜很艰难地覆盖了白天。家里一片静寂。父亲在里间屋一直没有出来。没睡着的时候，我曾听到他的几声压抑着的咳嗽。母亲和衣躺在炕上，脸冲着炕墙，无声地抽泣。我没吃到晚饭，肚子饿得咕咕乱叫。

第二天早晨，我醒了。母亲不在屋子里。父亲手里拎着一只皮箱，站在地中间。那是只陈旧的箱子，之前与一些杂物并排放在橱柜上面。父亲看着我，似乎有话说，又羞于说出口的样子，最后只笨拙地跟我挥了一下手，便走出门去。

我爬起来，趴在窗户那儿看父亲。父亲摇摇晃晃地穿过门前那片被雨水泡烂的麦子地，走向那条河。

那天的阳光很灿烂，岸边出现一片黄灿灿的花儿。我断定那是油菜花。父亲站在油菜花里，似乎还回了一下头，风一吹，就不见了。

后来我坚信父亲是在那片油菜花里走掉的。

那年我六岁，或者五岁。

在我的记忆里，母亲从此变得强硬了起来，不再抱怨什么，把家把麦子照顾得很好，麦子再没被雨水泡过。家里没有了那个不务正业的男人（母亲如是说），一下子安静下来，这让我觉得父亲走了未必是件坏事。

开始，我还能清楚地记得父亲的样子，尤其记得父亲临走之前站在地中间看着我欲说还休的样子，还有他在那片油菜花里消失的样子。我时常站在里间屋的门口，好像父亲还坐在那儿，手里拿着一支笔，笔尖含在嘴里，不停地转动，抬头看见我，温柔地一笑。

上学后，我的各科功课都不错，尤其是作文，有一种与生俱来的天赋。每次得到奖励（奖状或者笔记本什么的），母亲会变得温和。那时候我才觉得母亲也是个女人，有灿烂的笑容，有温柔的目光，有女人遇见喜事时所呈现出来的柔软。

上高中以后，我开始倾向文科，作文写得尤其好。语文老师很喜欢我，时常把我带到他的宿舍，给我看他那些文学藏书。在那些书籍里，我喜欢上了一本诗集。诗人有个很特别的笔名——第叁条岸。

诗集的扉页上，印着诗人的一张黑白照。那是个看不出实际年龄的男人，头发和胡子长而凌乱，唯有那双眼睛深邃明亮。他是谁，怎么会有似曾相识的感觉？再仔细看，又是陌生的。

语文老师把那本诗集送给了我。

我开始阅读那本诗集。诗人有很多首诗是描写麦子的，他说，他的麦子是长在天上的麦子，月亮是麦子的家，嫦娥是麦娘，玉兔是麦童……我为诗人那独特的语言所倾倒所疯狂。不知为何，父亲出走时的情形，开始频繁地出现在我读诗的时候。但我似乎忘了那个拎着皮箱，消失在油菜花里的男人是我的父亲，我痴迷的只是他那种奇妙的诗意的消失方式。

升入高三时，我的学习成绩（除了语文）下滑得厉害，班主任找上门来。母亲脸色铁青，嘴唇哆嗦着吼出一句，报应！然后撕碎了我书包里的所有的诗稿。

班主任老师走了以后，母亲的态度缓和了一些，她说，你要么好好读书，考上大学光宗耀祖，要么跟我下地侍弄麦子，没有第三条路可走。那个夜晚，天空看不到星星。

我的脑海里翻涌着凌乱的碎片：拎着皮箱的男人，泡烂的麦子地，亮晶晶的河水，黄灿灿的油菜花……我企图把那些碎片拼接起来，可母亲的话一次次挤进来，让我的拼接变得很艰难。

我一次次地想到消失，像那个男人一样，在一片油菜花里消失，然后也去天上种我的麦子。

那天我没去上学，母亲说教了半天，见毫无作用，气呼呼地去了麦子地。外面的阳光金灿灿的。我又看到了岸边那片油菜花。我的脑子里跳出那个拎着皮箱的男人，他越过那片被雨水泡烂的麦子地，然后消失在油菜花里。我望着橱柜，原来放皮箱的位置依然空着。

我一下子确定，那个反复出现在我记忆里的，在油菜花里消失的男人，就是我的父亲。

我变得很激动，端详着诗集上的诗人照片，我发现我有一双和他一样的眼睛，深邃而明亮。

我背着那本诗集，穿过那片麦子地，来到河边。河床并不宽，此岸是麦子，彼岸也是麦子。阳光跳跃，麦子一片金黄。我恍然，那天我看见的是阳光里的麦子，而不是油菜花。

望不到尽头的河水，泛着碎银子一样的光。我想，父亲大抵是顺着这条河走的。如果我顺着这条河走，也许有一天，我会与父亲相遇。我试探着走进河水里，水温微凉，深至我的膝盖。

突然，我看到了母亲。她站在此岸的麦子地里，右手拿着一把镰刀，摁在自己的脖颈上。她的嘴张得很大，我听不到她的声音，却分明听到她在嘶喊。我不甘心这样妥协上岸，把脸扭向彼岸。不可思议的是，彼岸的麦子地里，也站着和此岸一模一样的母亲。直到看到一条鲜红的血线，从母亲的脖颈上流下来，我吓得如梦初醒，浑身颤抖着爬出那条河。

五年后，我在某师范大学中文系毕业，继续读研。那年我出了第一本诗集，名叫《长在地上的麦子》。

（载《微型小说选刊》2023 年第 1 期）

健　忘

邢庆杰

清晨，公园内繁花似锦，空气清新。我正沉醉于鸟语花香之中时，忽然看到老吴高大的身影正在逼近，我赶紧躲在了一丛木槿花后面。

昨天清早，在这个时间，也是这个地段，我与老吴偶遇。他瞪大了一双牛眼看了我半天，不敢认，直到我叫出他的名字，他才认出了我，惊讶道："老鲁，你怎么这么瘦了？"

我3年前做了一个大手术，伤了元气，体重从术前的170斤下降到了110斤，足足掉了60斤肉，绝大多数人见了我都不敢认。

我把自己的情况给老吴"汇报"了一遍，老吴握着我鸡爪般的手，唏嘘不已。他一再说不知道我生病的消息，否则一定会去家中探望的。他对我安慰一番后，用不容置疑的口气说："今天晚上我请客，咱们几个老朋友聚一聚，去'高朋聚'，不见不散。"

"高朋聚"是一家鲁菜小馆，老板是当地的鲁菜名厨。以前，我和老吴等几个朋友经常光顾那里。但昨天晚上我没有去，在家吃完晚饭后，在电脑上看了一部电影。

3年前，我刚刚出院时，就在公园遇到过老吴，那是我手术后第一次和老吴见面。他见了我的样子后大惊失色，他表明并不知道我生病的事，为了庆祝我出院，决定当天晚上就请我吃饭，喊上我们的几个老友作陪，去我们的老地方"高朋聚"。那天晚上，我早早地赶去了"高朋聚"所在的那条小巷，却怎么也找不到"高朋聚"的牌子。问了旁边超市的人才知道，"高朋聚"一年前就关门了，听说老板到一家五星级酒店干厨师长了。

两年前，我出院后第二次见到老吴，也是在这个公园里。老吴见了我后非常吃惊，关心地追问了我的病情，我又详细地给他"汇报"了一遍。临分手时，他说为了祝我早日康复，晚上找几个老朋友聚一下，去"高朋聚"。那时，我已经知道他患了"健忘症"，就满口答应着和他告别了。当然，我没有去已经不存在的"高朋聚"。

今天，我躲着他，是不想在他面前再次重复我的病情了。医生告诉我，我现在状态良好，以后要过正常人的生活，最好是把自己的病忘记。

但是老吴早就发现了我，他轻松地在木槿花丛后面找到了我。

老吴手里举着一张 A4 打印纸，指着上面的几行字说，我昨天晚上说了要请你，可是我忘了，后来想起来了，就写在了纸上，今天晚上一定请你，我都给他们几个打好电话了，如果我忘了，他们会提醒我。

我拿过那张纸，上面有几行潦草的字：老鲁病了，做手术了，老鲁瘦了 60 多斤，今天晚上请老鲁吃饭，"高朋聚"早就关门了，去公园东边的川菜馆，已经通知了老马、老刘、老武，晚上 6 时，他们会打电话提醒我……出门时带上我放了 10 年的老酒……

老吴笑着说，这次肯定忘不了。看着得意扬扬的老吴，我心里一酸，哽咽着说："老吴，晚上我一定去。"

晚上，我们如约在川菜馆见了面，约的人都来了，老马、老刘、老武，加上我和老吴，共 5 个人。老吴担心自己忘了结账，一进门就把钱放在了吧台上。大家好久没在一起了，都挺高兴。我和老吴都因身体原因没有喝酒，他们仨喝了两瓶老吴带来的老酒，都有了几分醉意。

　　散场时，我们在饭馆门口话别，老吴的妻子早早地等在了门口，把老吴领走了。我和老吴有一段同路，就跟在了他们夫妻身后。

　　路灯很亮，把我们的影子一遍遍地拉长、缩短……走了一段，老吴站住，小声问他妻子："后面那个人，是老鲁吧？"

　　他妻子点了点头。老吴转过身来，大步走到我面前，紧紧握住我的手问："老鲁，你怎么这么瘦了？"

（载《微型小说选刊》2023 年第 3 期）

油菜花开燕子来

蒋静波

奶奶生病动了手术。出院后，奶奶一直躺在床上。家里的空气像结了冰，沉闷而冰凉。我和妹妹即使遇到好笑的事，也不敢笑出声来。

我端着饭菜上楼，奶奶说，先放着吧。

我嘟起嘴说，不吃饭，不长力气啊。

燕子回来了吗？奶奶问。

我摇摇头。我知道，奶奶问的是我们自家的燕子。奶奶的堂屋靠近双扇门，横梁上有一个燕子窝，像挂着半个月亮。我们这里的很多人家，都有自家的燕子。

一年前，奶奶在河边发现了一只受伤的燕子，将它捧回家，放进一只垫了棉花的篮子里，为它疗伤。怕燕子被野猫伤害，奶奶时时将燕子带在身边。

这只雌燕的脖子与腹部交接处有条波纹，像一个花环，奶奶就唤它环环。后来，环环的伤好了就飞走了。

过了两天，奶奶看见环环和另一只燕子飞进飞出，在堂屋里筑巢。双扇门与天花板之间有一个空隙，可以放下一扇横着的花格窗。奶奶说过，那是燕子进出的门。先人造房子时，都会给动物留下通道的。瞧，门脚边的那个方形小口是猫狗的通道。

环环看到奶奶，欢快地叫着，像是在说，我要在这里安家啦！

奶奶得意地对爹爹说，我早就知道燕子会喜欢这屋子的。以前

典藏本
四

277

奶奶常说，当初买房子时，爹爹选了这栋的另一间，奶奶选了这一间，唯一的原因是这房子的横梁上有几个燕窝的痕迹。我问奶奶，为什么呀？奶奶说，傻丫头，燕子是喜鸟呀。

奶奶见另一只燕子头上有一个小白点，就叫它点点。它们孵出了两只小燕子，小燕子经常从窝里探出大半个身子，晃着小脑袋，张开黄嫩嫩的小嘴，叽叽叽地叫着。奶奶欢喜得合不拢嘴，仰着头，一看就是好半天。

有一次，奶奶往灶膛里添了木柴，就去河边洗衣服了。不一会儿，一只燕子绕着奶奶盘旋，并急躁地叫个不停。奶奶抬起头，看见是环环。环环往家的方向飞去。奶奶忙跑回家，发现灶间的地上燃着一根木柴，离柴垛只有一尺远。以后，每次提起这件事，奶奶总要补上一句，幸亏有环环哪。

小燕子长大后飞走了，窝里只剩下环环和点点了。入秋，天气渐渐冷了。有一天，燕子围着奶奶绕了一圈又一圈，然后，冲上了蓝天。奶奶对着天空挥着手说，一路顺风，明年再来啊。

我望着远去的燕子，问奶奶，燕子还会来吗？

奶奶说，燕子是有灵性的，会认家。

那，如果不来呢？我又问。

不许这么说。奶奶一把捂住我的嘴。

奶奶的病情日益加重。每天，她还是重复着，燕子回来了吗？

这天，我和妹妹在奶奶的床前学着燕子飞翔的动作。奶奶见了，笑着说，学得还蛮像的。

我从来没有像现在这样，渴望燕子的归来。可是，燕子到底什么时候才能归来呢？突然记起，去年我和妹妹站在油菜花丛中，几只燕子带着剪刀似的尾巴，斜着身子，贴着油菜花掠过。有一朵油菜花，还轻轻晃了一下。

我来到河边，向对岸的田野望去，依然是绿油油的一片。奶奶闭着眼睛说，我怕是活不过清明了。

爹爹揉揉湿湿的眼眶，说，今年天冷，油菜花开得晚。

奶奶上厕所时，爹爹是抱着她下床的。爹爹背地里说，奶奶轻得像一只燕子了。邻居们悄悄地向爹爹建议，可以准备后事了。

这天，田野里冒出了零星的油菜花，金黄金黄的。我摘了两朵，飞奔回家。奶奶看了一眼油菜花说，燕子回家了吗？我将油菜花放在奶奶的床头，急得流下了眼泪。这天，油菜花终于绽放了，田野像铺上了金色的地毯，晃得让人睁不开眼。燕子飞在油菜花的上空，我欢喜地跳啊唱啊。突然，一只燕子惨叫着落在花丛里，其他的燕子瞬间逃走了。我看到了路边站着手持皮弹弓的小豆子，我哭着扑向他，又抓又踢……

阿波，醒醒，油菜花真的开了。耳畔响起妈妈惊喜的声音。

原来是个梦。事后我回想，其实这也不完全是梦，小豆子真的伤害过燕子，被他妈妈痛打一顿。

来不及擦掉梦中的泪水，我一跃而起，跑到堂屋，只见环环和点点嘴里衔着草泥，在窝里啄来啄去，正在修补它们的房子呢。

奶奶，燕子来了，环环和点点回来了！我一路嚷着来到奶奶身边。

奶奶忽地睁开眼睛，露出一丝亮光。奶奶吃力地伸出双手，说，快扶我下楼。

两个月来，奶奶第一次下楼。点点和环环看到奶奶，像久别重逢的亲人，围着奶奶叫个不停。

奶奶笑了，说，看来，燕子不让我走了。

（载《微型小说选刊》2023 年第 4 期）

看 护

徐全庆

"累，实在是累，倘若兄弟姐妹多一点，我也不想干了。"葛水仙这样开始她的讲述，这大大出乎我的意料，让我隐隐觉得这次的差事可能有些不值。

葛水仙是十一中的数学老师，区教育局正在给她申报区级好人，但她的材料写得不够好，局领导让我替她重写。从她提供的材料中我了解到，她很早就离了婚，一个人把儿子抚养成人。母亲去世后，她把年迈瘫痪的父亲接到家里，独自照顾。两年前，她做小生意的弟弟患上渐冻症，弟媳旋即与他离了婚，带着八岁的儿子离开了。她又把弟弟接来照顾。我被她的事迹感动得热泪盈眶，却没想到她会这样说。

我给她倒了杯水，示意她往下说。

葛水仙靠在沙发上，神情委顿，仿佛进入冬天的枯草。她空洞且有些呆滞的目光在我脸上停留了一会儿，继续她的讲述。

她每天早晨六点钟起床。熬上粥，开始给弟弟穿衣，把弟弟架上轮椅，推到洗漱间帮弟弟洗漱。然后，给父亲穿好上衣，扶父亲半靠在床上，给父亲梳头、洗脸，还要服侍父亲小便，给父亲和弟弟刷尿盆。

葛水仙说到这里笑了一下："我不怕你笑话，父亲在我眼里已没了性别。"我没有笑，只是很真诚地点点头。

这种时候总是手忙脚乱的。往往父亲还没有收拾好，粥就开了，葛水仙只好丢下父亲去馏馒头和头天晚上炒好的菜。因为慌乱，她的手多次被烫伤。

饭做好，她把一个特制的小饭桌放在父亲胸前，把饭菜端上小饭桌，筷子塞到父亲手中，父亲就可以自己吃饭了。弟弟需要喂，他用筷子夹不住菜。等到她吃饭时，有时饭已经凉了。匆匆吃完饭，洗刷好，她骑上自行车拼命蹬，赶到学校时上课的时间也就到了。

中午没时间午休。下午下班后，她去买菜，做饭，全家人吃完洗刷好，她还要收拾家务。忙完这一切，一般都到十点钟了。然后，她要给父亲和弟弟擦洗身子，按摩，服侍他们睡觉。他们睡后，她才能静下心来备课。

葛水仙重重叹了一口气："你相信吗，我十二点之前没睡过觉。"

我感叹道："你真是太辛苦了。为什么不把你父亲送养老院？"

葛水仙说："想过，私立的住不起，公立的又不符合条件。我去找过几个部门，都说没办法。"

葛水仙的先进事迹材料我很快就写好了，可又觉得有些地方没说清楚，我决定去她家看一看。吃过晚饭，我买了些东西，敲响了她家的门。

葛水仙正在收拾家务。我看到地上有一堆衣服，就问她洗衣机在哪里。葛水仙说："你别动，有两件衣服要先用手洗。"

"我也可以的。"我说着去拿那些衣服，突然看到有一件衣服上沾着屎，我胃里一阵翻涌，差点儿吐了出来。我把衣服放下，寻找别的可以帮她干的活。她不停地表示感谢。

终于忙完了，我又问了葛水仙一些问题，准备离开。她送我到门口，犹犹豫豫地，似乎有什么话要说。我说："有什么事尽管说。"她终于开口了："父亲洗澡我自己可以给他洗，可弟弟我实在不方便。你能帮我给弟弟洗次澡吗？他已经快一个月没洗澡了。"

我拍了一下脑袋，怎么没想到她还有这样一个大难题呢。

帮她弟弟洗完澡，我感觉我要虚脱了。我问她："平时谁帮他洗澡？"她说："我儿子。他回来一次就帮他舅舅和姥爷洗一次澡。"

我知道她儿子在省城上学，很快就毕业了。我说："等你儿子回来工作就会好些的。"

"我决不让儿子回来。"她很激动地说，声音大得吓我一跳。

"为什么？"

"就是不能让他回来。"她声音小了点，但语气依然坚定。

她的先进事迹材料我写得很感人，她也很快被评为区级好人，一个月后又被评为市级好人。

我很欣慰我帮了她，也遗憾我能帮她的好像只有这么多。

几个月后葛水仙突然死了，死于车祸。出殡那天，我去殡仪馆给她送行，她的校长对我说："其实，我都预感到她要出事了。"

"真的？"

"前一段时间她显得特别憔悴，神情也恍恍惚惚的，我怕她出事，还劝她请假休息几天，可她说没大用，谁知……"校长有点哽咽，顿了顿又说，"之前我托人给她介绍过几个对象，可惜都没成。倘若成了可能不会如此吧。要不是太累了，她何至于会撞上那辆车呢？"

我突然想起一个月前，她问我一件事。她说："像我父亲和弟弟这种情况，假如没有我，政府会管他们吗？"

　　我打了个冷战，浑身冰凉起来。

（载《微型小说选刊》2023 年第 9 期）

月亮在默默行走

闫耀明

黄昏抖着暗色的长衫，将清冷的小街一点点笼罩。月亮在上空默默行走，树影婆娑。

你站在街边，看着月亮，很专注。你读过许多写月亮的诗篇，那些文人，面对明月，或凭栏，或举杯，极尽赞美之词，然后不醉不归。而月亮依旧清冷着，忧郁着，静观万物。

他迎面走过来，和他的两个同学。他穿着白色 T 恤，在昏暗的夜色中很是醒目。他们边走边说笑，很开心的模样。

他应该开心，因为他考入了全市最好的重点高中。

看见独自站在街边的你，他愣了一下，随即与同学挥手道别，向你走来，脚步轻快，白色 T 恤在你眼前晃呀晃，像一枚行走的月亮。

一条窄窄的街道，两排安静伫立的树，几盏并不明亮的街灯，一轮白色的圆月，你和他，在月光下站成了一帧电影镜头。

"与君对坐成今古，尝尽冰泉旧井茶。"你突然就想起了这句诗，脱口吟道。"什么？"他没听清。

你抿嘴一笑，说："是清代诗人施闰章的诗句。"

"我没有读过呢，不愧是令我拜服的小丫头。"他也笑了。

你读初二，比他低一届。一个初二的女孩子喜欢古诗文，这让很多人不理解，可你依旧喜欢得很执着。

你与他便是因古诗文而结识。那次演讲，你在自己的演讲稿中恰到好处地引用了几句古诗文，演讲一结束，他就来找你，毫不掩饰对你的欣赏。被全校公认的最帅最有才的学长主动攀谈，一贯"小透明"的她成了众所瞩目的焦点。你俩相谈甚欢，他亲切地叫你"小丫头"，你心里美滋滋的，感觉要飞起来，当天晚上还狠狠失眠了一回。你并不否认自己对他有好感，也不想浪费这种好感，你斟酌又斟酌，很认真地写了一封信给他。

只是，那封信你一直没有给他。你始终没有单独和他见面的机会，又不想惊动别人。那封信，现在就在你书包的最底层压着。

"今天能遇到你，很高兴。"你垂着头，一下一下地摆弄着书包带，"因为我想当面对你说，祝贺你考上了重点高中。"

"谢谢你。"他笑了，月光落在他的脸上。你深吸一口气，说："我……给你写了封信。"

他盯着你，没说话，似乎在等着你把信拿出来。月亮的光辉把他的脸照得清清亮亮，棱角分明。

你拿出信，那是两张米白色的信笺纸，整齐地对折着。

但是你并没有把信递给他。

你说："这封信一直放在我的书包里，也一直压在我的心上，它很重。"他似乎明白了，抬头望了望月亮，说："小丫头，你看今天的月亮，颜色多么纯净。因为纯净，才最美好。我们在追求美好的同时，不去破坏这份纯净，这样才会获得真正的美好。可是世上的事情往往就是这样，当我们为自己有所得而沾沾自喜的时候，我们却正在失去我们最不应该失去的东西。"你点了点头。你觉得他说得真好。

你手里的纸，被折成了一只鹤。很小的时候，你就跟奶奶学会了折纸鹤。

你把纸鹤递到他的面前："送给你。它不是一封信，是一只纸鹤，代表着一个女孩子对你的真心祝福。"

他很开心地接过去，举到眼前端详着。

月光照在纸鹤上，闪着光泽，看上去纸鹤像是要翩翩起舞。

你说："所以，请你不要打开它，不要看上面写的内容。

我们都要在正确的时候，做正确的选择。"

他点点头，很郑重。你们告别，各自回家。

你踩着树影，一步一步地慢慢走。月亮跟在你身后，默默随行。

你突然想打破这种静寂，你的脚步越来越快，然后跑了起来。

于是，清冷的小街洒落一地银铃般的笑声。街道那边的他，举起手中的纸鹤，冲着月亮做了个瞄准的姿势，扬起了嘴角。

（载《微型小说选刊》2023 年第 11 期）

马哈的酸楚

李伶伶

马哈失眠了，为他十六岁的儿子马跃。

马跃上高中一年级，在学校跟同学打了架。老师说了他几句，他不服，拎起书包就走，说这书他不念了。马哈接到马跃的老师打来的电话时，正在山上放羊。他匆匆把羊群赶回家，骑上摩托车去了县城儿子的学校。

老师说："马跃最近脾气不太好，动不动就发火。同学打篮球时不小心打到他身上，他非说同学是故意的，把那同学打了一顿，把人家鼻子都打出血了。"马哈很抱歉，赶忙替儿子道歉。老师说："马跃学习很好，平时也不惹事，怎么突然变成这样？是不是家里出了什么情况？"马哈听完，脸上一阵阵发烧，表情也很不自在。他知道儿子为什么反常，是他跟柳梅私奔的事影响到儿子了。他觉得儿子不是在冲同学发火，是在冲他发火；儿子也不是在打同学，而是在打他。当然，这些他都不能跟老师说，只说他回去好好管教马跃，让他回来继续上学。

马哈从学校往家走时，摩托车骑得很慢，他在想怎么管教儿子。要是以前，儿子敢做出这样的事，他能打断他的腿。现在，因为有了他跟柳梅的事，他再想在儿子面前摆老子的威风，就有点儿底气不足。老师说，这个年纪的孩子正处在青春叛逆期，不能来硬的，要循循善诱，耐心说服。马哈觉得老师说得有道理，决定到家跟儿子好好谈谈。

马哈到家时，儿子正四仰八叉地躺在炕上玩手机游戏。马哈一看就气不打一处来，大吼一声："马跃，你给我起来！"马跃吓了一跳，赶紧起来站到炕沿边。马哈说："你为啥打你同学？你马上给我回学校去，该赔礼赔礼，该道歉道歉！"马跃脖子一梗，说："我不去！"马哈没想到儿子会不听他的话，他加大音量说："你再说一遍？！"马跃说："我说我不回学校去，我以后再也不念书了！"马哈扬起手要打马跃，马跃竟然不躲。幸好在院子里喂鸡的菊英及时赶过来拦住了他，要不马哈的巴掌就落在儿子的脸上了。

马跃跑到他二叔家去了，晚饭也没回来吃。马哈躺进被窝后想，还是老师说得对，不能来硬的。第二天早上，马哈让菊英把马跃从他二叔家叫了回来。马哈说："你不念书就得干活儿，庄稼院不养闲人。一会儿吃完饭，你跟我放羊去，我先带你踩一遍道儿。从明儿个开始，咱家这群羊就归你放。"马跃不以为意地说："放就放，有什么了不起！"马哈斜了儿子一眼，心想：放几天羊你就知道苦了。

吃完早饭，马哈和马跃来到羊圈门口，马哈扔给马跃一根放羊鞭子，自己拿起另一根，然后打开了羊圈门。小皮第一个蹿出羊圈。"小皮"是马哈给新买的一只小公羊取的外号。它太不老实了，整天调皮捣蛋的，马哈没少为它操心。

马哈放羊一般是去西山，西山大，草也多。羊群从家里出来先往北走，走到北河套，然后沿着干涸的河道往西走，得走六七里地才能走到西山脚下。这一路马哈并不轻松，因为路两边种了不少庄稼，马哈得随时阻止羊吃路两边的庄稼。马哈对马跃说："看见哪只羊吃庄稼就拿鞭子打它。"说着打了一下正想吃庄稼的小皮。

小皮走路很不老实，绿油油的花生秧、半尺多高的玉米苗都是它眼中的美食，一不注意它就掠一口，为此挨上一鞭子也不在意。

走过花生地和玉米地，马哈暗暗松了口气。前面是一片杏树园，应该没什么怕吃的。没想到小皮走到杏树园后，一转身拐了进去，然后撒腿就往北跑。马哈让马跃看住羊群，自己赶紧去追小皮。杏树园刚浇过水，有的地方很泥泞，马哈不小心摔了一跤，爬起来后继续追，追得鞋都掉了，也没追上小皮。小皮跑到杏树园北头的油菜花地，连吃带踩地把油菜花毁了一大片。马哈这个气，把它一顿好揍。

小皮挨了一顿鞭子，老实了些，跟着羊群一起走到了西山脚下。到这儿就没事了，周围没有庄稼，都是草，随便吃。

马哈说："可算到地方了。你以后放羊，把小皮看住就没事了，这家伙太不听话。"马跃看着马哈，没说话。马哈追小皮累得满头大汗，鞋上裤子上都是泥。被一只羊遛得这么狼狈的父亲，马跃还是头一次见。

羊群在山脚下安静地吃草，天上偶尔有小鸟飞过，时间在这时候过得很慢。马哈坐在草地上休息，他想跟儿子聊会儿天，想跟他说："你书念得那么好，不念实在可惜。我跟你爷两辈人都是农民，不想让你再吃当农民的苦。我跟你柳梅婶私奔让你生气我也理解，我希望你将来有一天能体谅我的苦衷。我跑到半路又回来，不就是想着不能给你，给柳梅的孩子带来伤害吗？你现在这样我很难过，我真的很难过。"

马跃站在离马哈很远的地方看着羊群吃草，他好像没有跟父亲交流的想法，一直背对着他。马哈想把他喊过来，想想又作罢了，怕两人一言不合又吵起来。儿子长大了，个头跟他一般高了，不能再用打骂的方式教育了，他想等过几天他俩气都消了，再心平气和地跟儿子谈。

中午，见羊们的肚子一个个都鼓了起来，马哈和马跃一起把羊群赶回了家。马哈匆匆吃了碗饭就去了赵林家。那片油菜地是赵林家的，给人家糟蹋了，得道歉和赔偿，不能等人家来找你。

马哈从赵林家回来，没见到儿子。马哈问菊英："儿子干啥去了？"菊英说："回学校去了。"马哈说："咋的，刚半天就受不了了？"菊英说："不是，他说他这辈子不想活得跟你一样。"马哈听后，心里一阵酸楚，又一想，甭管怎么说，儿子又上学了，只要他能好好念书就好。

（载《微型小说选刊》2023 年第 11 期）

领　作

徐向林

　　陆翔的出海渔船快要造好了，船身架在一望无垠的海滩上。远远望去，像一幢吊脚小木楼，煞是威风。

　　造船时，陆翔脸上挂满笑容，天天到海滩上看进度，还跑前跑后给造船师傅打下手。但船体成型后，陆翔脸上的笑容却消失不见了。因为领作的李师傅告诉他，这排斧还得出老于头领作打。

　　在传统造船工艺中，打排斧是造船最后一道至为关键的工序。打排斧时，二三十位造船师傅分列船舷两侧，应着领作师傅吆喝的节奏，众人一齐发力敲钉卯榫。打排斧很有讲究，必须整齐划一、前后呼应、力道均衡，否则造出的船不结实，还易漏水。对于常年在海上经受风浪的渔民来说，排斧打得不好，就会上演船毁人亡的悲剧，谁也不敢掉以轻心。

　　领作师傅是打排斧的灵魂人物，备受渔民尊崇。按照渔村的老传统，领作师傅有对渔船命名的特权。领作师傅一旦命了名，谁也不能改。如此一来，做领作师傅数十年的老于头在当地渔村当然是个人人尊敬的人物。他领作造出的渔船有上百艘，全是他命的名。他命名的方式有两种：一种是根据船的形状来命名，如"咸菜瓢儿"，说的是渔船像咸菜根部的菜瓢儿；另一种是根据船主的为人来命名，比如船主性格暴躁，人缘差，他就把船命名为"臭车奥"，有的船主为人斤斤计较，他就把船命名为"着肉刀"。在老于头所在的渔村，只要知道船的名字，就能了解到船主的为人，十有八九不会出错。

陆翔原先跟老于头是邻居，两家因宅基地的事闹过不少矛盾。陆翔搬到新居后，本以为会跟老于头老死不相往来，没想到还是有求于老于头。当然，陆翔是不想去求的，他在造新渔船时，特意到外面请了李师傅。李师傅先是推辞，说你们渔村有老于头在，不敢来班门弄斧。陆翔只得借口说老于头忙，请不到。李师傅这才带着一班人来帮陆翔造船。可眼看造船就要大功告成，李师傅突然将他了一军，要把打排斧的领作权交给老于头。

陆翔不解，问李师傅："你们不是造过好多船吗，为啥要老于头领作？"

李师傅笑答："一方领作管一方事，这船只有老于头来领作才灵光。"

有点儿讲迷信的陆翔听得这话，不好再问了。他改问村里的老渔民，村里的老渔民告诉他："我们的船都是老于头来领作的，还从没请过外村的领作师傅。"

陆翔没辙了，只得硬着头皮去请老于头。老于头倒也没为难他，随口就应承了下来。怎料，老于头这么爽快，反倒引起陆翔的疑惑，老于头会不会借机报复？隔天上午，老于头精神抖擞，率着李师傅的那班人马，声势浩大地打好了排斧。等到最后一斧落定，老于头在前头领声高呼："鱼翔出港，鱼虾满舱。"

众人跟呼："鱼翔出港，鱼虾满舱。"

陆翔悬在心中的石头这才落了地。这"鱼翔"就是新船的名号，既吉祥，又威风。

老于头随后绕船体走了三圈，细细端详，又把李师傅拖到一边聊了会儿后，挑了根散置在船体边上的长木头，让人放进底舱的指定位置。老于头跟着钻进底舱一番敲打，出来时把斧头交给陆翔，叮嘱他："我在底舱安了根定船木，任何时候都不能移动。要是在海上遇到突发情况，你拿这把斧头对着这定船木两端各敲三斧，保证无恙。"

老于头说完这话，自顾自走了。

三个月后，陆翔有次驾船出海打鱼。不料天气突变，海上风高浪急，渔船在风口浪尖中漂浮不定。陆翔好不容易掌稳了船舵，底舱却开始渗水，眼看着海水就要漫过小腿，情急之中，陆翔想起低悬在底舱的定船木，拿起斧头对着定船木两端各自狠敲了三下，奇迹出现了，下沉的定船木精准地堵住了渗漏处，渔船得以平安回港。

陆翔有惊无险地上了岸，旋即请李师傅来检修渔船。李师傅里里外外认真检查一番后，对陆翔说："不用修，船体绝对稳固。"

当天晚上，陆翔热情地留李师傅吃饭。李师傅的酒喝得有点儿多，他趁着酒劲说："告诉你一个秘密，造你这艘船时，底舱的卯榫没算好，留有缝隙，如果拆掉重做，船身就得解体，耗费点儿船材我们赔得起，但这一拆，我们这班人以后就再也不能接活儿了。"

陆翔惊讶地问："所以你们就让我请老于头？"

李师傅点头称是。

陆翔再问："老于头是怎么知道的呢？"

李师傅答："打排斧时，老于头能听音辨声。他知道底舱有问题，就放了根定船木，以备不测。"

"那当时为啥不说？"陆翔追问。

"都是做工匠的，总得留点儿脸面……"说到这儿，李师傅不胜酒力，趴在桌上打起了呼噜。

陆翔看看李师傅，又看看门外。室外，星光斑斓，星河璀璨。陆翔想了想，明天，明天一定请老于头好好喝两杯。

（载《微型小说选刊》2023 年第 12 期）

看 水

三哥把被单从我的头上掀起，我惊醒了，满天的星星一下子打湿了我的眼睛。

天好高，星星却离我很近，四周是蛙鸣和虫叫，萤火虫提着灯盏三三两两地从我的眼前飞过。

我将身子蜷成一团，身子下的泥巴硌人，牛留下的深深脚印让地凹凸不平整。

我和三哥露宿在河埂上。夏天的夜很热，可河埂上的夜清爽，到了下半夜还有丝丝的凉意。

露宿是为了看水。天旱了，上游水库放水，水顺着小河流淌，怕水从河里溢出，更怕人偷水。

偷水的事年年都有发生，我们的郢子和孙郢间，没少发生冲突，打得头破血流的事不鲜见。有水就有收成，偷水和抢水是在争收成，是夺粮。

三哥十八岁，是成年人了，领命看水。三哥一人孤单，把我带上，这年我十岁。我乐于看水，图个新鲜。

傍晚时，三哥卷了床草席，把草席铺在了河埂上，又砍了很多黄蒿，堆成堆，在上风口点燃，熏起了好闻的烟。烟是用来驱赶蚊虫的，野地里蚊子多，成把抓。

三哥还变戏法般拿出了一面锣，告诉我说："有偷水的来就敲

四

锣，郢子里的人会赶过来。"我有些胆怯，偷水的人会不会把我们扔到河里去？

天黑了下来，我的眼睛不敢向远处看，村庄离得很远，村庄的灯光弱弱的，像是随时都会被风吹灭。

三哥胆子壮，他下河洗了把澡，在水里搅出大大的浪花，还下了几把钓子，说："钓上几条鱼，明天煮了吃。"

三哥上了岸，赤条条地躺在草席上，和我说话，说得最多的是鬼故事，我听了害怕，却又忍不住不听。三哥说的鬼故事，鬼都是好鬼，不害人，反而是帮人的。我以为三哥说的不是鬼。

我裹着被单，一方面是防蚊子咬，另一方面是壮胆，似乎被单能抵御各种侵害。水中有鱼闹出响动，三哥很是兴奋，忙着起钓子，钓子上的饵料没了，鱼没上钩。三哥又有了新主意，他把一根钓线拴在了脚指头上，说："鱼吃钩，脚指头知道，立即起钓，保证能把鱼钓上来。"

三哥慌乱地起了很多次钓子，要么断线，要么脱钩，鱼就是上不来。三哥叹口气："鱼太大了，钓不上来。"我回了句："跑掉的鱼都是大的。"三哥一时无话。

鬼故事三哥说完了，他瞪着眼看星空，呆呆地问了句："芝可好？"我有些缓不过劲来，想了想说："是偷水孙郢的芝吗？"三哥说："是的呢。"我想起来了，芝是三哥的同学，郢子人都在传三哥和她好。

我说："芝姐好，还给过我香瓜吃。"三哥很满意我的回答，说："下次呀，还让她摘香瓜给你吃，胀圆你肚子。"我忙点头，三哥很向往的样子。

三哥开始沉默了，看熏着的黄蒿的烟弱了，忙起身添了一抱黄蒿。

野地的夜说不出的美，天空常有神秘的光亮走动，似闪电，却不是。天空不吓人，望着天空心坦坦的。

我是何时睡着的不知道，但我睡得很熟。三哥应是没睡的，他的头枕在胳膊上，眼睛在黑夜里亮亮的。

三哥掀起我蒙脸的被单，我醒了。也正在这时，我听到了动静，是人的脚步声。

我害怕地碰了碰三哥，三哥显然也是听到了动静。三哥对我耳语："偷水的人来了。"我想到有锣，锣在枕边，就想把锣提起来。三哥制止了我。

三哥悄悄对我说："装睡，我俩装睡。"

我的心怦怦跳，还是听三哥的，俩人头贴头装睡着了。

来人在我和三哥的面前蹲下了身子，我感觉到至少有两个人。

蹲下的人一直不吭声，就是用目光在我和三哥的身上溜来溜去。

两人蹲了半天，却又起身走了，我张开了眼睛，两人一人拖了一把锹。

人走远了，却有声音低低地传来："别为难这两个孩子。"三哥肯定听见了，恨恨地说："谁是孩子。"三哥还说："这两人是孙郢的，那个大高个子是芝的大（父亲）。"

来偷水的人没偷水，我和三哥都松了口气。

天亮了，三哥的看水任务完成了，三哥夹着草席，我拿着锣回了郢子，碰上的人不止一个问我们："孙郢有人来偷水吗？"三哥抢着回答："锣没响，没人偷水。"我想说，三哥拧了我一把又一把。

又过了六七年，三哥和芝结了婚，我们郢子和孙郢好好热闹了一番。

我一直有个疑问在心中，来偷水的大个子是否认出了三哥，三哥可把偷水的事说给芝听了？我没问出口，至今也没问过。

（载《微型小说选刊》2023 年第 12 期）

钢铁的味道

韦如辉

在梦蝶湖畔，我们见了面。平静的湖面，罩着一层青纱。

我伸手示意，坐吧。手指点到的地方，有一个三人长椅。她眼神游移一番，终于没下决心。长椅上布满星星点点的露水，在太阳到来之前，它们还要坚持待下去。我的脸红了红，感觉到了自己的唐突。

沿着湖边小道，间隔一人的距离，慢悠悠地散步。太阳从楼宇的夹缝里，露出蛋黄一样的脸庞。

昨天，她专程从另一个省城赶来。微信里，她说，我们谈一谈诗歌，欢迎吗？

当然，对于喜欢文学的人，我都乐意谈。但我不是一个诗人，甚至读不懂一首完整的诗。我只写小说，且写不好的那一种。三年来，熬了一千多个夜晚，掉了上两的头发，也没发表一个字。

她仰起脸，抽了抽鼻子，说，钢铁的味道。

莫名其妙。我盯着她撤回来的目光，下意识地抽了抽鼻子。绿植、湖水、尘埃和一些复杂的气息，唯独没有钢铁的味道。

不奇怪，她是一个诗人。诗人的语言与思维，总是别具一格。

她扭动细长的脖子，挑战似的追问我，不是吗？

没等我回过神来，她接着说，这里到处都是钢铁，路面、楼房、商场、水下、甚至头顶，都有随时可能掉落下来的钢铁。

一架民航客机失事的消息，还在手机里发酵。

看来，她并不喜欢由钢铁组成的世界。她的心灵，在偏僻的乡野，在近乎原始的地带。半年前，我们在一个文学群里认识。

从她发的视频里，可以看到村舍、羊群、庄稼和飘散到蓝天白云里的炊烟。

昨天晚上，我坐在床上刷抖音，突然收到了她的短信：在？在！我回答。看了看手机，午夜了，再过两分钟，将开启新的一天。

她已经来到这个充满钢铁味道的城市。我们约定，在早晨，在梦蝶湖畔，在空气尚且清新的环境里见个面。没想到，她的嗅觉如此灵敏。

太阳升起来了。雾水从草尖、叶片、面颊、头发、眉梢等等可以滞留的地方，悄然而去。

我们迟迟没有切入正题。

她不远数百里来到这里，难道只是跟我说钢铁的事情？诗歌，仅仅是一个借口，或者说一个无法预测的谎言。

我觉得，除了口中富有诗意的语言，她的外貌并不具备诗人的狂放、狡诈、迷茫和玩世不恭。沉稳、内敛、气度、语速以及偶尔飘过来的浅笑，说明她的注意力，并不在热情奔放的诗行里。

唉！她叹了一口气。刻意修剪的眉毛上，泛起一层青纱一样的忧伤。

"怎么了"三个字，我只在心里说。因为，说出来，才是多余的。

我跟随着她的脚步，停了下来。一只猫从草丛里蹿出来，在我们面前消失，到了另一丛草里。

他不要我了。她自言自语。口中的他，可能是前夫或者其他。

这么优雅且富有诗意的可人儿，怎么会被人抛弃呢？世事无常啊。他跟一个女商人跑了。

在大学里，他拼命追求她。那时，她是校园里著名的诗人，身边不乏追求者，包括跟她走进婚姻殿堂的他。

可是，诗歌不能当饭吃。

是的。

因为写小说，我跟前妻已经无法握手言和了。前妻的一句口头禅就是，"小说能够当饭吃？！"答案无疑是否定的。前妻终于无法忍受我没有出路的小说，拉着皮箱摔门而出。她的背影里，抛下一个凌乱的客厅，以及从厨房里溜出来的隔夜饭菜的酸腐气息。

我喃喃自语，钢铁真无趣！

她的眼睛瞬间亮了，似乎有晶莹的湖水在波动。她突然上前搂住我的双手，激动地说，这就是诗歌！

在那个无趣的早晨，我们唯一一次触及诗歌这个敏感的词语。

分别时，她让我帮她订了一张高铁票。她说，回去后，把钱转给我。

我回答，都是文学人，谈钱太俗气！

她笑了笑。我发现，她笑起来，真好看。

一个小时的约会，伴随着高铁开动时间的临近，很快结束了。

我们彼此挥了挥手。我的脑海里浮现了诗人徐志摩的名句。

抖音里，我刷到了她。在青海湖畔，她伸出两根手指，作 V 字状。身后，是蓝得耀眼的浩渺的干净的湖水。

哦，她去那里干什么？这跟我订的高铁票南辕北辙呀。

也许，诗人就应该这样吧。在心里，我回答自己。

（载《微型小说选刊》2023 年第 13 期）

轻舟已过万重山

非 鱼

从混沌中清醒过来之前，吕青舟的脑子里是满的。

满到什么程度？她感觉微微地侧一侧脑袋，那些密密匝匝的东西就会像水一样淌出来。那些东西是什么？她不确定。

手机还在播放着小视频，一个接一个，各种正常不正常的声音交替着。电视机也开着，是一个老的婆媳家庭剧。也许就是这些嘈杂的声音让她的午睡似睡非睡，也让她的脑子满满当当。

吕青舟关了手机视频，调低了电视机的声音，泡一杯绿茶，努力让自己清醒起来。她把茶杯靠近面部，热气升腾，毛孔一个一个张开，就像杯子里慢慢舒展的茶叶一样。喝一口茶，青涩的味道在口腔里氤氲，一直到咽喉。她睡眠不好，并不经常喝茶，但她喜欢看那些嫩芽在杯子中起起伏伏，喜欢闻来自春天和草木的那种味道。

茶是女儿寄回来的西湖龙井。一想到女儿，吕青舟的心又乱了。在远方的女儿总是说累，说没意思，工作没意思，周末休息没意思，甚至是正在谈着的恋爱，她也觉得没意思。她想让女儿回来，可老周不同意，他说孩子都是她惯的，矫情。谁的日子好过？我一天天还累呢，到单位被领导驱使，到家被你唠叨，我还烦呢。老周说。

她很讨厌老周这种态度。一辈子没有什么大的追求，得过且过。对，一个平庸的好人。可最近，他连一个平庸的好人都当不下去了，牢骚渐多，尤其是提到女儿的事，他总是态度消极，很不耐烦。

能怎么办呢？老周、小周，她似乎都无能为力。浓重的挫败感袭来，前一刻营造起来的一丝平静又被打破了。

她赶紧放下茶杯，换电视频道，转移注意力。这是她这两年屡试不爽的一个办法，当发现即将陷入某种不良情绪时，立即喊停，她不能让自己变成那种脸色蜡黄焦躁不安的怨妇。

一个人文栏目在讲车马慢时代人与人交流的方式——书信。一字一句一笔一画，字斟句酌，传情达意，红笺小字，云中谁寄锦书来。看得出来，主持人和嘉宾都有过无数"见字如面"的经历，两个人聊得很投入，也很有感染力。

"轻舟已过万重山"，怎么就提到了这句诗呢？吕青舟感觉从后背到脸上瞬间热了起来，冒出了薄薄的一层汗。曾经，有过那么一个人，也与她鸿雁传书，每封信的结尾都是轻舟已过万重山，或者轻舟没过万重山。

三十多年前的吕青舟沉浸在自己的世界里，满脑子都是同班的他，是晚自习后操场上澄明的月光。除了语文和历史，她的其他课学得一塌糊涂。高考后，他顺理成章收到了来自哈尔滨的大学通知书，她不出意外没过线。两个月后，为了努力和他一样，她选择了复读，还倔强地选择了理科。也就是在复读的那一年，他们开始频繁写信。

他的字很好看，写出来的句子也很好看。他用桦树皮给她写舒婷的诗，她视若珍宝，他写下的每句话，她都视若珍宝。每周最快乐的时光，就是去学校传达室取他的信。

一年之后，她除了积攒的厚厚一摞信，还有各种绚丽的梦之外，依然一无所获。

老吕从老师口中知道了这件事，大为光火。他把吕青舟再次落榜的原因全归结在他头上。等他暑假去找她时，老吕将他痛骂了一顿，让他永远死了这条心。

原本属于青春的一段美好时光，就这样迅速凋零。她把他的信捆扎起来，用报纸裹得严严实实，放在一个隐秘的角落。连同他。

后来，吕青舟和他走上了两条相似又不相似的道路。她进企业，读汉语言文学函授大专、自学考试本科，调进机关写材料，和老周结婚，生了小周，按部就班工作，按部就班提拔。他读了研，又读了博，成为国内知名的植物园林专家，担任一个国家级森林公园的领导，应该也会结婚，生子。她在心里叫他"教授"。

那些信，婚后她悄悄带到了她和老周的家，却无意间被老周发现，他们大吵了一架，他撕开报纸，把信封扔得满地都是。她抱着不满一岁的小周哭了半夜，最后一气之下一把火全烧了，包括那张桦树皮。实际上，那些信她后来从没有打开过。信，被烧毁的信。他，写信的教授。她的心紧紧地缩在一起，缩成一块石头一样，几乎不能呼吸。

她赶紧换频道，一闪一闪中，一个既熟悉又陌生的面孔突然呈现在她面前，是教授。他作为栏目顾问正在讲述中国园林艺术，娓娓道来，博雅温和。

脸与脸不足两米，四目相对。吕青舟惊呆了，她什么也听不到，只牢牢地盯着他。这个世界，竟如此奇妙。太玄幻了。

两分钟之后，画面切换，教授不见了。握在手中的茶已经凉了，黄昏一点一点降临，客厅的光线渐渐暗下来。

关了电视，看看手机，到了该做晚饭的时间了。

吕青舟长长地舒了一口气。不过是一个平常的下午，两档电视节目的拼接，却让她的轻舟再过了一次万重山。

仅此而已。

（载《微型小说选刊》2023 年第 14 期）

L 教授的火车

L 教授于 20 世纪 50 年代末出生，家中老大，父母可能因为贫困也可能因为天天吵架，早亡。

L 教授的两个弟弟两个妹妹，不，还要加上两个弟妹、三个妹夫——其中一个妹妹结了两次婚——和八个侄辈，共十七人，全由 L 教授一手带大。虽然他和一个弟弟一个妹妹年龄相距仅一岁和两岁，可他们还是由他带大。

L 教授有时候觉得自己是一棵大树，而他们是树上的红果子。有时候又觉得和他们在一起，就仿佛成了中学历史书中的一幅插图：张衡地动仪。自己是中间那部分，而他们是那一圈张着嘴的蟾蜍，等着每一次地动，等着"珠子"掉进比脸大的口中。不过说实话，L 教授想象自己是大树的时候更多，因为他喜欢绿树红果。关键是，他确定他爱他们。

L 教授没结过婚，也就没有老婆，没有孩子。他的床上永远都是他一个人，任何人都没有上过他的床。他的两个妹妹总是哭着说他们连累了他。他解释过很多次，他说没那回事，与他们一毛钱关系也没有，他就是那么怪僻。他们都不信，就是不信，就像不信他没有安排好自己的遗嘱一样。他们总会抽冷子问上一句：将来这个大别墅给谁呀？其中两个侄子、一个外甥受他资助留学过欧洲和北美，谈论这个的时候总会加上一句洋腔儿：我无意冒犯。

L教授没有和女学生传过绯闻，一次也没有。他也没有"奴役"过他的研究生和博士生。

L教授退休后没有停下来，开讲座、参与学术研究、给企业当顾问、为客户上庭辩护，这些和他在教职的时候没有什么太大变化。就像人们常说的那样，生活在继续。

L教授捐助的事情也依然在继续。他每个季度匿名登录一次水滴筹，他并不查验求助者的申请资料，排名前十位的账号，他依次每个捐助200元人民币。有时候暴雨如注，雨滴在他的窗玻璃上不停地倾诉；或者落叶飘飞，他在树篱下见到一只僵直着身体的红尾巴蜻蜓；或者大雪迷离，他隔窗追随着一个孤独的人，踽踽独行。这时候，这样的情形下，L教授就继续滑动手机屏幕，捐助的名额可能增至二十名。

每年农历十二月三十日，照例所有亲眷都聚集在L教授家里，整个家族欢聚三天。L教授预备好丰盛的食物塞满厨房和两个超大立式冰箱，并总在新年钟声响过之后，拎起他的拉杆箱去参加一个重要的会议。亲眷们把他送到车上，他叮嘱他们在他的家里玩好吃好，随后，便驾驶他的车，离开郊区别墅小镇，直奔市中心。市中心一处超高建筑中有他一个公寓房间。这是L教授在人间唯一的秘密，世界上没有第二个人知道。房间里家具和摆设一律是当代北欧风格，隔音做成家装中的顶配。房间正中间被一个超大火车沙盘占据。这个巨大沙盘里的所有模型都精工细作，和实物一模一样，只不过微缩了很多。

L教授输入指纹解锁房门，把拉杆箱推到角落里的柜子中，拉上窗帘，摁下几乎所有开关，房间里立马雪亮，一列火车奔驰而来！它从一座山中隧道呼啸而出，奔向一片松林，闪过与铁轨平行的高速公路上的各种车辆，进入高楼耸立的城市，但它没有停，继续奔驰。它爬上一架铁路桥，桥下江面开阔碧蓝，却只有一叶扁舟漂浮在水中，大江两岸绿色田野的尽头错落着几点黑瓦粉墙的农舍，平畴当中偶尔有一两棵孤独的树挺立着。火车车轮与铁轨摩擦出令 L 教授沉醉的声音，前方已见一个沿铁路铺展的小镇，在镇外一条乡间小路与铁道交界处，黑黄条纹隔离杆外站着一个西装男，他拖着一只黑色拉杆箱，目光越过铁轨，注视着远方。

火车前行的路上依然千山万水，高峻的岩石山、茂密的竹林交错横陈，岩羊在山坡回望，溪流掩映在竹林中，更远处还有水库、风力发电大翅膀、湖泊以及半圆形欧洲风格的机车库……这时候，另一列火车相向而来，火车带起细腻风声，瞬间交缠成一股复杂的流变。它们在小镇水塔旁边相遇，又各奔前程。相向而来的火车驰过十字路口的西装男，他的目光未变。火车循环往复、嘶嘶作响，风起风息，一次一次经过十字路口的西装男，他拖着他的黑色拉杆箱，一直注视着远方。

L 教授坐在房间西南角上的皮质单人沙发中。他已经换了一身家居服，左手端着一杯红酒，两腿分开，赤足，舒舒服服地坐在自己的单人沙发中。他这个位置正好与十字路口拖着拉杆箱的西装男遥遥相望——他是巨型沙盘中唯一的人类。火车还在奔驰，铁道口的信号灯亮起红色，L 教授隔着山山水水、铁轨、红色信号灯、铁轨与车轮间辗转的嘶嘶声、空气中微微震颤的风声，向那个人举起了杯。

（载《微型小说选刊》2023 年第 15 期）

布达拉宫上空的鹰

杨静龙

晨曦透过窗玻璃，照射在张角俊朗的脸上。

Z164 次列车一路向西，穿过城市，越过田野。

张角一直侧着脸，静静地望着窗外，窗外是一闪而过的城市和田野。

类似的场景出现在昨天晚上。暮色时分，列车离开上海站，缓缓向前驶去，张角侧着脸望着窗外。窗外是一闪而过的城市夜色，并没有什么特别吸引人的地方。

这是上海直达拉萨的旅游专列，全程 4000 多公里。因为是散客团，在上海集中时，大家互相做了自我介绍，我说我姓江，单名一个南字，身边一位帅气的小伙子轻声说："我叫张角，来自西吴。"

我和张角的硬卧铺位正好面对面。旅程漫长，我本想聊天打发时间，不承想张角一上车，就侧过脸看着窗外，一副心事重重的样子。

我无聊地刷着手机，时不时抬头瞥一眼对方，直到夜深我入睡前，他依然静静地侧脸望着窗外。

一觉醒来已是次日清晨，我发现张角依然一动不动坐在硬卧上望着窗外。

"你……一夜都没睡吗？"我脱口问道。

张角闻声转过脸来："睡了，睡过了……"说着，从旅行袋里掏出一包点心，放到小餐桌上，"江哥你先去洗漱，等会儿尝尝我们西吴的桔红糕。"

从话语中我感觉到张角的真挚和友好，从盥洗室回来，我们一边吃着香甜细腻的糕点，一边聊了起来。

张角不太爱说话，但我的话题，他都认真回应。

他回应道："西吴的景色很美，当年张志和'西塞山前白鹭飞，桃花流水鳜鱼肥'这句诗写的就是那个地方。"

他说："我和小梅大学毕业后，一起应聘到一家文化广告公司上班，公司的基础工资低，主要靠拿提成，但业务并不是很多……"

他喃喃地说："小梅喜欢旅游，受她影响，我也喜欢上了旅游，我们两人一起去过许多地方。因为我们没多少钱，就制订了一个计划，先从周边走起，慢慢再去远方旅游，最远的目的地就是西藏，去看布达拉宫，看布达拉宫上空的鹰……"

"你一定很爱小梅，她一定长得很漂亮吧？"我问道。

张角咧嘴笑了一下，这是我第一次看见他笑。

张角从贴身的口袋里掏出一张制作精致的卡证，上面系着细细的红绸带，像是可以挂在胸前的嘉宾证，卡证上镶嵌着一张漂亮女孩的彩色照片。

不用猜，那就是小梅。

我问道："你们结婚了吗？"

张角收起照片，轻吁一口气："她走了……"

"走……了？"我惊问。

张角再一次侧过脸去，望着窗外，轻声道："走了……"

窗外的景色开始变化。城市渐渐远去，出现了戈壁、湖泊、雪山和牛羊群。当三三两两的藏羚羊远远出现在广袤的原野上时，车厢里响起播音员甜美的声音，告诉旅客们列车正在穿越可可西里无人区。

张角浑身颤抖了一下，脸紧紧地贴着窗玻璃，以至鼻子被挤歪到了一边。许久之后，张角轻声哼唱起来，声音低得几乎听不清，但我还是一下听出他唱的是王琪那首令人肝肠寸断的《可可托海的牧羊人》：

那夜的雨也没能留住你，
山谷的风它陪着我哭泣。
你的驼铃声仿佛还在我耳边响起，
告诉我你曾来过这里。
我酿的酒喝不醉我自己，
你唱的歌却让我一醉不起。
我愿意陪你翻过雪山穿越戈壁，
可你不辞而别还断绝了所有的消息，
心上人我在可可托海等你……

张角的嘴唇随着歌声微微嚅动。突然，一颗豆大的泪珠从他眼眶里涌出，沿着脸颊缓缓滑落下来。

虽然可可托海不是可可西里，两地相隔千山万水，但再也没有一个地方比这两个地方更能让人心中涌起同一种伤感来了。

Z164 次列车到达拉萨，已是第三天下午三点多钟，旅行团入住供氧酒店后，团员们兴奋不已，嚷嚷着要立即去看布达拉宫。

张角脸色苍白，躺在床上吸氧。一路上张角的心情一直不平静，从到可可西里开始就有了高原反应，之后就越来越严重。

张角挣扎着，刚起床就一阵头晕目眩，差一点儿摔倒在地。我和张角住同一间客房，连忙叫来导游，导游见状，坚决不让他出门跟团参观。看到张角失望而痛苦的表情，导游想出一个办法，让我扶他到客房露台上。在那里，可以远眺布达拉宫的一角。

在宝蓝色绸缎一般的天幕下，我们看见了高高的雪山，看见了布达拉宫庄严神圣的一角。不知什么时候，张角已经掏出美丽女孩的照片，双手捧着，高高举过头顶。

"小梅，你看到了吗？"张角颤声说道，"这就是拉萨，就是布达拉宫……"

"小梅，我们终于一起来到拉萨了，我们终于看到布达拉宫了……"

"小梅……"

半小时之后，旅行团来到布达拉宫。参观的时候，大家让我走在最前面，把最好的位置留给我。我知道那是留给小梅的，大家已经知道了张角和小梅的故事。离开供氧酒店前，张角把那张美丽的照片挂到我胸前，再三嘱咐道："江哥，你一定替我陪小梅好好看看布达拉宫，看看高原上空的雄鹰！"

因为严重的高原反应，张角当晚住进了医院，第二天就不得不乘车返回。虽然没有参与接下来的旅程，但他终于和小梅一起来到了西藏。那天晚上，我把照片还给他时，他扯下氧气罩，急切地问有没有看到布达拉宫上空的雄鹰，我毫不犹豫地回答道："小梅看到了庄严的布达拉宫，看到了圣洁的哈达，看到了白皑皑的雪山，看到了雄鹰在蔚蓝的天空翱翔……"

其实，那天我们在布达拉宫上空并没有看到鹰，但我不能那样说。"走了"这个词有两种解释，分手了，去世了，小梅属于哪一种，我也没有问张角。

（载《微型小说选刊》2023 年第 17 期）

1970 年的酒

郑玉超

那些年，鹅河两岸的人们提起酒，就会想起老坛。老坛是个酒贩子，姓陈名彪，肚大腰圆腿很短，就像他挑着的酒坛。

那个年代，人们买东西得去供销社，私人之间做买卖，被逮着就是投机倒把。老坛脑子活泛，20 世纪 60 年代末就偷偷做起了鹅城的大曲酒生意。

他挑着担子，一头一只酒坛，包着黑毡布，沿着鹅河两岸一面走一面吆喝："好东西来咧，香香的，好香嘞！"

你听，他绝不提酒。

隔着好远就能听到他浑厚的声音。男人的酒虫一下子被勾了出来，坐立不安。女人蹙着眉头，不去骂自家男人，偏去怪老坛："这鬼老坛，又来害人了！"

老坛刚放下担子，男人就一把掀开黑毡布，鼻子嗅了嗅说："这次不赖。"老坛佯怒："我的东西哪次赖过？"

很快，更多男人围上来，有的使劲翕鼻子，有的咂巴着嘴，仿佛不花钱就能把酒搞到嘴里。买酒的男人口袋里寻不出几个子儿，伸手向女人要。女人并不理，男人被逼急了，女人这才从腰间扯出小布袋，很不情愿地从里面摸出几张票子，唾唾两声，沾着唾沫，数了几遍，这才狠狠将钱递了去："药钱拿去吧。"

老坛接也不是，不接也不是。另一男人望着那女人，笑道：

"没这药，你夜里才难受呢！"

女人听了，嗔怒着要撕那男人的嘴。那人慌忙跑开，众人哄堂大笑。老坛早忘了尴尬，也忍不住笑了。

男人如果实在掏不出钱，老坛就会让他赊着，等以后有了再给他不迟。如果对方想不起还钱，老坛倒也不催。真忘了，老坛自然也会把这事忘掉，忘了一两次酒钱，没什么大不了的。

女人不欢迎归不欢迎，隔上三五天，老坛照样挑着酒，从村头一路吆喝着走来。他可不是奔女人来的，他是奔着爱喝酒的男人来的。这样的男人不少。鹅河两岸，不喝酒的男人寻不着几个。

男人常说，喝的不是酒，是血性。女人就去驳，却总是驳不过男人，喝过酒的男人更辩驳不倒了，倒不是男人的拳头硬——男人让女人相信，有的是身体力行的办法。

老坛几乎识遍鹅河两岸的男人女人，熟悉每人的秉性，谁家男人戴了绿帽子，谁家孩子犯法进了局子，谁家男人喜欢酒后吹牛说大话，甚至连娘们儿的悄悄话老坛都知道些。只是，这些家长里短的闲事老坛从不会到处乱讲。

谁家男人女人要是吵架红脸，老坛见了，自会上前劝架。一次，老坛遇到男的脾气刚烈，宁折不弯，他打开坛子，舀上半勺酒，笑眯眯地端上去，让男人喝了败败火。

女人见了，忙伸手抢了去，问："喝酒不会长血性吗？"

那男人扑哧一笑，顿时消了气。

老坛笑道："我这酒，滋阴补阳作用大，夫妻夜夜恩爱说情话。"

女人一听，脸唰地红了。那男人趁女人不备，倏地夺过酒勺，仰起头一饮而尽，然后伸手让女人掏钱，老坛摆摆手，哈哈笑着，挑起担径自走了。

1970 年的冬天来得有点早。老坛贩卖酒的事，还是被公社领导知道了，领导将大队主任骂了个狗血喷头。大队主任也是好酒者，每次老坛来，他不好出面，就托别人去买。他辩称不知此事，说回去一定好好查。领导说你不用查了，人已抓了现行。

领导好不容易抓到一个典型，一门心思要割掉这个"资本主义的尾巴"。老坛被押到村里游街的那天，显得更加矮小，肚子瘪瘪的，像是几天没进一粒米了。游完街，领导说还要判刑。酒收缴了，算是物证，但买酒者跑个一干二净。大队主任说，现在没了人证，不好无缘无故判刑。

领导说，人证很简单。只见他打开扩音器，用手拍了拍，通知鹅河两岸所有大队领导来开会，他让大伙儿现场指证老坛卖酒。

可领导失望了，无人指证。他心有不甘，坐上吉普车，亲自跑到村里，发动女人指证。他又失望了，没女人证明。他又找孩子证明。有人咕哝，孩子的话哪里能信？边说边把自家孩子拉走了。

领导很有耐心，就等。老坛还被关着，领导相信总有一天会有人证的。

老坛女人知道没人出来指证老坛，感动得泪流满面。一日清晨，她背着快一岁的儿子，到鹅河两岸一家家道谢。

女人们眼圈红了一遍又一遍，都说老坛是好人。她们接过老坛的儿子，逗着引着，恨不得把家里孩子的玩意儿一股脑儿翻出来，送给他。

刚哄好老坛女人，没想到，树上的喇叭又响了。领导再一次慷慨激昂，鼓励大家去做证。老坛女人听了，眼泪又流了下来。孩子见母亲哭，也哭。女人们七嘴八舌去劝，劝着劝着，眼泪也不争气地涌出眼眶。

男人噌地站起，嘴里骂道："去砸了树上那鸟，看它还能瞎咧咧！"

老坛女人见了，忙止了哭，慌忙去劝阻。男人放下锄头，嘴里念叨着："谁要管不住自己的嘴，到公社瞎胡咧，看我不撕烂了他的嘴。"

漫长的冬天结束了。

春天终于来了，鹅河里沉睡一冬的水醒了，泛着涟漪，垂柳竞相吐出新芽，毛茸茸的，一片鹅黄，像是刚出壳的小鸡仔。没有人证，领导实在没辙，只好放老坛回家了。从那以后，老坛再没在鹅城出现过。直到 1980 年的一个夏日，人们忽然听到了熟悉而久违的声音："好东西来咧，香香的，好香嘞！"只是这一回，又多了几个字，"鹅城大曲，好酒嘞！"

鹅河两岸喧嚣嬉闹的男人们一下子静了下来。很快，像是大梦初醒，男人们高声叫起来，那声音响彻云霄，仿佛要掀开老坛的酒坛，任那阵阵酒香四处弥漫。

（载《微型小说选刊》2023 年第 18 期）

老徐这人

老徐这人，怎么说呢？阳光气是有，可鬼点子也多，一不小心容易着他道。城区征拆中心的同事们是这么说，领导是这么看，认识他的人感觉也是这么回事。老徐尖头瘦脸，竹竿样身板，小眼睛溜溜转。有人开涮，老徐你不演奸诈反派浪费人才了。老徐咧开大嘴，露出龅牙，嘿嘿笑，不恼。有群众上访，人家拦都拦不及，他老徐倒过来，带访。某日，他说我摸准了那小子的新窝，我带你们去，招呼某村民小组代表上他的老掉牙面包车，冲到镇政府，直奔三楼，左拐，冲进走廊尽头的办公室。镇长才从文件堆抬头，老徐已经端起桌面的水杯，仰脖，咕噜喝完水，一抹嘴巴，拍镇长肩膀，眨眼，别慌，来的都是好脾气的。镇长才刚张嘴，老徐已经回转身，狡黠地努嘴，磨他。代表们围了过去，老徐溜出门外，把嘈杂声关在里面。老徐在走廊踱步，抽烟，轻哼"我本是卧龙岗散淡的人"，踱到走廊另一端标有"镇长办公室"的门前，停步，嘴角冷笑，你小子唱"空城计"，躲得了村民，躲不了我老徐。

一会儿工夫，门开了，镇长连人带烟推出来，大鼻子冒烟，我不抽，你们给老徐抽，抽死他！老徐一溜烟下楼，代表们欢呼雀跃跟在后面，村民小组组长手扬镇长签字的报告。人上车，门关上，老徐轰隆隆发动了车。镇长大秃头探出来，冲下面吼，老徐你他娘的不是哥儿们！

老徐探出瘦长脖子，扯开公鸭嗓门回，我真不是你哥儿们，我是你同学，谢了，老同学，今晚七点请你，老地方，不见不散哈。

拉倒吧，就你这铁公鸡。

面包车屁股后冒着浓烟，溜出镇政府大门。有代表惊讶，原来镇长是你的老同学呀，听说他脾气挺大的，你都敢惹他？！老徐撇撇嘴，他身上的零件咱们一样不缺，他是人，不是洪水猛兽，怕什么？又有代表不解，老徐你就像个诸葛先生，怎么算出他会签字？老徐眨眼笑，我问了城区政府办的哥儿们，知道今早区长要到镇里调研，他不签字，脱得开身陪大领导？车上人无不叹服，老徐这人，鬼精。老徐带代表们直奔信用社，取出安置费，回村，分发农户，各家各户数着钞票，眉开眼笑的。老徐跷着二郎腿，小眼睛微眯着吐烟圈。村民小组组长肘他，老徐，拿来。

老徐神还没回过来，什么？

协议本呀。

对哦。老徐赶紧从怀里掏出个大牛皮文件袋，扯出一式几份征地拆迁协议。大家准备落笔签字，老徐却来一个，慢着。

大家愣了下，组长笑问，老徐，你反悔了？

不，不，你们还是看完协议再签吧。

协议你不是审过了吗？

审过了，你们再看一轮保险<u>些</u>。

你老徐都审过了，我们还看个球，我们信你老徐。老徐一脸的认真，你们不要因为我出面帮忙，就碍于情面签字，不论你们签不签这份协议，我一样会帮你们的，"阳光征地，和谐拆迁"嘛。

老徐，什么都不要说了，就冲你今天的表现，你这朋友我们交定了，签！

签完协议，有村民说，老徐你是好人，同一个老师教出来的，你那老同学差劲了些。老徐摇头，错，他也是为你们好，他躲着你们，就是不想一下子给你们领出来太多钱，想多留些钱帮你们搞第三产业嘛，鸡生蛋，蛋生鸡，长远发财路子，是不？可他脑瓜一时短路，没有想到眼下各家各户都有自己的需求，比如，儿子婆媳妇呀，小孩上大学呀，生产投资呀。话说回来，他这人还是通情达理的，你们保证下期征地预留搞第三产业的钱，他还不是被说服了？

老徐大嘴一开，电影《大话西游》里的"话痨"唐僧马上上身：有钱了，可不许大吃大喝，不许嫖赌，不许包养二奶，不许大手大脚……口水飞溅到众人脸上，村民听得耳朵都起茧了，忙回应，放心啦，老徐，有村规民约管着呢。老徐眯着小眼睛笑，点头，那就好。

晚上，十来个老同学如约到了邕州家常菜馆，老徐却还没到，来信息说挨家挨户催促清理被征收土地上附作物，这几天要施工清表，叫大家点菜先吃，忙完就赶过来。

有同学笑说，老徐这家伙单位那么好，他是不缺钱的，往贵的菜点吧，不浪费就行。

镇长同学却拦说，点些普通菜吧，他原本是有些私房钱，不过给他老婆搜去了。

菜上桌了，老徐还是没有到。大家就边吃边聊，酒是镇长同学从家里带来的，说帮老徐省钱。镇长同学突然抓着光秃秃的大脑瓜扑哧一笑。大家追问，镇长同学说是关于老徐的，老徐老婆跟他老婆说了，他老婆又告诉他。镇长同学笑说，婆娘们心里真是藏不住事。大家一再保证管得住自己嘴巴，镇长同学才绘声绘色地讲起来。

用他老婆的话说，老徐这人呀，家里啥事干不行，藏钱那是第一名。他的私房钱，藏煤气罐底，藏旧鞋内，夹书里。但是，魔高一尺，道高一丈。他老婆火眼金睛，一一挖出"浮财"。老徐使出大招，在内裤前缝上一个小口袋，藏钱其中，还是被发现了。他叹服，夫人的眼睛太毒辣了！他老婆边点钱边不屑，哼，你那地方什么时候鼓过？

镇长同学话音才落，全桌人笑翻了。镇长同学很是可惜地说，里面还有一张卡，存了五六年，有好几万元了吧，老徐想用来出书，还计划好了，书出来了，周年同学聚会时签名送大家。

镇长同学感慨，老徐这人呀，是有大把机会出书的。就说某次吧，要征收的苗圃基地老板把一个鼓鼓的大信封扔进他车里，要他多清点苗木数量，大信封被老徐从车窗扔出去，训了老板一番。假如他收下这笔钱，书早就出来了。有老板投其所好，暗示或明示可以出钱帮他出书。老徐婉拒，我可不想书页沾上铜臭味，一概公事公办。老徐是铁面柔情，比如吧，协调安置被拆迁的工厂易地搬迁开业，帮被拆迁的企业联系滞销产品销售渠道。老徐常说，咱们政商关系要"亲清"。

这时候，老徐的电话来了。说话的却是村民组长，镇长吗，老徐今天在田间地头腿都跑细了，现时肚皮贴后背，我要留他在我家吃饭，可他说非要过去，今晚他请客，得过去买单。我们收了他车钥匙。老徐这人呀，真是的，请老同学吃饭还客气，非得亲自到场，非得亲自出钱，欺负咱们镇长没钱吗？得了，镇长，老徐人留下了，你们喝得尽兴，拜拜。

两边电话都免提，老徐那边忘了挂机，嘈杂声和猜码声中飘来对话：

老徐，知道你现在口袋吃紧，帮你"宰"了镇长大人。

嗯，好，省钱，出书，干杯。

老同学这边，笑翻了一桌人。镇长同学手抓光秃秃的大脑袋，摸摸大鼻子，嘿嘿尬笑，老徐这人，好，今晚我来。有同学嚷嚷，反正有公家报销。镇长同学笑说，真的是我个人掏口袋。因为他耳边又嗡嗡响起老徐的唠叨：公家不亏待咱们，咱们可不许辜负公家。

大学同学周年聚会在邕江宾馆热热闹闹搞了两天。老徐的内裤在阳台迎风飘扬，同住者发现上面真的缝了小口袋，内裤还有好几个破洞，劝老徐买新的。老徐摇头，不买，省钱，出书。

咳，老徐这人。

（载《微型小说选刊》2023年第19期）

一个泥水匠的完美生活

王千里

孙宝平一直固执地认为，砌水泥这门传统手艺，传承是个问题。

他的观点自然引来众多工友的嘲笑。

"咱们这活儿，只要是个人就能干，都会干，还传统手艺，你咋不说是门艺术呢！""孙宝平，你是不是下工以后在家里闲着没事短视频刷多了？咱们这就是砌墙抹灰的活计，自古以来哪个村没有十个八个泥水匠？你说说，这能叫什么传统手艺呢？还传承呢，传给谁？"

"孙宝平呀孙宝平，你真会往自己脸上贴金，如果砌水泥都是一门传统手艺的话，那俺家媳妇的烙饼技术，得称得上是非遗了。"

……

众人在笑声中调侃着孙宝平。

孙宝平不吭声，不回答，不理会他们，自顾自拿了靠杆往砌好的一堵墙上靠，严丝合缝。他砌的墙砂浆饱满，砖块均匀，一条直线样。

在脚手架下打下手的孙平江早就跃跃欲试："宝平哥，你歇会儿，我垒几行砖试试。"

他胸有成竹，嘴角挂满自信。

孙宝平不声不响，拍了拍手，小心地下了脚手架。

孙平江撅着屁股爬到脚手架上，片刻的工夫开始吆喝起孙宝平："宝平哥，你上来吧，我真的不行。"

孙宝平抬头看去，一行红砖透迤如扭动的蛇身，砖体把绷直的线绳挤得东倒西歪。他叹了口气："下来吧！"没埋怨，没嘲讽。

倒是孙平江，脸膛红如猴屁股。刚才说这活人人都能干都会干的就是他。现在的他，在心里感叹一声，咱就是个打下手的命，砌水泥真的就是一门传统手艺呢。孙宝平在砌墙前，要求提前把红砖洇透。砂浆灰的水泥标号，稀稠程度，也是有要求的。他如此细心地关注这些，是跟砌墙息息相关的。干砖、干灰、稀灰，水泥标号低了、高了，直接影响墙体的质量。

他的完美主义到了什么程度呢，就他下工以后的行装，都让那些一块儿干活的工友留作茶余饭后的谈资。

乡村建筑队收工的时间相对来说要晚一些，夕阳西下，鸟雀归巢，饭菜的香味在村庄里飘起的时候，工头才让他们收工回家。

那些建筑工下了脚手架，拍了拍手，随手点着一支烟，拖着疲惫的身体朝家里走去。

孙宝平下了脚手架，先去水池洗手，然后甩了甩手，把手上的水甩干。接着，来到搅拌机旁的工具箱旁，拿出一个鼓鼓囊囊的布袋，来到垒砌成框架的房屋里墙内，掏出衣裤换上，换下的衣物随手放进布袋里。

从里墙出来的孙宝平，衣着干净，一双黑布鞋，一身白褂黑裤，有些仙风道骨了。还有没走的工友，浑身沾满泥浆，望着换好衣服出来的孙宝平，咂着嘴："宝平呀，你真是多此一举，咱就是干活的人，又不是放工以后去相亲。"

孙宝平笑笑，提着布袋朝家里走去。村里有人知道他在村东干活，见了他，笑着招呼："放工了宝平！"

孙宝平回之一笑。

他们望着一身干净衣服，步履轻松的孙宝平，眼里满是艳羡。

有不知道孙宝平在村东干活的，就问："宝平，又进城了？"

孙宝平笑笑，摇头："干活呢。"

大家都是穿着脏衣服回家，明天再穿了过来，水泥浆将衣服浆得很硬，可以竖在地上过夜。

孙宝平跟别人不一样，回到家以后，掏出布袋里的脏衣服，自己去水池边把衣服洗了。搭在门廊旁的晾衣绳上，一夜风吹，第二天早上衣服就干了。

孙宝平种菜种地都是好手，还有一手好厨艺。村里谁家有红白喜事，他是大厨，家里的饭菜都是他做，有滋有味的生活啊！

有时放工晚些回来，锅台上也有切配好的菜等着他。

有人背地里感叹，打拼了二十年，还不如一个泥水匠的日子过得舒心呀！

说这话的是张秋生，一个早年进城打拼，如今定居在城里的一家装饰公司的老板。有一次回乡，他听说了孙宝平的事，就在镇上悦客来酒楼特意请孙宝平喝了一场酒。

一个公司老板请一个乡村的泥水匠喝酒，说出去也是稀奇事。实际情况是，张秋生和孙宝平是从小玩到大的发小。孙宝平从小水性好，张秋生是个旱鸭子。早年，孙宝平从村后两米多深的水塘里，伸手拉过一把正在水里挣扎的张秋生。

张秋生发达了，是来报恩的。

那晚，张秋生端着酒杯，望着身着月白小褂，黑色长裤，千层底布鞋，一脸泰然的孙宝平，眼里忽然就汪满了泪水。自己在外打拼二十多年，见惯了勾心斗角，厌恶了商场争斗，遽然回首，再见到幼时朝夕相处的玩伴，内心陡生几分温暖。他举着酒杯，一脸真诚地跟孙宝平说："宝平哥，泥水匠在城里已经不叫泥水匠，叫新产业工人。你就放一百个心啦，有人传承传统手艺的，国家重视呢！"

孙宝平抿了一口酒，深深点头。

窗外，夜色温柔。小镇的街道上亮起了霓虹灯。健身广场上开始热闹起来了。

（载《微型小说选刊》2023 年第 21 期）

曾陪曾伴花栗鼠

花栗鼠，在小兴安岭，这小东西蹦蹦跳跳的，多的是。

下乡第三年，我参加了新点垦荒。垦荒嘛，先得到没有人迹的荒野搭"马架子"（东北地区特有的简易民居）。马架子没窗户，更没电。一到晚上，闷得要死，我们只能趴枕头上胡侃海聊，讲在学校气老师的故事，讲班级的女生，讲曾经养过的狗。闷得慌，憋得慌。天天如是。

天一亮，林子里热闹了，布谷鸟儿咕咕咕，五彩雄雉忽地飞起，还有兔子，还有狍子，狼与熊也看见过。最多的是花栗鼠，这家伙两手捧个橡果，坐得像个老太爷，小嘴飞快地啃着，见人来也爱搭不理的。

有一只花栗鼠，进入了我们的马架子。马架子里有吃剩的馒头、土豆块、大头菜叶子——这些远比林子里的橡果好吃。

我们故意把馒头掰成小块扔到门口，扔成一条线，引它入室。

渐渐地，它开始大模大样地进进出出。我们吃饭，它就立坐在边上，瞪大黑眼睛盯着人的手。我们故意馋它，它竟然跳上板铺，有动手抢的意思。可能是让我们喂的，这只花栗鼠胖乎乎的，毛乎乎的，很是可爱。

雨天不能出工，我们躺板铺上耍懒。大宝突然光着腚跳起来，大叫："耗子！"这环境，耗子多如土块，踩都踩死过。朝那儿看，只见大宝的被子一动一起的。我上手摁住，本意是想捉个活的，然后塞进某人裤子或书包里。被子一掀，里面并不是老鼠，而是那只花栗鼠。被抓的花栗鼠根本没有当俘虏的表情，吱吱叫着，左顾右盼，眼睛倒眯上了。人就这玩意儿：喜欢将宝物藏起来，将可爱的动物关起来。我们决意将花栗鼠关进笼子。志和用篾条编了个笼。就塞花栗鼠进去。这一来，随时随地可以逗它玩它，随时随地可以喂它吃的。比方说，大宝想骂志和，就指着笼子说："你们哥俩一个德行。"比方说，我认为大宝太笨，就说："你连它都不如。"

多了一只花栗鼠，马架子里笑声多了，苦闷中增添了乐趣。

那天收工，累一天了，又拿花栗鼠寻开心。志和说："还是当花栗鼠好，不用干活儿。"可是，一看笼子，我的妈呀，空空如也，笼子破了个大窟窿。我对志和说："你可真笨，比花栗鼠还笨。它牙那么厉害，篾条子关得住吗？"志和说："你比它聪明，你咋不早说？"正吵着，那花栗鼠从板铺下跳出来了，瞅瞅这个，瞅瞅那个，好像在说："吵什么？根本就不该把我关进笼子。"

运石头的土篮是铁丝编的，把两个土篮一扣，再经加密，便成了一个铁笼子。花栗鼠这回跳不出如来佛手心了。

我们遂心了，守着花栗鼠开逗开闹。看着它徒劳地啃得铁丝嘎嘎响，本身也是一种开心。——人就这玩意儿。

我们在马架子里，花栗鼠在铁笼子里。看它逗它，人就开心，人就愉悦。我想好了，等回到场部，带根红布条来，系它脖子上，那样子一定更好玩。

这天，花栗鼠突然"大闹天宫"，在铁笼里上蹿下跳，吱吱叫个不停不止。我们乱了方寸，不知它得了什么病。是不是关疯了？

不能呀，头一天还好好的。

送给养的大马车来了，赶车的老田头儿看了花栗鼠，大叫："不好，坏菜了！要发山洪。快快，快转移！再晚就完蛋了！"

万里无云，会有山洪？但老田头儿是"山里通"，他的话不能不听。

虽没亲眼见过山洪，但是住在山里，知道山洪的厉害。我们胡乱捆上行李，带上吃的。我忽然想起，有一支笛子应该带走，又把笛子塞进行李。志和跑出门又返回来，从板铺下拎出一双球鞋。大宝更是丢三落四，又掀开炕席摸出几封信。

我们慌慌张张跳上给养车，准备回场部。屁股刚挨上车板，老田头儿喊："你们听！"

突然来了大风，凉凉的。

"要下雨？"

"不是下雨！这是洪水带出的风！"老田头儿解开马套子，喊，"往山上跑！跟着马跑！"

我们可真怕了。四匹解套的马，全都朝山顶跑去。

我们跑到山上，喘息着。老田头儿说："幸亏是花栗鼠，要不全完蛋了。"

正说着，洪水像一面移动的墙似的下来了。排山倒海、摧枯拉朽、势不可挡，这些成语全是实实在在的，准准确确的。我们的马架子打出了个巨大的漩涡，轰然漂走。土篮、柳条、木板打着旋儿上上下下，时隐时现，还有我的帽子、我的脸盆。山洪来也快，去也快。

我们返回来时，看到的是废墟，有的东西还在，就是挪了位置，乱七八糟。

翻弄东西时，我大吃一惊：关花栗鼠的铁笼子已经破成两半，花栗鼠没了。

我一拍大腿，这个后悔！要不是花栗鼠发出警报，我们全得跟铁笼子一样，变成两半儿。可是，我们没有一个人想到将花栗鼠带走。花栗鼠，花栗鼠哪儿去了？"哪儿去了，要是没关笼子里，它早就跑了。关笼子里，肯定是没命了。"

这个悔，这个后悔！忘了花栗鼠，忘了花栗鼠，忘了救命的花栗鼠！人就这玩意儿，老是忘了根本。

大宝怨我，我怨志和，志和怨大宝。人啊，就这玩意儿！事后全怨别人。有个屁用！花栗鼠没了。

（载《微型小说选刊》2023 年第 21 期）

特殊印章

高 军

　　从苘麻地里采一些苘麻花和刚成形的果实来欣赏，只见分作五个瓣儿的黄色花朵每片都像古代的精美障扇，扇出一阵阵清香；嫩嫩的青绿色半球形果实在我们这儿叫苘麻头，苘麻头由一个个紧密排列着的分果片组成，顶端还长着一个个尖芒，从上往下看分果片之间有沟槽，像掰开的一扇小小磨盘。

　　校长突然找我谈话，要在我担任班主任的班里安排进一个转学来的女生。而这个学生就是暑假前闹得沸沸扬扬的那件事儿的当事人，校长看我不大情愿的样子，又和蔼地说道："别的方面学校不作要求，在对这个学生的管理上把握好度就可以了。"

　　放暑假前这个女学生在另一所小学读书，成绩处于中游偏上，班主任知道她父母生计不易，想让她成绩往前赶一赶，对她的要求就有些严格。那次她没有完成作业，还旷了上午两节课出去玩耍。学生随意跑出学校，这是很大的事儿，班主任又气又急，在班上批评她时忍不住用教鞭抽了她屁股两下。她母亲中午接她回家后，发现她坐得有些歪斜，就追问是怎么回事儿，她说电动车的皮座太烫了。后来，母亲追问出那两根教鞭的事儿，看她屁股表皮有伤痕，有些发红也似乎有些发炎，就骑着电动车带她去医院做了鉴定，将班主任的体罚行为发到朋友圈，一下引起强烈反响。最后老师赔款八万元，并背上职称降级且五年不能升职的处分。家长在开学时，向教育局提出转学要求，于是她来到了我的班里。

刚进入班级没几天，她在原来学校发生的事老师和学生大多就都知道了，她时常会被指点议论，本来就忧郁的眼神变得更加黯淡。我本来也不想多管这个学生，怕自己把握不好度，也会惹来祸事，再说我心里也一直为她原来的班主任感到委屈，认为不至于把老师逼到那个程度吧。但我通过了解得知，那一切都是由家长操控的，她就是被动地当成道具而已。看着她学习成绩渐渐下滑，我心里开始活泛起来，觉得她是无辜的，不但不能歧视她，还得让她正常地融入班集体。

我任教语文科目，她的语文成绩又下滑不少，想起有次她看我手中苘麻头的眼神，并且我还发现她曾拿着苘麻头往左手心按压。在这次下发试卷前，我灵机一动，在她的试卷后边写了句"苘麻在成长中越来越美了"，顺便用刚从苘麻地里采来的苘麻头蘸蘸桌上的红印泥，按八九下后印出一个好看的心形图案。我偷偷注视着她的神情，只见她看完试卷后眼中有光，脸蛋有些发红，脸上的肌肉也不再紧绷着了。我心中有些激动，觉得和她交流的契机可能即将出现。

平时我努力保证公平，和待其他学生一样待她，提问时也不动声色地让她站起来回答问题。第一次向她提问时，她感到意外也有些慌乱，看到我鼓励的眼神后，还是磕磕绊绊地回答了问题，我肯定了她的优点也指出了不足。我看到她坐回座位时右手在胸前使劲握了一下。

深秋来临的时候，她的成绩已经提升了一些，也慢慢地和周边的同学有些交流了。这天，我注意到她的作文进步不少，就用掰开的半截带着玉米粒的玉米棒横断面蘸着印泥，在批语后边按出一个呈玉米粒状的圆边框的印章，这些玉米粒惟妙惟肖，我自己看着都有些兴奋。批语中有这样一句话："玉米经过春天的蜕变，夏天的暴晒，长出了成熟的果实。"

我在合适的时候把她叫到办公室谈话，夸奖了她的进步。她脸上升起一片红云，使劲点点头，小小的右手又握成拳头。我假装没有看见，把目光转到一边，让她慢慢恢复到常态。

春天柿子树开花了，落在地上的小小花朵质地较硬，四个花瓣向外翻着，显得很美丽。我拣了几个花型较大的腋生单花带回办公室，既为欣赏，也为在适当的时候给这个学生又盖了一次柿花章。

她中考时的成绩很优秀，已成学校成绩靠前的几个学生之一了。更让我高兴的是，她也已经逐渐变得开朗起来。临别时我扶着她的肩膀使劲往下按按，她大大的眼睛看着我，然后抿着嘴唇又使劲点几下头。

两年后，我偶然在一张报纸上看到她写的《特殊印章》，写在她心情最黯淡的时候，老师用植物花果给她盖章，让她慢慢从教鞭事件中走出来，在文章结尾她这样写道："正像我父母说的那样，真希望老师用教鞭再抽我一次，以让我减轻一些对教鞭事件的歉疚之情。我知道，老师已不会再这样做了，但老师给我钤盖的那一个个特殊印章，让我受到了鞭策，我将永久保存。"

看到这里，我的眼睛有些模糊，透过晶亮的泪花，这个学生越长越高的身影清晰地出现在我的眼前。

（载《微型小说选刊》2023 年第 22 期）

老　石

王　荀

"咚，咚，咚咚咚——"

一个上午，老石敲着欢快的锣鼓，两个表弟紧随其后抬着一条大鱼，上面挂着"发家全靠政策好，致富不忘农商行"的锦旗，兴高采烈地来到乡农村商业银行营业部门前。街上人来人往，川流不息，听到锣鼓声，好多人聚过来看热闹，惊奇地看着老石送来的锦旗和大鱼，想一探究竟。

"老石，你弄这干啥？"乡农村商业银行营业部的杨主任，快步走出大门，握着老石的手说，"锦旗，我留下。鱼，是万万不能收的。"

"别，别，别——"老石一紧张，就结巴起来，脸涨得通红，"别客气，你不收，就是看不起我老石。"

老石是个老实巴交的农民，只有初中文化程度，五年前还是村里的特困户，住的三间瓦房是祖辈留下来的，经常漏雨不说，家里连件像样的家具也没有。老石经济上经常捉襟见肘，最困难时甚至连孩子的学费都交不起。村里发救济物资时，无论哪个村干部，首先都会想到老石。

老石人不懒，就是缺资金、少项目。他有位堂弟前几年发了财，就告诉他养鱼能赚钱，说只要他愿意，可以资助 3 万元作为启动资金。老石利用堂弟借给他的钱，建成了鱼塘，购买了鱼苗和有关书籍，专心养起鱼来。看着小鱼儿一天一天长大，老石心里有说不出的高兴。可不巧的是那年大旱。随着旱情越来越严重，水位逐渐下降，鱼塘里的水越来越少，只有购买机器设备输水才是上策。可去哪儿弄钱呀？再问堂弟借吧，老石张不开口；去银行贷款吧，老石觉得银行不会贷给他，急得团团转。实在没办法，老石与媳妇儿一起早出晚归，用架子车到一百五十米外的地方拉水灌入鱼塘，可这只是杯水车薪，根本解决不了问题。没有几天时间，老石心急火燎，嘴角也起了水泡，见谁都想发脾气。

这天中午烈日当空，老石汗如雨下地正干着活，一位男青年骑着自行车在他身旁停下来，热心地问："这鱼塘缺水，光靠拉水怎么能行？"

"我高兴，我愿意！"老石心急，谁搭话都没有好脸色。

"你这人说话怎么这么冲？"那人不急不躁，仍然耐心地说，"抓紧买机器抽水。要是没钱的话，去乡农村商业银行营业部贷款。"

"人常说，放羊看坡场，银行会把钱贷给我？"老石说。

"你去了？"那人眉头一皱。

"没去！"老石有点不耐烦，"我们这些穷百姓，没关系没门路，去了人家也不会理你！"

"你不去怎么知道？"那人哈哈一笑，递给他一支烟，"不信咱俩打个赌！"老石接过烟，情绪有点缓和。

"你猜我是谁？"那人故意卖了个关子。

"你爱谁谁。"老石才没有心思去想那个问题。

"我是咱们乡农村商业银行营业部的，我姓杨。刚到上庄村回访路过这里。"

"啊？"老石惊慌失措。他试着问："你是——杨主任？"杨主任点点头。老石急得搓着手，哭丧着脸，叹了一口气，低声说道："对不起，刚才太失礼啦。你大人有大量，不要与我一般见识。"

"鱼塘缺水，你心里着急上火，发些牢骚我能理解。"杨主任说着，立即给信贷员打了个电话，让他尽快帮老石办理相关手续，解决老石的资金难题。

就这样，老石很顺利贷出了2.3万元。他不敢怠慢，架电线，购买潜水泵、水管，日夜加班给鱼塘补足水，又修建了看护房。看到有了新鲜水的鱼逐渐活泛起来，老石心里也乐开了花。

后来，杨主任下乡回访贷款户时，总会拐到鱼塘来与老石拉家常；老石到乡里赶集买鱼饲料，也经常到杨主任营业部办公室喝茶聊天。久而久之，老石与杨主任成了无话不谈的好朋友。

再后来，鱼长大了，销路又成了问题。老石正在发愁时，杨主任亲自与城里几家大酒店老板联系，让他们到鱼塘来买鱼。几年下来，老石的腰包鼓起来了，还清了堂弟和乡农村商业银行营业部的钱，又在附近修了三个鱼塘，扩大了养殖规模，收入十分可观。

致富后的老石，盖了两层楼房，还买了汽车。为表达对乡农村商业银行营业部的谢意，老石制作了锦旗，打着锣鼓，抬着大鱼，送到了乡农村商业银行营业部……

"老石，你遇到了困难，我们帮助你是职责所在。你给我们送鱼，就太见外了吧？抬回去，快抬回去！"

"杨主任，这是我家养的鱼。"老石说到这儿，一屁股坐在营业部门前的道牙上，眼里闪着泪花，"你要是不收，我就坐这儿不走啦！"

看着老石的神情，杨主任笑呵呵地说："好好好，我收下，我收下！"杨主任拉起老石，"这样吧，我们把这条鱼送到隔壁饭店让厨师做了，今天你的鱼，我的酒，让大伙儿一起吃一顿，高兴高兴。"

老石破涕为笑了。

（载《微型小说选刊》2023年第22期）

无名之树

补过三只轮胎，换好两个车闸，上午的时间已过去大半。

杨积余随手从工具车下拉出个坑坑洼洼的铝盆，手插水里，脑袋习惯性地往左探。以往的这个节点，老马准会递话过来，开场白五花八门，比如天气、抖音上的奇闻趣事、新闻里的"俄乌冲突"等。

可是今天，老马不仅没有如约递话，待他转头细看，那个老马常坐的板凳上竟然空空如也。杨积余一边用毛巾擦手，一边琢磨老马是否来过。他今天实在太忙了，客人商量好了似的一个比一个着急，会不会老马来的时候自己没在意？

在他印象中，只要出摊，老马就一定会出现在这里，生着病也不例外。有一次，杨积余见他脸色不好，坐在板凳上左右摇晃，问他怎么了，是不是不舒服。老马说："发着烧呢，坐会儿得去医院挂盐水。"

哪怕家里来了客人，他去超市买东西的工夫，也会过来坐坐。只是刚坐下便又起身说："来客人了，去买袋酱油，等着炒菜呢。"说完，也不等忙活计的杨积余搭话，起身走了。杨积余这里仿佛是火车的中转站，老马这列火车无论何时都要在此停留一下。

眼见时间过午，还没有看见老马，他这时确信老马来过，否则都这个时间了，不可能还没有出现。但又不能肯定。他问隔壁小卖铺的老丁，老丁摇头说："没来过，肯定没来过，我还正纳闷呢，这家伙早该出现了，今天咋回事？"

老马的不出现，让杨积余总觉得自己的世界里缺点儿什么。他不住地看那个板凳，板凳是榆木做的，板面虽不平整，但光滑锃亮。这光亮就是老马的屁股磨出来的。到了吃饭时间，来了生意。他一边帮人家换脚踏板，一边不住地张望那只板凳，以至于走神被螺丝刀戳破了手。

其实老马和杨积余并非亲戚，甚至连朋友都说不上。但是自从杨积余在小区对面的空地上支起修车摊的时候，老马就熟人似的拉过那条榆木板凳坐下来。板凳原本是给修车的客人坐的，没承想老马在这条板凳上一坐就是十多年。

后来他们熟了杨积余才知道，他出摊的那一天，老马正好退休。那天，老马惯性似的走出小区时，幕然发现自己再也不用上班了。那一刻他无比失落，茫茫然不知去向何处。此时，他们的目光不期而遇，杨积余礼貌性地朝他友善地点点头，而老马正好抓住了救命稻草似的，随手拉过那条矮凳就坐下来。于是他们一坐一聊，一问一答就这么熟络了。因为他们聊得来，因为老马对琴棋书画、养花弄草、外出旅游以及广场舞都不感兴趣。从此吃过早饭，搞好家务，来这里坐坐，成了老马的固定节目。他仿佛被另一种惯性支配着，这一支配就是十多年。

十多年来，他们不是亲人，胜似亲人。他们奇闻趣事、时政新闻聊完了就聊生活。老马跟他聊去世的老伴，跟他聊住在城市另一个角落的儿子，跟他聊原来厂里那个贪色被人家丈夫打断腿的销售经理。杨积余也跟他聊生活。聊自己的老婆，聊自己的两个儿子，聊自己家里曾养过的一只五条腿的羊。什么都聊完了，就把聊过的事情再聊一遍、两遍、三遍。他们只在闲暇时聊天。杨积余修车时，老马就坐在板凳上静静地看，专注得像个学徒工。有时候忙得不可开交，杨积余会朝老马伸手，老马立刻递给他某号扳手，再一伸手他又能准确地递过来某个配件。

等忙好了，待杨积余洗手的工夫，他们的聊天立刻启动。每次都是老马先开头。聊到中午了，各自回家吃饭。饭后没生意时，他们接着聊。他们几乎成了形影不离的人。

此刻，老马的不出现，开始让杨积余坐立不安起来。他本想打个电话，掏出手机才发现彼此没有留过号码。想想一个人如果没了影子，该是多可怕的事情。实在忍不住了，他决定去老马家看看。

这一看不当紧，他发现了躺在客厅里的老马……

老马出院了，第一件事就是到杨积余这里坐坐。现在，脑梗后遗症让他走起路来颤颤巍巍，嘴角往右下方耷拉着，口齿也变得含糊不清，还时不时无知觉地流下些口水。

以后的日子老马依旧每天来此坐坐，每次过来，杨积余总是先开口，无论忙或不忙，他的第一句话就是："老马，药吃了吗？"

老马嘴角一扯一扯地说："吃啦。"

三个月后的一天，老马见杨积余的工具车被一块塑料布包裹得严严实实，有客人过来，他还摇手。老马说："咋还不出摊？"说着要帮他卸工具，手却被杨积余握住。老马说："你冷吗，手恁凉？"

杨积余苦笑着说："老马，我要回老家去了，今天就是为了等你，告个别。"

老马万分惊诧："不，不是，为，为啥呀？"

"街道不让摆摊了，说影响市容，其实我也不愿意在外边漂了，你也知道，我父母的年纪大了，也离不开人了。"杨积余说。

杨积余回乡下去了。那块修车的地方砌了矮墙，矮墙里堆了土，最终被改造成一处"微景观"，很漂亮。

现在，老马每天喜欢拿个垫子在矮墙上坐一会儿，他的旁边是一棵新栽的不知名的小树，老马时常望着那棵树发呆。每当看到这一幕，老丁都觉得心里酸酸的，因为他知道，那棵树的位置，就是杨积余每次跟老马聊天时坐的地方。

（载《微型小说选刊》2023 年第 23 期）

马　车

刘兆亮

自打念小学开始，"丁桂香"就一直在我身边。

我字写得不工整了，恰好被父亲瞄到，他的话就会像鞭子一样甩过来："丁桂香的字啊，提笔就手拿把攥，跟印出来的一样，你看看你的……"

父亲赶马车帮人运红砖，顺路到镇上的新华书店，帮我买了一本《新华字典》。我觉得字典像块砖头，啃不动，没用过，大半年过去还跟新的一样。父亲又抽过来一"鞭子"："你看你啊，有福不会享。丁桂香像你这样大，借的旧字典都被他翻卷了边，跟马跑起来时的马鬃一样乱。"

有的时候，父亲赶马车累了，回家会喝点儿"洋河"，可往往他正斟着喝着，却把酒杯往桌上一磕，迷离着眼睛，盯着我的额头狠瞅。我不知道他要干什么，也翻白眼定住任他瞅。他指着我的脑门慢条斯理地说："你这个鬓角啊，头发还是太盛，不知道什么时候能有动静。给我敞出亮脑门来，像丁桂香的那样宽、那样亮。那敞出来的，是什么，你知道吗？是机灵劲儿！"

父亲言必称的"丁桂香"，就是他从小学到初中的同桌，家住在东边一个小村。提起他，父亲不仅嘴巴说得热闹，手也不闲着，动辄就指向东方："就在那儿，不远。"我常在早晨顺着他手指的方向抬头看，恰好看到一轮太阳冒出来，父亲就补一句："对，就在那个太阳下面一点点。"

其实，那个时候，丁桂香已经不在那个东边的小村，已经远在上海了。我们这两个挨着的村庄，离上海有多远，父亲不知道，他所赶的马车连县城都没去过，至多从一个砖瓦厂到周边的几个小镇。父亲说，丁桂香在上海，还在往上升呢，好多年前他已经是"复旦大学博士后面一点点了"。父亲说到"博士后面一点点"时，我感觉像是在说，他马车后面一点点——后面一点点，应该是五梁的马车。他们三五个人、三五匹马，组队一起帮人运红砖。五梁的马走路磨蹭，排最后一位，他也舍不得甩鞭。坐在平板车边沿的五梁，从车上拽下两块红砖，抱在怀里，想减轻一点车上的分量，好让马走得快些，不至于排后面还落下一大截。

这种"后面一点点"，也像我的父亲跟丁桂香同桌时的学习状态。父亲常在顶着毒太阳割麦子时，或者说运砖遇到大雨，车轱辘深陷到软泥地里了，他从车上下来跟马一起往前拉车，马鸣出声、他累出汗才拔出轮子时，跟人说，自己原本成绩也不孬，就在丁桂香后面一点点，要不是受穷得凶，他即便考不到上海，至少也能去南京。他说完这些话，总是抹一把脸，那种如释重负的表情，现在想一想，很像他那匹灰马——当父亲卸完了车上的红砖，暂时取下了马套，它便卧在树荫下的草地上，慵懒地揽几口草，慢慢嚼一会儿，再朝天"噗噜噜"打几个响鼻，几星草沫子在空中飞起又落下。

等我上了初中，书多了，书包鼓起来，父亲竟把书包右底角磨出一个细小的洞口，说是书太密，让它们透透气。我想，保准是丁桂香这个时期的书包也有个小洞。

等我念到高中，父亲好像不再经常提及丁桂香了。可能那个时期的丁桂香到很远的一个镇上读高中，他不熟了。父亲仰面回忆，最后一次跟丁桂香打交道，是他放学路上看到河沟里的鱼吐泡泡，他甩下书包跳河摸鱼，让丁桂香在岸上等鱼。他摸上一条，甩到岸上，再摸到再甩上来。丁桂香蹲在鱼旁，手指却在泥地上画画戳戳。父亲上岸时，看到他竟然是在列算式，把几条鱼身上的鱼鳞片数量给算了出来。讲到这里，父亲跟我强调："要像丁桂香那样，数学一定要钻进去学。"

又过了几年，我们那个苏北小地方不兴用马车运红砖了，父亲那匹老马也拉不动了，我考上了一所名气不太大的大学，在南京。父亲很高兴，说："之前多亏了丁桂香，往后的日子还长，要靠你自己了。"

送我到县城坐车前两天，他胳肢窝里夹上一条"淮海"，到了五梁家，说要借他家马车用一下——别人家早就把马车卖掉了，只有五梁还留着。那个时候，小村里的拖拉机、摩托车已经满地跑了。我大伯家还买了一辆三轮摩托车，他争抢着要送我去县城。其实，只要到了镇上，花两块钱就有小中巴把你运往县城的大车站。

但我父亲执意要用五梁这架马车，送我去县城坐车。

五梁的马跟父亲在一条活路上跑了那么多年，大家都相熟了。父亲还跑到沂河边割了几大袋肥草，又到隔壁村油坊里切回来五斤豆饼，这些都是给马吃的。我跟父亲则包了两卷煎饼裹大葱。车板上铺上一张毛毡，父亲驾车，我坐在毛毡上。

一路上，五梁的马出现不稳定情绪时，父亲总是把马拽停，下车抓一把草，或捧一把碎豆饼，让马吃一会儿再走。父亲路上跟我说："丁桂香考到上海去的那年夏天，他家的母马下驹了，下驹子的叫声惊天动地，全村人都听到了，明明很痛苦，然而，听上去像是喜声。下了一对小马驹，一匹母马驹卖给了北乡，另外一匹公驹送给了五梁，五梁是丁桂香的表哥。"

原来，父亲借五梁这套老古董马车，还是没脱离丁桂香。

当隐隐约约能看见县城的楼房时，父亲不再说话，突然扬起了马鞭，手臂在空中打了一个旋，"啪"地甩出一记带有回声的响鞭。

这记响鞭也一直打在我的心头，让我在南京念完书，却能在大上海找到一份工作。父亲激动得不行，说："你竟能跟丁桂香在一个城市工作，真好啊！丁桂香马上要变成一个大人物了。"

有些事，父亲也是听五梁说的，他也几十年没见过丁桂香了。

我帮父亲在网上搜过几次"丁桂香"，查出很多个，有做贸易的，有开修车厂的，还有在老家养鸡的，都跟上海没半毛钱关系。我让父亲去问五梁。五梁听到的最新消息是，丁桂香最近的研究领域跟飞机有关，具体是什么不太清楚。总之事情很大，表弟很忙。五梁也是听他表哥丁兰承说的，丁兰承是听在上海打工的弟弟丁荷承说的。我受到后面两个名字的启发，搜"丁桂承"，百度上头条就是，有证件照，脑门很宽、很亮，1960 年出生，复旦大学博士后，微纳米传感器国家重点研究室负责人，国家大飞机传感科研攻关带头人。后面，还有他的电子邮箱。我明白了，"丁桂香"只是在村庄叫开了的小名，他在大上海叫"丁桂承"。

我决定给"丁桂香"写一封邮件，约一个时间，去看看他。但我该跟他说什么呢？

（载《微型小说选刊》2023 年第 23 期）

打瞌睡

安 谅

在一家知名报社，明人与校友老金总编侃侃而谈。老金忽然回忆起当年的往事："我们上大学语文课的第一堂课时，那位脑门前秃，身子瘦若芦苇杆，穿着都有些陈旧的宽大的白衬衣，蓝色长裤，足蹬一双灰不溜秋的牛皮凉鞋的老教授，用带有浓重的苏北口音的普通话自报家门，说自己是头上不长草的卢姓，也就是人称的虎头卢。他说，我也属虎，却无虎性。所以，开课之前，我先明确一下，上课要来，不来得请假。但上课允许耳不闻，允许打瞌睡，或者闭目养神，不过，不得打呼噜，影响别人。如果出现呼噜声了，那得罚站，还得罚背诗文，否则，考试成绩要降一个等次。我都听呆了，哪有这等好事，你知道，我那时老是睡不够，半夜了，那同宿舍的几个同学，还牌瘾很大，点着蜡烛硬扛。"

老金向明人叙说着，三十多年前的情景，仿佛就在昨日。

他说，我当时听了挺开心，我的舍友苏缘回头向我眨眨眼。我想，你别太得意，你不是半夜老耗着，不想放下牌吗，现在咱们课上可以比试比试了，我知道他睡觉呼噜声响，而我则没感觉打过呼噜。以后和他及其他同学熬个通宵也不怕了，老先生允许你睡觉，就不用常找理由请假赖床了。

"你还真在课上睡觉了？那位卢老师的课，我也上过，讲得还是挺生动的，特别是随口说起的文学典故，简明扼要，却很有意味，很博学，很吸引人的。"明人说。他当年听过卢老师的系列讲座。

"是呀，他讲得确实精彩，我眼皮都没耷拉过，听得津津有味。连着好几课，笔记都做得很细致。"老金叙述着，手舞足蹈的，表现了当时的兴奋状态。

"但有一次，我真憋不住了。前一晚睡得太迟，打牌时又喝了点咖啡，两三点才上床，苏缘他们脑袋一搭枕头，就都睡着了，苏缘还打起了呼，浪涛一般跌宕起伏，把我吵得在床上翻来覆去，更是难以入眠了。可想而知，第二天一早的大学语文课，我坐在后排，撑了十来分钟，不得不闭一会儿眼。老先生慢条斯理的讲课声，我依稀听见，我感觉自己是似睡非睡。而苏缘那些家伙至少睡足了几个小时，没吃早餐，带了馒头，在上课时偷偷地吃着。骤然，我鼻腔里发出了一串粗重的声响，我下意识地想收住，却没能收住，将我自己也彻底惊醒了。我发现，课堂上所有的目光都聚焦而来，只有老先生继续讲着课，仿佛并未听到我的声音。我强装镇定，也心存侥幸。可讲完一个段落，老先生换了一个话题，问刚才是谁发出的声音，瓦釜雷鸣似的。他要我起来，选择是背诵诗文呢，还是准备学期末成绩准备在考试成绩基础上，降一个等次。"

"语文考试本就不太好拿高分，很多人都碰巧在及格线上，降一个等次，可就过不了了。"明人莫名地为老金捏了一把汗。

"就是呀，我犹豫了一会儿，答应背诵诗文。老先生说好，就读课本里的，你的学号是多少，就挑那一页的诗文，你背诵一下。"老金说道。

"老先生倒是有办法呀！"明人笑道。

老金带点苦相地说："我当时可笑不出来，我学号是34，我怎么知道 34 页是谁的作品呢，课还没讲到那一页呢，如果是前面几页，我听过课，还听得很认真，课文也反复读过好多遍，至少还能念出个大概来。正头疼之时，向我诡笑着的苏缘忽然喊出了一声，他的学号是 5 号。我吃了一惊，乍一想，这家伙是在帮我，第 5 页应该有一段《诗经》里的词，我完全背得出的，但我抬眉瞥了一眼正凝视着我的老先生，冷静了一下，还是说了自己的学号。老先生微微点了点头。按学号我翻到那一页，竟是巴金的一篇短文，选自他的《真话集》，我还真读过，但背是背不出的，其中只有几句警言妙语，我是记得的。我颇显尴尬。只得老老实实地报告老先生，全文我背不出，但我说了这篇文章的大概内容，记住的几句，自然一字一句地清晰地吐出。我还特意讲了巴老这本书写作的背景。教室里鸦雀无声。我停住了口，有些不知所措地望向老先生。老先生挥挥手，让我坐下了。他就说了一句，如果你晚上好好休息，白天好好听课，你会讲得更好！"老金的眼睛亮起来了。

"听口气，老先生好像是在鼓励你。"明人说。

"岂止是鼓励，对我来讲，这是对我的表扬呀，讲得更好，不就是这个意思吗？我心里一下子轻松了许多。之后，我深思，愈来愈觉得这位老先生的高明之处在于，他处罚了我，实际上也批评了我，却令我如沐春风般心情舒畅，而且让我得到了很愉悦的鞭策。我后来控制打牌时长，将更多时间投入到学习之中。当然，大学语文成为我最喜欢，也是最为用心的一个科目。你猜我期末成绩如何？"老金向明人询问道。

"估计，应该是不错的。良好吧？"明人斟酌道。

"是优秀！而且是全班唯一优秀！"老金笑逐颜开地说。

"哦哟，没想到，一个呼噜让你这么幸运，真是难得！"明人由衷赞道。

"应该说是老先生卢教授给我带来的激励和成绩。老先生说，你不仅考得不错，这次打呼噜，报学号时，我还发现你很诚实，这是最为重要的。我深深地感谢他！常常会想到他，特别是今天这个日子。他真是一位好人，好先生，真的。祝他在天堂快乐呀！"

说完，他朝天空合掌高举，深深一拜。

这天是教师节。卢教授十多年前仙逝了，但他还在学生的心中。

（载《微型小说选刊》2023 年第 24 期）

摘 花

刘 帆

张久征摘一朵花走了。

余姚知县胥庭清万万没有想到，陪同钦差大人巡视的张久征大人最后就这么走了。走了的张久征大人，在路上也一直思忖，自己确实万万没有想到，从前的老上级之槑兄还是那个脾气，还是那么倔，这人哪，以后可得管好一张嘴。

张久征闻着手中的鲜花，自言自语："本家张之槑兄家的花，好闻啊！"

旁边人不解，就问："张大人如今身居高位，如何对乡野之花如此高看？"

"你们不懂，我和张之槑张大人同在湖广桂阳州为官，我了解他，他有才能、有胆识，让他闲着可惜啊！"

哦，原来张大人是为惜才、荐才而来，众人对张大人纷纷投来赞赏的目光，一致说："那请张大人讲一讲他的故事吧！"

张久征看着众人想听的样子，就缓缓说道："之槑兄是浙江余姚人，顺治三年（1646年）举人；我是江苏人，顺治四年（1647年）进士。我们都曾在湖广桂阳州为官，张之槑张大人升任湖广桂阳知州时，我还是副手。我们俩官场上虽然是上下级关系，但私下里却亲如兄弟……"

张久征眼望西南方向，一下陷入了沉思。

同在异地为官，两个人彼此相依为命，不但不是对手，反而还是一对最佳搭档。讲到这里，张久征感慨万千。那年湖广桂阳州离任饯行时，如果不跟之栐兄说实话，之栐兄会跟我割断兄弟情谊吗？如果管好自己一张嘴，之栐兄会误会我的为人吗？这次之栐兄还是不肯见我，遗憾！不过，我也挺郁闷，难道我真的是之栐兄眼里不屑的那种人吗？

　　本以为兄弟之间坦诚相见，什么话都可以说。然而，事实并非如此，看来我真的错了！错了！但问题错在哪？

　　张久征想不明白，其实，这么些年过去，自己早就想明白了。命运这东西折磨人，不然为什么很多人像我一样去四下活动呢？那年走傍依贵妃路线，将连自己的夫人也不让穿的貂皮大衣送给贵妃，后来才有了调离桂阳州进入京城的机会。我为自己谋点前程，有什么不对呢？当初，我也是好心相劝，认为之栐兄是个人才，希望之栐兄利用关系走动走动，走上更高的位置，发挥才干，为国效力。只是没想到之栐兄原则性太强，眼里容不下沙子，鄙视我的做法，至今还这样误会我，伤心啊！

　　不过，人各有志，不可强求。当年，我张久征为了头上的乌纱帽，按照自己的想法，做出令兄长齿于跑官的事情。不过，这么些年来，我张久征绝不是趋炎附势的小人，我一直记着之栐兄，只要有机会，我都会想起之栐兄、推荐之栐兄，我的心是真诚的、无私的。

　　造成隔阂，怪只怪两人兴趣爱好不同。之栐兄喜欢养花，一年四季，他的屋里芳香四溢，花开不败；而我平日里却爱好收集古董，不过是只收但是不藏，往往很快转手，不但得了人缘，还偶尔淘到宝贝。有一次，兴之所至，说起两人爱好，我说："养花虽好但不实用，还是古董来去有用。"之栐兄却笑着说："你的是有用，不过太动心思。"说完，两人相视一笑。

说归说，不妨碍关系。我俩为正副官员，工作上配合得一直很默契，同舟共济，为当地百姓办了许多实事、好事。

不料，第三年，我突然要调进京城。之栐兄接到消息时还有点愕然，不过也没嫉妒，反而祝贺我奉调进京，谋了个好差。离别时，之栐兄为我饯行，席间喝酒，我说："兄长，我敬佩你的魄力、魅力，可是，单凭政绩还不够。人说，朝中有人好当官，兄长是余姚人，余姚历来有很多人在朝廷里做高官，好好利用这个资源啊。不瞒兄长说，我呢，缺的就是您这样的背景。"之栐兄听后很惊讶，安慰说："你现在不是已经升迁上去了吗？还有何叹息哉？"

我张久征坏就坏在是直肠之人，席间我对之栐兄说："还记得我好不容易弄到的那件貂皮大衣吗？"

"是啊，记得啊！不过，没有见到弟妹穿过一次呢。"

我想了想，说："实不相瞒，我没有兄长那么好的背景资源，后来探听到皇上宠爱的一个贵妃喜欢貂皮大衣，就托可靠之人送给贵妃，贵妃得了衣，我得到了官帽，各有所得。"

不料之栐兄听了马上沉下脸，说："我怎么交上你这样的朋友？"

最后大家想必知道了，我远赴京城，之栐兄都没有来送行。从此，我们隔断了兄弟情谊，之栐兄相信为官的表率作用，不搞阴谋诡计，他对我搞交易谋仕途极度失望，也是对我的一种鞭策。只是没想到之栐兄那么决绝，竟然干脆辞官还乡，回到余姚老家侍弄花园，十个春秋，拒绝来访，足不出户，这样的人实在稀罕！

这次我陪同钦差大人巡视浙江，特地来看望之栐兄，本是希望举荐他再次为国效力的，没想到吃了闭门羹。虽然陪同我去探望之楸兄的知县胥大人支使擅长翻墙的差役，从里边打开了之楸兄紧闭的院门，却还是只见花，不见人，弄得我扑了个空。

"之楸兄独善其身，不简单。"张久征对众人说，"兄长这么多年还不肯接受我，让我长见识了！我摘走他院里的一朵花，是想留个念想。"

"花养人。"张久征说完，就闭上眼开始养神。

（载《微型小说选刊》2023 年第 24 期）

戏 疗

田玉莲

三朵儿，特别爱哭啼，出生之后，哭声几乎没个停歇的时候。

一日，村里来了戏班子，锣鼓响过，好戏开场。谁知，三朵儿突然把哭声转换成了咯咯的笑声。

爹说："丫头片子，长大了肯定是个戏迷！"

爹最疼三朵儿，她比马鞭稍高时便带她逛庙会，看大戏，看皮影……

那日戏演《花木兰》。晌午了，正演在高潮处，三朵儿看得痴迷。爹问："吃点什么？"

三朵儿尚未从戏中拔出眼来，正如痴如醉，顺嘴道："花木兰！"

爹照她屁股上就是一巴掌："吃你个头！"

三朵儿从小聪明过人，有过目不忘之能耐，好多唱词不说倒背如流，但滚瓜烂熟是半点也不瞎说，而且，对那剧情也能深刻领悟。

那年春末夏初，戏演《鞭打芦花》。说的是继母在做冬衣时，给非亲生儿子用芦花当棉絮，而给亲生儿子却用新棉做冬衣……

演出时，因为舞台通风条件极差，加上女扮男装的演员一身戏衣，演着唱着竟然汗水淋漓。三朵儿见状不由自主地"喊——"了一声，显然是在喝倒彩。

女扮男装的演员见有人喝倒彩，戏演得明显有些不稳了。总算把这一折戏演罢，便回头寻到三朵儿，双手一揖："大姐，师傅，您在上，戏演得不好，请多多指教！"

"不敢！"三朵儿也礼貌地回敬一揖。

"既然不敢，女人何必为难女人？"女演员显然不乐意了。

听了女演员的话，三朵儿也有些气恼，有理有据地道："寒冬腊月，哪来的汗水？"

"又得动作，又得唱腔，穿戴戏服，加上这天气，鬼才不出汗。"女演员不屑一顾地说。

三朵儿驳斥说："是你没进入角色，一旦进入，哪会有？"

女演员从鼻孔里哼了一声："站着说话不腰疼，说得比唱得好听，我倒要请教一下。"

"请教谈不上。"

其他演员见三朵儿这样说，便嚷道："谅你也没几斤几两。砸场子，你还嫩了点儿！"

见人们不拿她当盘菜，加上又犯了"戏瘾"，还真就把她将了起来。拿过戏衣，穿戴利索，摸起笔，蘸上油彩，粗略几笔，就初现了角儿的神韵。刹那间沉浸入戏的氛围，仿佛寒风凛冽，风卷残雪，天寒地冻，肌肤如锥剜刺，周身打战，汗毛倒立，边舞水袖边唱道：

> 大雪纷飞空中飘，
>
> 觅食之鸟归了巢。
>
> 雪花迎面空中啸，
>
> 浑身打战似水浇……

三朵儿这一亮嗓，加上几个登场的动作，处处传神，竟然把那女演员和其他演员镇住了。至末了，由那女演员牵头，大家竟情不自禁地予以喝彩鼓掌。

三朵儿对女演员说："说实话，我并不会演戏，只是喜欢看戏，也爱戏，能融入剧情，更重要的是看后，还会反复琢磨。只有这样才能把戏演好演活，人们才会打心眼里喜欢！"

三朵儿发自肺腑的话，说到了女演员的心坎上。眼窝很浅的女演员泪水湿润了面颊。

光阴荏苒，三朵儿年届七旬，但戏瘾有增无减。

很不幸，三朵儿犯了肝病，初始吃些药尚能减缓病痛，可随着疾病加重，药物治疗的效果已微乎其微，只能躺在病床上了。

说来神奇，她竟然把握了治疗病痛的"金钥匙"，寻到了"灵丹妙药"！

三朵儿病痛厉害的时候，会大汗淋漓，简直能背过气去。她本想竭力忍耐着，不让痛苦的呻吟之声传出来，可怎么也控制不住，然而，逐渐地，她竟然把那痛苦的呼喊，转换到了戏文的唱腔上去了……

真是不可思议，在疼痛严重之时，她脑海里便蹦出戏词，随之便倾情演唱，把自己强按入角色。嘿，"正义"还真能压倒"邪恶"，疼痛都忘到爪哇国去了。

一日，三朵儿正在"演唱"，声音弥漫荡漾。不承想，"吹箫引凤"，竟然把三盏子招来了。

三盏子是他年轻时的名字，现如今应称作三老盏。他挂着拐杖——患婴儿瘫，腿瘸得厉害。尽管除了腿其他皆完好，可成人后寻口饭吃依然是难题，这当然是父母的一大心病。父母绞尽脑汁思虑半天，最终决定让他去学吹唢呐。学成之后，一家好心的戏班子的"领袖"接纳了他。直到他"人老珠黄"了，才退出了戏的舞台。

对于三老盏的到来，三朵儿几近欣喜若狂，用手吃力地拃住他细瘦的胳膊急切地询问："带唢呐没？"

三老盏从腰上拔出来，朝她一亮。

见到他攥在手中锃光瓦亮的唢呐，她蜡黄的脸上泛起光泽。

她让三老盏扶着坐起，强打起精神。三老盏挨着她坐在土炕一隅，运足力气，随之悠扬婉转之声响起。吹着吹着，竟然换了曲风，呜呜咽咽，如泣如诉……

三朵儿便合着唢呐之声抑扬顿挫地唱起来。她的面颊很粲然，一如春雨滋润过的花朵。

三老盏吹着吹着，突然吹出了一袭泪水，哗哗地从脸上滴下来……

三朵儿沉浸于戏中，进入忘我的境界，唱着唱着把声放低，直至停歇下来。

三老盏知道她刚才的一通唱，有些累，便搁下唢呐，把她瘦骨嶙峋的身躯放平，拽动着被子，说："睡一觉吧！"

她点点头，微露笑意睡去了。

须臾，哭啼的唢呐之声又起……

（载《微型小说选刊》2023 年第 24 期）